遺跡発掘師は笑わない

勤王の秘印

桑原水菜

角川文庫
21771

遺跡発掘師は笑わない

勤王の秘印

Secret seal of loyalism

主な登場人物

西原無量　天才的な「宝物発掘師《トレジャー・ディガー》」。亀石発掘派遣事務所に所属。
相良忍　亀石発掘派遣事務所で働く、無量の幼なじみ。元文化庁の職員。
永倉萌絵　忍の同僚。特技は中国語とカンフー。
鎌田昌子　高知県の五台山近くで農家を営んでいる。今回の調査の依頼人。
多治見孝三　元県議会議員。鎌田家とは古いつきあい。
桜間涼磨　高知県立歴史民俗資料館の学芸員。萌絵の中学時代の同級生。
栗賀早紀　栗賀彩峰の名で活動する新進気鋭の書家。父の泰峰も書家。
降旗拓実　宮内庁書陵部図書課の職員。手には白手袋をはめている。
ＪＫ　民間軍事会社ＧＲＭのエージェント。無量の能力に強い関心を抱く。

序章

ガラス窓の向こうは吹雪だった。

アメリカ東部を襲った季節外れの大寒波は、ワシントンDCをすっぽり覆ってしまったようだ。高層階から見下ろす街もホワイトアウトになって、向かいのビルすら見えない。

「こんな大雪の日くらい、家でのんびりフットボールを観ていたかったよ。ケリーくん」

革張りの椅子に腰掛け、街を包む吹雪を眺めながらそう言ったのは、白人の年配男性だった。部屋に入ってきたジム・ケリーは「はい。ボス」と答えた。

「空港が閉鎖されていなければ、私も今頃、フロリダでダイキリでも飲んでいたところなんですが」

「クリスマス休暇には、まだだいぶ早いはずだが……?」

「イラク行きが決まったんで先に取らせてもらいました。運がない」

「このブリザードじゃあ、空港にたどり着く前に車が埋まりそうだね」

ボス、と呼ばれた男はゆっくりと椅子を回して、机に肘《ひじ》をついた。

「こんな日には〈革手袋《レザーグラブ》〉をはめていないと、ステアリングも握れないねえ……」

ジム・ケリーことJKは口をつぐんだ。この部屋に呼び出された理由がわかったからだ。

「君に頼んでおいた〈革手袋《レザーグラブ》〉はまだ手に入らないのかね。ケリーくん。もう一年半も待たされているよ」

「………。手配はしているのですが、入荷が遅れているようで」

「どうしたものかな。君に頼めば三ヶ月もあれば調達できると思っていたのに」

はげあがった頭頂部を撫《な》でて、ボスと呼ばれた男は首をしきりに傾けた。

「我がＧ　Ｒ　Ｍ《グランドリスク・マネジメント》社が調達できないものがあってはならないんだよ。アフガンの最前線にロマネ・コンティを持ってこいと言われれば、翌日には必ず届ける。迅速確実が我々の信条だったはずだが、〈革手袋《レザーグラブ》〉ひとつに何を手こずっているのかな」

「データの解析は進めています」

JKは小脇に抱えていたタブレットを素早く操作して、差し出した。

「発掘中の〈革手袋《レザーグラブ》〉の身体データです。遺物発見時の前後の記録にいくつかのパターンが認められました。作業中の会話をもとに特定したものです」

「会話を、とは……？　盗聴かね」

「はい。装着させたスマートウォッチには音声録音機能がついており、七十二時間ごとにＡＩ解析を行って遺物発見の過程も全て把握しています」

　ボスは同情気味にタブレットを操作した。

「……盗聴機能のことを、サガラは知っているのかね」

「伝えておりません。知れば、プライバシー侵害だなんだと噛《か》みついてくるのが目に見えてますので」

「監視者にはやはり不向きだね。そもそも彼は必要かな。盗聴機能がついているなら、監視など無用ではないのか」

「〈革手袋《レザーグラブ》〉の行動をコントロールするには必要です」

「困ったね。国防総省《ペンタゴン》からも催促されているんだよ。恐竜発掘でもなんでもいいから、口実を作って、こちらに呼び寄せればいい」

「勿論《もちろん》、手配自体は可能ですが」

「では、なぜ動かない。日本にソバを喰《た》べにいく口実がなくなるからとは言わせんぞ」

　ＪＫは肩をすくめた。

「その前に自分で打てるようになりますよ」

「出雲《いずも》、島原《しまばら》、岩手、鷹島《たかしま》、諏訪《すわ》……。〈革手袋《レザーグラブ》〉が不自然な発掘者《アンナチュラル・ディガー》ではない、というサガラの調査報告は読んだ。サンプルは揃ったはずだ」

「〈革手袋《レザーグラブ》〉が奇跡の発掘《ミラクル・ディグ》をきめる確率は遺跡発掘現場でダントツですが、当人のデータがまだ足りず」

「ただバイタルをとるだけでは意味がないのだよ。脳波測定、心電図、fMRI……欲しいのはそういうデータだよ」

「しかしfMRIとりながら発掘はできませんし」

バンバン、と二度、ボスが机を叩《たた》いた。JKは姿勢を正した。

「サガラが動かないなら解任して、他の者をたてろ」

「他を、ですか」

「さもなければ、君をこの計画から外すことになるが？」

JKは言葉に詰まり、やがて渋い顔になって「わかりました」と答えた。

「適役の日本人エージェントに心あたりがあります。すぐにコンタクトをとりましょう」

「君が自ら動いてくれてもいいんだぞ」

「私はすでに警戒されてる節があるので、〝気のいい日本好きアメリカ人〟に徹します」

では頼む、とボスは両手を机の上で組んだ。

「君の見立てた〈革手袋《レザーグラブ》〉で、この冬は暖かく過ごせそうだ。クリスマスプレゼントを期待しているよ。エージェント・ケリー」

廊下に出たJKは、吹雪の街を見下ろして、ガス灯のように滲《にじ》むビルの明かりを眺めた。さて、どうしたものか。

「……奴の手は借りたくなかったが。これもやむなしかな」

スマホがメールの着信を知らせた。画面には「S.S」とのイニシャルがある。相良忍《さがらしのぶ》からの定期連絡だった。〈革手袋《レザーグラブ》〉の動向がいかにも簡潔な文体で記してある。

ＪＫは眉《まゆ》を下げた。

「まあ、奴にだしぬかれるなら、君もそこまでの男だということだ。サガラ」

大雪の首都を見下ろす。

「さて……。君はどうでるかな」

凍《い》てつくような景色をよそに、ＪＫはネクタイを緩め、上着を小脇に抱えて歩き出していく。

オフィスに飾られたクリスマスツリーには、愛らしい革手袋のオーナメントがぶらさがっている。

＊

西原無量《さいばらむりょう》がまとまった休みを取ったのは、数ヶ月ぶりだった。

次の発掘調査まで二週間ほど。ぽっかりと予定が空いてしまったので、他の現場に入ろうかとも思ったが、近場でタイミングの合う案件がなく、だったら、有給休暇の消化も兼ねて、少し早い冬休みを取ろうと思いたち、長めの休暇と相成った。

思えば、岩手の復興発掘からこっち、まともに夏休みも取っていなかった。

ここらで少しのんびりするのもいいのでは？　と幼なじみで同居人の相良忍からも勧められたので、がっつりと休むことにした。

とはいえ、いざ休むとなると何をして過ごしたらいいのかわからない。

長く家を空けていたから、今更、遠出という気分でもない。

「……それでホームセンター巡りをしてるってわけか」

忍は買い物袋をおろして、居間にいる無量に声をかけた。うん、と答えた無量のそばには移植ゴテやらミニジョレンやらスプーンやらが並んでいる。無量はカーペットの真ん中にあぐらをかいて、移植ゴテのやすりかけに余念がない。

「こないだ小ピット掘ってた時、どうも角度がしっくりこなくて」

自分用の移植ゴテやミニジョレンは、先端をペンチで捻《ひね》り曲げたり、グラインダーで半分削ったりして、使い勝手のいいように加工する。適材適所の道具を用意するだけで作業効率がぐんとあがる。それも発掘屋の仕事の内だ。

おかげで道具箱の中身は大小様々な発掘用具でいっぱいだ。それでも足りないとばかりに、無量はホームセンターから道具を買ってきては大胆にカスタマイズする。

凝り性だから、発掘道具のＤＩＹはいまや唯一の趣味になってしまった。

「手ガリひん曲げてみたら、おたまより掘りやすかったんだよな」

「こないだおまえに買ってきたスープ用のおたまは？　ほら、先のすぼまった」

「あれダメ。俺、いま左利きだから」

「あっ。そうか、右利きにしか使えないやつか。ごめん」

「調べたら、いま両方すぼまったやつもあるって。それ探してるんだけど、このへん売ってなくて」

「熱心だなあ」

「プロですから」

探究心が旺盛《おうせい》なのだ。

すぐに飽きてしまうゲームよりもなんぼも楽しい。そんな顔をしている。

まあ、でも……、と無量はやすりをかける手を休め、丸まっていた背中を伸ばした。

「うちの師匠なんかの域になると、もう道具を選ばない。そこらへんにある手スコ一本でどんなところも掘りあげちゃう。ああなるには、まだまだ」

「無量ほどの腕利きでも、まだまだ、なんて思うのか」

「この道何十年のベテランからみたら、俺なんかひよっこ」

お手上げポーズをとる。忍は苦笑いした。

「明日《あした》もホームセンター巡り？」

「かっぱ橋にキッチン用具をみにいくつもり」

「いいなあ。俺もついていきたいけど、明日は発掘員の面接があるからな」

腕まくりをした忍は、冷蔵庫からレタスを取りだして洗い始めた。

無量は首を伸ばして、その様子を眺めている。

「ねえ、忍ちゃん」

「んー？」

「夕飯前にちょっと走ってきていい？」

「ああ。いいけど、あんまり遅いと料理が冷めるから、七時には戻ってこいよ」

「うん」

「生姜《しょうが》焼きにするけど、他に何か食べたいものある？」

「だし巻き玉子ー」

「本当に好きだなあ。無量は」

そんなやりとりをしながら、冷蔵庫から卵を取りだす。無量は左腕にはめたスマートウォッチを見、脈拍と今日の運動量を確認した。

「……ねえ、これってさあ」

「なに？」

「位置情報なんかもわかんの？」

どきり、として忍は思わず無量を振り返った。無量はしきりに画面をいじりながら、

「GPSで走ったルートなんかもわかるやつあるでしょ？　これ、そういう機能ないの？」

忍は内心うろたえながら、答えた。

「アプリの説明にはなんかあった？」

「いや、特に何も。英語だから小難しいんだよな。親切じゃないし」

忍が無量の誕生日プレゼントとして贈ったスマートウォッチには、無量には言っていないが、GPSの発信機がついている。無量本人は使えないが、GRMには筒抜けになるという曰《いわ》く付きの代物だ。

「……マラソン選手もつけるメーカーのだから、GPSくらいは内蔵しててもおかしくないと思うけど」

忍は少々の計算もこめて答えると、無量は寝転がって「ふーん」と照明器具にスマートウォッチをかざしてみた。

「そっか。なら、そのうちアプリ追加されるかな」

「まだ出たばかりの機種だし、更新されれば、地図アプリとも併用できるようになるんじゃないかな」

「ふーん。早く使えるようにならないかな」

屈託のない無量の語調に、忍は注意深く耳を傾ける。警戒している。

諏訪での事件の時、忍は、無量につけた監視用ウェアラブル端末から位置情報を得た。緊急時に居所を探すためには大いに役立ったが、本人にはGPSがついていることは知らせていなかった。無量には、薄々とだが、忍に何かあることを疑っている節がある。これ以上不用意に疑惑を持たれないよう、位置情報の件も伏せたのだが、それが裏目に出たのではないか。

丹波理恵《たんばりえ》を救出した人間がＪＫであることは、まだバレていない。……はずだ。

だが、勘のいい人間なら、引っかかりを覚えるかもしれない。そもそも理恵とＪＫは面識がないから、助けに来たのが誰なのか、無量に伝わるはずもない。変装していたなら尚更《なおさら》だ。ＪＫが諏訪に来ていたこと自体、知らない。思いもよらないだろう。

だが、無量は変なところで勘が鋭い。

忍は慎重に観察していたが、無量は無邪気なものだ。探りをいれる様子はなく、アプリの棒グラフを眺めている。

「っしゃ。なら、三十分だけ走ってくるわ」

無量はスウェットのうえにパーカーを着込んで、立ち上がった。

「暗いから車に気をつけるんだぞ」

「子供か」

出ていきかけた無量が、ひょい、とキッチンを覗《のぞ》き込んだ。

「……だし巻き、大根おろしたっぷりね。忍おにーちゃん」

「ああ、ついでに牛乳切れそうだから買ってきて」

無量が右手を差し出した。いつものように、その手は革手袋をはめている。お金をくれ、と言っている。その仕草があまりにも子供の時のままで、忍はつい破顔してしまった。

「ポテチは二袋までだぞ」

「はーい」

千円札を受け取ると、無量はおどけたように手を振って出かけていった。

少し前までは、無口だとか無愛想だとか言われていた無量だが、心を許した人間の前では、だいぶ砕けてきたようだ。忍の前では、甘えっ子な弟ぶりは変わらない。

忍のプレゼントを素直に喜んでいるのがわかるだけに、苦い。

マラソン用GPSが入っている、と前もって言っておけばよかっただろうか。だが、それを言っては居場所が第三者に筒抜けになっていることが、何かの拍子に露見しないとも限らない。諏訪の事件で、忍が無量の監禁場所を把握していた理由を、幸いにも萌《も》絵《え》は追及してこなかったが、救出したのがJKだとばれた時点で、詰んでしまう。

──苦肉の策だね。

JKは見透かしている。

忍の仕事は、無量という「不自然な発掘者《アンナチユラル・デイガー》」の動向を監視することだ。その能力が本物なら、いずれは無量をGRM本社に連れて行かなくてはならない。

一番いいのは、彼らの求める人材には適合しないことを無量自身が証明してみせることなのだが、……忍の願いとは裏腹に、彼の発掘勘はますます冴《さ》えていく。

いっそ発掘などやめてくれ、と言いたいところだが、それは無量にとって「息をするな」というようなものだ。

ＧＲＭの建前は、紛争地帯での発掘ができるプロの養成だ。国境線の確定には地下から出てくる遺物が物を言うこともある。民族の歴史に基づいて、その土地がどこに帰属するかを主張する。そのために遺物が政治利用されることもある。

――国家の意図に応じた遺物を出すプロフェッショナル、それを紛争地帯に送り込むのが、ＧＲＭの目的である。

だが、忍には、それだけだとはどうしても思えないのだ。

民間軍事会社が無量の「右手」を執拗《しつよう》に求めるのには、何か別の意図があるのではないか。

ＪＫは、容易に尻尾《しっぽ》を摑《つか》ませるほど甘い男ではない。ただの気のいいグルメおじさん、などでは決してない。

「………。無量を守る、か」

自嘲《じちょう》気味にひとりごち、洗ったレタスをちぎり始めた。

――忍ちゃんのメシ、ほんと、うまいわ。

――ずーっと喰《く》わせてよ。

リビングには無量が放置したままの発掘道具が並んでいる。片付けを面倒くさがる無量は、取り込んだ洗濯物もソファーに投げっぱなしだ。いつもソファーに積み上げて、その日着る服や下着だけを取っていく無量に、忍がしびれをきらしてつい畳んでしまう。

――まるで世話焼き奥さんですね。

萌絵にも呆《あき》れられた。

別に罪滅ぼしのつもりはない。ただ、今だけは……。

突然、スマホが着信を知らせた。

濡《ぬ》れた手を素早くエプロンで拭《ふ》いて画面を見ると、亀石《かめいし》発掘派遣事務所（カメケン）の亀石所長の名がある。忍の勤務先からこんな時間にメールではなく電話とは。

「はい。相良です」

電話の向こうの亀石は、開口一番「いま家か？　無量はいるか」と訊《たず》ねてきた。

「無量なら、ついさっき、ジョギングに出たところですけど」

電話に全く出ないという。ふと見ると、テーブルに無量のスマホがある。忍は洗い物をしながら考え事をしていたため、振動音にも気付かなかったようだ。

「手ぶらで出てったみたいです。何か急ぎの言伝《ことづて》でしたら、俺から伝えますけど……。え？」

用件を聞いた忍は思わず訊《き》き返してしまった。

「無量に折り入って、頼み事……？」

＊

「おい、無量じゃないか」

ジョギングを終えて公園を出たところで、無量がばったり鉢合わせしたのは、柳生篤志《やぎゅうあつし》だった。元カメケンのエース発掘員《ディガー》で、今は親会社・亀石建設の発掘部門にいる。

「十兵衛《じゅうべえ》さん、こんばんは。どうしたんすか、スーツなんか着て」

「今日は入札だったんでな。ちょっとお役所まで」

自治体の発掘調査は、それを受け持つ事業者を入札で決める。電子入札を導入しているところも増えてきたが、昔ながらに会場で行うこともある。一会社員である柳生の仕事は現場だけではないのだ。

「今はどこの現場に入ってんだ？」

「いま休みなんすよ。次の現場まで二週間くらい空いたんで、ちょっと早めの冬休み取っとこうかと思って。夏からずっと働きっぱだったんで」

「ああそれでか。昨日、亀石に会った時、ちょっと妙な相談を受けてなあ。聞いてないか？」

「妙な相談？　なんすか、それ」

街灯の下で木枯らしに吹かれながら、柳生はコートの襟を立て、

「亀石の知り合いんところで、なんか変な遺物が出たらしいんだ」

「変な？　どこの現場すか」

「それが現場じゃないらしい。家の庭から出てきたようなんだが、どう取り扱っていいのかわからない代物とかで、相談されたんだと。昔、世話になった相手で、断るに断れ

ないらしい。とりあえず現物を見ないことには何とも言えんのだが、亀石も俺も、年末の予定ぎっしりで動けなくてなあ。だったら無量に頼むかって」

　俺すか？　と無量は首を傾げた。

「具体的になにするんすか？」

「その家に出向いて、庭から出た遺物の正体が何か、見てきて欲しいそうだ」

「そういうのは地元の学芸員さんとかにお願いするもんじゃ」

「お願いできない事情があるらしい」

　写真も送れないという。なにやらワケアリの匂いがする。

「よほどヤバイもんが出てきたんすね……」

　たまにあるのだ。「出ては困る遺物」が出てきてしまう事例が。一番多いのは人骨で、犯罪がらみではない、とも言い切れず、稀《まれ》に警察沙汰《ざた》になったりもする。（とはいえ、出土遺物は拾得物扱いなので一旦《いったん》、警察に届ける決まりになっている）

「まあ、時間はありますけど……」

「謝礼ははずむそうだ。ちょっと行ってきてくれないか」

　無量の業務形態は「派遣」だ。会社員のようにボーナスがある身ではないので、謝礼金、の一言には心が動いた。

「……まあ、いいすよ。休みったって、ホームセンター巡りくらいしかしてないし」

「おまえは身内みたいなもんだし、カメも安心して任せられるだろう」

「で？　どこなんすか？　依頼人の家は。都内？」

柳生は「うん」と一拍おいてから、答えた。

「高知だ」

はあ？　と無量は目を剝《む》いた。

「こーち？　って、四国の高知っすか！　遠っ！」

「飛行機代も宿泊費も出してくれるから、まあ、冬休みの旅行だと思って、ちょっくら行ってきてくれよ」

柳生はお猪口《ちょこ》を傾けるような仕草をしてみせた。

「南国高知だ。運が良ければ、うまい戻りガツオが喰《く》えるぞ」

第一章　ありえない遺物

南国土佐《とさ》は、鰹《かつお》が名物だ。

特に秋は戻り鰹と言って、黒潮にのって関東沖にあがっていた群れが、寒気とともに戻ってくる。戻り鰹は脂がのっていて格別うまい。高知で食べる鰹のタタキは絶品だ。

十二月になると、ほとんど獲《と》れなくなるのだが、まれによく肥えた戻り鰹が水揚げされることがあり、運が良ければ最高の一品にありつける。

「だからって、別に戻り鰹につられたわけじゃないから」

無量《むりょう》は言い訳をしながら、高知龍馬《りょうま》空港に降り立った。

「そうなの？」

その無量に付き添っているのは、亀石《かめいし》発掘派遣事務所の永倉萌絵《ながくらもえ》だ。

「十二月の高知なんて何もない時期だから、てっきり一発狙いかと……」

「そこまで鰹に執着はない。つか、期待して来たのはあんたでしょ？」

無量の助手という名目で、急遽《きゅうきょ》決まった出張だったが、萌絵が心なしかウキウキしているのは、間違いなく鰹のせいだと無量は思った。

「地元で食べる鰹のタタキは最高なんだよ。東京で食べるのより、ずっと分厚いの。にんにくのスライスをのっけて、たまねぎとみょうがとネギね。全部たっぷりのっけて、がぶーって食べるのが、夢のように美味《おい》しいんだから」

「まるで地元みたいな言い方」

「あ、実は私、中学の頃、少しだけ高知にいたんだ」

無量は初耳だ。父親の転勤で、数年間、高知市内に住んでいたのだという。

「二年前、同窓会で一度遊びに来たのが最後かな。土佐の子たちは酒豪が多くて、飲み会もすごかったよ」

「ああ……。わかるわ。高知県人めっちゃ酒飲む」

無量もかつて、高知で発掘をしたことがあるのだが、現地スタッフとの飲み会は凄《すさ》まじかった。酒を酌み交わす時は、注がれた酒を必ず飲み干すという慣例がある。杯を置かせないように、お猪口の底が尖《とが》っているものまである。

「あの時はさすがに翌日起きれなかったわ……」

「うん。ふつーに一升瓶で飲むもんね。女子も強いもんね」

萌絵は短いながらも高知に住んでいたので、多少の土地勘はある。亀石からそこを買われて、同行者に指名された。だが、無量は不安だ。

「つか、あんたの運転でまわんの？　ほんとに大丈夫？」

「これでもだいぶ上達したんだから。まかせて。高知の道には詳しいし」

父親が坂本龍馬《さかもと》大好きで、史跡めぐりであちこち連れ回されたのだという。確かに、空港の名前になるくらいだ。高知を代表する歴史上の人物には間違いない。

ターンテーブルに載ってまわってきたキャリーケースを慌てて追いかける萌絵を眺めて、無量は不安でいっぱいだ。

「……ま。元・地元なら、いつもよりは役に立つかな」

空港でレンタカーを借りて、依頼人の家を目指すことになった。


依頼人の名は、鎌田昌子《かまたまさこ》という。

五台山《ごだいさん》の近くで農家を営んでいる。空港からは近い。車で二十分ほどの距離だ。

あたりは田園が広がっており、鎌田家はなだらかな山裾《やますそ》に大きな屋敷を構えている。昔ながらの農家らしく、大きな三角屋根をもつ古民家だ。L字型の建て構えは鍵屋造《かぎやづくり》か、二棟造か。たぶん、その昔は茅葺《かやぶ》きだっただろう。

別棟は一見、造りが納屋のようだが、居住しているのか。二階にガラス戸がはまっていて、軒下には洗濯物が干してある。

「あなたが西原《さいばら》さん……ですか」

鎌田昌子は母屋の玄関先で迎えてくれた。年齢は五十代半ば頃だろうか。目が細く柔和な顔立ちだが、くっきりとした眉《まゆ》がいかにも土佐の「はちきん」らしい。土佐弁で、男勝りの女性を指す言葉だ。

「プロの発掘師さんやと聞いちょったき、えらい年配の先生が来るものと思ってました」

「すいません……。えらい先生じゃなくて」

「いえいえ。そがな意味ではなく。……さ、どうぞ」

亀石とは、鎌田の俳句仲間を通じて知り合ったという。その俳句仲間は元県議会議員で、亀石は明治維新百三十周年イベントが開催された時に手伝いをしたという。坂本龍馬ら幕末ヒーローを顕彰して、高知県を盛り上げようと旗振りした。今度の一件も、その人物を通じて亀石のもとに相談がやってきたという経緯だった。

無量のことは亀石から電話で一通り紹介されて「出土遺物のプロだから」と太鼓判を押されているという。

ふたりは客間に通された。紅《あか》く染まった庭の楓《かえで》が、美しい。

萌絵はここ最近の無量の現場について語って聞かせた。

「へえ、水中発掘までされるがですか。すごい」

「先日まで諏訪で縄文遺跡を掘っていました」

「縄文かあ。高知にもあるがやろか」

「あるっすよ。確か、縄文の漆製品が出てるはず。東北ではいくつか出土例があるけど、西のほうでは珍しいっすね」

エプロン姿の若い女性が入ってきて、ふたりを茶と和菓子でもてなしてくれた。別棟に住む息子の妻だという。

「あ、なつかしい。青柳《あおやぎ》の〝土左日記《とさにっき》〟」

と萌絵が破顔した。そぼろをまぶした求肥《ぎゅうひ》の中に餡《あん》が入っている。高知名物だ。元・地元民だと告げると、昌子は顔をほころばせた。

「どこらへんに住んじょったがですか」

「知寄町《ちよりちょう》です。菜園場《さえんば》のちょっと先の」

「次男夫婦があのへんに住んじょりますよ」

地元話でひとしきり盛り上がる萌絵を、無量は感心そうに眺めている。いつも遠方の現場では頼りない萌絵だが、ここでは確かに地元並に動きまわれそうだ。

打ち解けたところで、無量は本題に入ることにした。

「さっそくですけど、こちらの庭から出た遺物というのを、見せていただけますか」

昌子の表情が硬くなった。

空気が張り詰め、厳《いか》めしい顔つきになり、

「……このことは、決して口外せんと約束してもらえますか」

無量と萌絵は、顔を見合わせた。緊張感が漂った。

ふたりは真顔でうなずいた。

「はい」

一度奥に下がった昌子が、抱えてきたのは、桐箱だ。

茶器が入っていそうな大きさだった。

「……この中に？」

「一応、土を落として洗うたがです。重いき気をつけて」

無量は「失礼します」と言い、蓋《ふた》をあけた。真綿を敷き詰めたところに四角い物体が収まっている。金属製の分厚い板状の真ん中に、亀か獅子《しし》らしき像がのっかっている。

一目見て、無量はぴんときた。

「……銅印……ですか？」

「どうぞ手にとってみてください」

無量は用意してきた真新しい手袋をはめて、中身を取りだした。重い。座卓に敷かれたタオルの上に慎重に置いた。萌絵も身を乗り出した。

「これは……」

九センチ四方の方形銅印だ。青い銅錆《さび》に包まれているが、かろうじて印面の凹凸は保たれている。ふたりは志賀島《しかのしま》で出た金印も見たことがあるが、それよりずっと大きい。

「なんて彫られているの」

印面を見ても錆が強くて、ちょっとよく判別ができない。

「何かの官印？……か、武家の印章？」

武家文書にみられる印判状に使われた印章のことだ。

戦国時代、大名が花押の代わりに用い始めた。よく知られているのは後北条《ごほうじょう》氏で、用途に応じて数種類を使いわけたといわれている。後北条の「虎の印」、上杉《うえすぎ》の仏神名号印、今川《いまがわ》の「如律令」印、そして信長《のぶなが》の「天下布武《てんかふぶ》」印などが有名だ。だが、印判の使用は東国に多く、西国では少ない。九州の切支丹《きりしたん》大名・大友宗麟《おおともそうりん》が用いたアルファベット印などは有名だが、四国の戦国大名が用いたものを、無量は見たことがなかった。江戸時代の印判だろうか？

「印面を判読したいのですが、直接捺《お》すのは危ないので、拓本を取らせてもらってもいいでしょうか」

「そう仰《おっしゃ》るだろうと思って、とってきました」

句碑めぐりが趣味だという昌子は、拓本の心得もあるという。

こちらです、と画仙紙を差し出した。

「こちらが、印影です」

見た途端、無量も萌絵も首を傾げた。…なんだこれは。

錆が出ているため、だいぶかすれてはいるが、うっすらとした文字を追うと、そこには四文字の象形文字とも記号ともつかないものが記してある。三文字はかろうじて篆刻《てんこく》などで見かける字体だか、左上のひとつは、ほとんど絵か記号だ。

「古そうな割にずいぶん可愛い字体のハンコですけど、なんですか。これ」

「母が昔、書を習っていたので見てもらったところ……。おそらく、右上から、天地の〝天〟、皇帝の〝皇〟、御中の〝御〟、玉璽の〝璽〟……ではないかと」

無量は言われた文字を座卓面に指で空書きする。そして、息を呑《の》んだ。

「待ってください……。この四文字って……これ……っ」

「はい。まさかち思うんですが」

「この印に刻まれてるのは……」

さすがの無量も顔が強《こわ》ばっている。

「──〝天皇〟……〝御璽《ぎょじ》〟……」

萌絵も息を呑んだ。

「うそでしょ……」

昌子が神妙にしている理由が、ふたりにもようやく理解できたのだ。

「……これは、御璽、なんですか？　一体どういうことです」

「わからんがです。なんでこんなものがうちの山から出てきたんか」

歴代天皇が公式に用いる印璽──つまり、印鑑だ。

もちろん、現代でもそれは使われている。総理大臣などの任命書や天皇の国事行為に伴う文書に捺される公印だ。国璽と御璽は、それぞれ厳しい管理のもとに置かれ、使用される時も現代の法に則《のっと》って行われる。

御璽はかつて「内印」と呼ばれ、飛鳥時代から使用されてきたと言われる。正倉院《しょうそういん》に残る文書にも、捺されたものが残っている。歴史上、何度か鋳造されてきたが、もちろん、それは天皇の身とともにあって宮中から持ち出すことは御法度だ。

「物が物だけに、おいそれと他人様《ひとさま》にはお訊《たず》ねすることもできず。これは……何なんでしょうか」

昌子は神妙な表情を崩さない。

「なぜ、こんなものが、我が家の山にあったんでしょうか……」

確かに、ただならぬ遺物だ。

きちんとした発掘調査で出たものならばいざしらず、ただ庭先を掘っていて見つかったものは、発見時の状況すら記録に残っていない。そんなふうにして見つかったものが、「御璽《ぎょじ》」だなんてことになれば、問題だ。「御璽」を持っている、などということになれば、ひとつ間違えれば「偽造」と取られる恐れもある。偽造罪に問われかねない。

「何か心あたりがないか、母に尋ねたのですが、途端に顔色を変えて、絶対によそ様には見せるな、と」

昌子の母は八十五歳。戦争を知る世代だ。

「家の庭からこがなものが出たとご近所に知られたら、なにを言われるかわからんき、隠せ、と言われました。でも、このままにもしておけず、どがいしたらええか、信頼できる方に相談しようと思い」

それで知人に相談し、亀石経由で無量にお鉢が回ってきたわけだ。

「このあたりに、なにか遺跡があった、というような話は伝わっていないでしょうか」

「遺跡？　そがなたいそうなもんは」

「あ、大袈裟《おおげさ》な話でなくて、土器のかけらがひとつ見つかっただけでも遺跡とみなされるんです。近所の宅地造成とかで、そんな話が出たことはありませんか」

さあ、と昌子は首をひねった。

「近所で発掘調査のようなものがあったこともないですし……」

「そうですか」

顎《あご》に手を当てて考え込んだ無量が、顔をあげて言った。

「……これが見つかった場所を見させてもらってもいいですか」

昌子は無量たちを「御璽《ぎょじ》らしきもの」が出てきた場所に案内した。

庭……といっても鎌田家の敷地は広い。

畑から山まで持っている。遺物が見つかったのは山裾《やますそ》の斜面だ。

「息子夫婦が新しく文旦《ぼんたん》を始めると言い出して……。あそこの斜面を文旦畑にするため、雑木林の伐採作業をしよったときでした」

昌子が指さしたところには、切り株を取り除いた跡があった。遺物はその根元に埋まっていたらしく、根を掘り起こした拍子に土の中から転がり出たという。

「ここは一週間前に出てきた時のまんまにしちょります」

「念のため、記録とらせてもらっていいですか」

無量はリュックから必要最低限の測量道具を取りだして、状況を記録し始める。萌絵も手伝った。出土時の証拠写真はないが、何もしないよりはマシだ。

「だいぶ大きな切り株ですね。これ樹齢百年は超えてますね」

「ここには以前、小さい祠《ほこら》があったがです」

「祠？　おうちの？」

「はい。小さい祠を置いて山神様やお稲荷《いなり》さんを祀《まつ》ってます。もしかしたら、祠の下に埋まっちょったんかも」

無量はしゃがみこんだまま、じっと斜面を見つめている。

「……そういえば、ここだけテラスっぽい」

「テラス？」

「平坦《へいたん》な削平地のことっす。斜面に何かを埋めた跡は、こんなふうになりやすい」

萌絵が無量の顔を覗《のぞ》き込んで問いかけた。

「やっぱり、あれを埋めるために、かな？」

「わからない。祠を目印にしたのかも」

「でも、いつ？　誰が？」

無量はしゃがみこんだまま、じっと出土場所を睨《にら》んでいる。正規の発掘調査で出たなら、土層の具合でおおよその年代を知ることもできるが、切り株の根を掘り起こしたせいで派手に攪乱《かくらん》を受けてしまい、まったく見当がつかない。

「その祠がいつからあったか、とかは、わかりますか」

「私が生まれた頃にはすでに。父はもう亡《の》うなっちゅうので、いつからかは」

祠は庭の隅に移したという。が、いつ建立したかを示す文字はなかった。

一旦《いったん》、記録を取り終えたふたりは、母屋に戻ってきて、今度は「御璽《ぎょじ》らしきもの」の記録を取ることにした。

「写真を撮るんは勘弁してもらえますろうか」

「はあ。鎌田さんの許可をもらわないうちは画像も外には出さないつもりでしたが」

「まだちょっと怖いき」

人目にさらされることを警戒しているようだ。

「あの、どうながでしょう。やっぱり贋物《にせもの》なんでしょうか。それとも」

「なんとも言えません……。預らせてもらえれば、もう少し詳しく調べられるんですが」

昌子は母親に内緒で調査を頼んできたらしく、今日は介護施設のデイサービスを利用する日でたまたま留守だったらしい。外に持ち出すのは厳しそうだ。

「あの……、それと関係あるかわからんがですが」

「なにか心あたりでも？」

昌子は少しためらいがちにしていたが、思い切って口を開いた。

「その印影、少し調べてみたら、江戸時代に使われよったものとよう似ちゅうようながです。そして実は、うちの先祖はその昔、土佐勤王党《とさきんのうとう》の党員やったと」

「土佐……勤王党？」

　無量が記憶を手繰るよりも先に萌絵が反応した。

「土佐勤王党って、幕末の？　武市半平太《たけちはんぺいた》がつくった、あの？」

「はい」

　なんだっけソレ、と無量が目で訊ねる。遺物には詳しい無量だが、歴史には疎いところがある。

「幕末、土佐藩の下級武士とかで結成された一団。尊皇攘夷《じょうい》の志士たちだよ。盟主は土佐藩士の武市半平太で、あの坂本龍馬や中岡慎太郎《なかおかしんたろう》も党員だったの。まあ、あとで離れちゃうんだけど」

　幕末の土佐藩が、薩摩《さつま》や長州《ちょうしゅう》といった大藩と並んで名を残せたのは、土佐勤王党のリーダー——武市半平太の功績によるところが大きい。尊皇攘夷の時勢に乗って「一藩勤王」を唱え、土佐藩を長州に並ぶ急進派勢力にしようとして力をつけた。京においてもその存在感と発言力は大きかったという。

「その党員だったんですか。すごいじゃないですか」

「はい。血盟書には名はないがですが、京では武市先生のもとで身の回りのお世話をしよったとか」

「武市半平太のもとで？　すごい」

「うちから車で五分ばあ行った仁井田《にいだ》というところに、武市先生の旧宅とお墓があるがです。先生が城下の菜園場《さえんば》に道場を開いた後も、通いよったみたいです」

「なら龍馬や岡田以蔵《おかだいぞう》なんかとも顔見知りだったかもしれませんね」

オカダイゾウ？　と無量が聞いた。萌絵はもどかしげに、

「人斬り以蔵のことだよ。剣の達人で、要人の暗殺を請け負ってたっていう」

「また物騒な」

「血で血を洗う幕末だからね……。勤王党は確かに、幕府よりも天皇に忠誠を尽くして異国を打ち払う、という考えのひとたちでしたけど、とはいえ、これは」

はい、と昌子も言葉を濁してしまう。

「いくら土佐藩の要職にある人でも宮中には簡単に入れるはずもないし……。やっぱり贋物ながでしょうか」

無量は腕組みをして「御璽《ぎょじ》らしきもの」を睨みつけ、考え込んでしまった。

「……まあ、とにかく調べてみます」

鎌田邸から去ろうとした無量は、帰り際にもう一度、「御璽らしきもの」が出てきた山の斜面を見にいった。

切り株が、ごろり、と横倒しになったまま、放置されている。問題の銅印はその根元から出てきたという。無量はある一点を見つめたまま動かない。

「何か気になることでも？」

萌絵が覗き込むと、無量がリュックをおろして、中から愛用の移植ゴテを取りだした。そして、何を思ったのか。切り株の近くを掘り始めたのだ。

「え、ちょっと……西原くん？」

一度掘り出すと、無量は止められない。無言で掘り続けること、数分。移植ゴテの先端に何かがあたった。硬質な感触は、金属のようだった。土の中に、何かが顔を覗かせている。無量は慎重な手つきで、周りの土を取り払うように小刻みに動かした。

「これは……」

無量の横から萌絵と昌子も覗き込んでくる。

「……メダル？」

掌《てのひら》に載るほどの、半月形の金属盤だ。無量は萌絵に写真を撮らせて、出土状況を簡単に記録すると、そっと取り上げた。

「なんだ……これ？」

直径十センチほどの銅製品だ。やや厚みがあり、錆《さび》も出ている。片側にだけ彫刻が施されていて、扇のようなものが数枚並んでいるように見える。

「……鏡……？」

手にしていると、やけに熱い。右手がカッカとしてきて、カイロでも握っているようだ。

念のため、昌子にも見てもらったが、見覚えがないと言われた。

「もしかして、あの銅印と一緒に埋まっていたもの……？」

「……。これ、ちょっとお借りしてもいいっすか」

「はい。かまいませんが」

昌子から許可を得、無量は取り上げた銅製品を丁寧にタオルで包《くる》んだ。

他にも何か埋まっていないか、さらに掘り進めていた時だった。訪問者が現れたのは。

「君たちか。亀石くんが推薦してくれた調査員というのは」

六十代くらいの男性だ。ギンガムチェックのジャケットとハンチング帽という出《い》で立ちが、クリケットをする英国紳士のようだ。よく整えたグレイヘアと顎髭《あごひげ》、メタルフレームのメガネがどことなく知的で上品だ。

「多治見《たじみ》さん、おいでになっちょったんですか」

昌子が挨拶《あいさつ》をして、無量たちに紹介した。

「こちら、元県議会議員の多治見孝三《こうぞう》さん。亀石さんを紹介してくださった」

「多治見です。今日こちらに来られると聞いちょったので、一言ご挨拶をと」

昌子が銅印の件で最初に相談した人物だった。

地元の俳句会で代表を務めていて鎌田家とは古いつきあいだという。県議で三期十二年務めて文化振興に力を入れ、明治維新をテーマにした観光事業でも旗振り役を担っていた。県議をやめた今も、様々な団体の会長をいくつも兼任しているという。

「……それで、なにかわかりましたか。例の銅印のこと」

「今のところはまだなんとも。とりあえず記録はとったんでこれから調べます」

「本来なら、教育委員会にすぐ報告するところなんですが、鎌田さんが表に出すのは抵抗があるち言うんで、相談に乗ったがですよ」

ある程度、下調べして、世の中に出しても問題ないものだとわかったら、県の教育委員会に任せるつもりだったらしい。

「私のほうでも力になれることがあったら協力しますので、何でも言うちゃってください」

面倒見のいい人物らしく、地元では顔も広い。頼りになりそうだ。

「お世話になります。よろしくお願いします」

連絡先を交換して、無量と萌絵は鎌田邸を後にした。

＊

「しかし……。土佐勤王党員の家の庭から、天皇御璽《ぎょじ》……とはね」

高知の街は雨が降り始めていた。

はりまや橋近くのホテルにチェックインした無量と萌絵は、夕食をとるべく街に出た。帯屋町《おびやまち》商店街の一角にある萌絵おすすめの土佐料理店に入り、作戦会議と相成った。

「西原くんはどう思う？　本物だと思う？」

「うーん。あまりにうさんくさくて、かえって本物だったらどうしようってなってる」

「私も面食らっちゃった。大名の印章とか国司や郡司の官印ならともかく、まさかこんな展開が待ってるとは」

萌絵は鰹《かつお》のタタキににんにくスライスを延々とのせながら、頭を抱えている。

「これ私たちの手に負える案件なのかな。所長に相談したほうが」

「まあ、亀石サンに相談するにしても、もう少し下調べしないと」

無量も「さえずり（くじらの舌）」に酢味噌《すみそ》を何度もつけつつ、思案している。

「……贋物《にせもの》だったとしたら誰かの偽造ってことになるし、堂々と表には出しづらいやつだけど。大学の先生とか埋文《まいぶん》（埋蔵文化財センター）の専門家んとこ持ってって調べてもらったほうが早い気も」

「私もそう思うけど、決めるのは、所有者さんだから」

鎌田家は表沙汰《おもてざた》にするのに及び腰だし、無量たちも調査を請け負う際に守秘義務を負ってしまったので、よそ様の助けは求めにくい。しかも、着手料までもらってしまっているので何らかの結論は出さなければならない。

「……遺物出すのは専門だけど、正体つきとめるのは専門じゃないからなあ」

ボーナスにつられて安請け合いしたのを少し後悔してしまった。

「しかも幕末か……。俺、一番苦手なとこだわ。土佐勤王党ってのはどういう人たちなの？」

「あ、うん。さっきも言ったけど、幕末の土佐藩の下級藩士を中心にした集団で」

がやがやと賑《にぎ》やかな店内で、萌絵はちょっと声を張り気味に言った。

「尊皇攘夷《じょうい》を唱える若い人が結集した〝勤王の志士〟のグループっていうかな」

「そもそも幕末って何であんな大騒ぎになったんだっけ？」

「それはね、発端は黒船」

「ペリー来航？」

「そ。外国船が来て、江戸幕府に開国を迫ったのね。幕府はわかったーって条約を結んだんだけど、その内容が不平等な上に、天皇の許可なし。けしからんっていって大ブーイングくらって、世論がまっぷたつ。『外国は日本を侵略する気だから、鎖国を続けて追い払え』っていう攘夷論派と、『今は外国と戦っても勝てないから、まず開国して外国の技術を取り入れましょう』という開国論派に分かれたの」

「ふーん。てか、江戸時代の天皇って何してたの？　あんま名前聞かないんだけど」

「うん。ずっと影が薄かったもんね。諸悪の根源は禁中並公家諸法度《きんちゅうならびにくげしょはっと》」

「なんか聞いたことある」

「徳川幕府が天皇と公家のあり方を取り決めた法律なんだけど、この掟《おきて》のおかげで天皇と朝廷は立場が弱くて、幕府の許可なしには何もできなかったの。官位を授けたりはするけど、全部幕府の指示通り。幕府には逆らえない。政治に関わらず、質素倹約につとめ、お勉強だけしてなさいって感じで」

「どうりで聞かないわけだ」

「それが幕末に光格《こうかく》天皇というひとが出てきて、天皇の復権をめっちゃ進めてね。天皇って称号すら使われなくなってたのを九百年ぶりに復活させたって」

「九百年！　えっ、天皇でなかったら、なんて呼んでたの？」

「禁裏とか主上とか。亡くなった後も〝天皇〟の二文字はつけず、院ってつけるだけ」

そんな話は教科書には載っていない。無量はびっくりだ。

「その孫が孝明《こうめい》天皇。いわゆる幕末の天皇と言えば、この人ね。孝明帝は幕府の権威が弱くなってくのと反対に、天皇の権威がどんどん高まってきてた時、鎖国しろ攘夷しろって大きな声で主張してたの。幕府もそれを無視できなくて、ご意向伺いだの折り合いだの言ってる間に、志士が沸騰」

「あ、だから攘夷派は天皇推しの勤王なの？　開国しろ、が幕府推しの佐幕だっけ？」

「そう。で、話を戻すとね」

と萌絵は塩タタキを飲み込んだ。

「土佐藩の山内《やまうち》家はお世継ぎが死んじゃった時、お家断絶しそうになったのを幕府に大目に見てもらった恩もあって、どっちかっていうと佐幕——公武合体派だったのね」

「公武合体ってなんだっけ」

「ざっくりいうと、幕府と朝廷がひとつになって国論もひとつにまとめあげますよっていう。でも基本、開国しますからねっていうほうかな」

「つまり、尊皇攘夷の逆？」

「うん。それに反発したのが武市半平太たち。彼らは他の藩のひとたちと頻繁に交流してたから、攘夷論に染まって、開国なんてあほぬかせーっ、へなちょこ幕府にまかせられるかー、俺たちの推しは帝じゃー、外国船は打ち払えーっ鎖国しろーって熱くなって、とうとう土佐勤王党を結成したの」

時流も「勤王」。「尊皇攘夷」の熱が急速に高まっていた。

中でも一番熱かったのが長州藩だ。

長州に続けとばかりに土佐勤王党を結成した武市は、土佐藩ごと勤王勢力にして攘夷を実行しようと奮闘したのだ。

「土佐藩は、身分制度が他の藩よりも厳しくて、同じ武士でも、身分の高い上士と身分の低い下士に分かれてたの。武市半平太は下士だったけど、すごく頭のいいひとで、下士の中でも白札郷士と言って上士に近い扱いを受けてたんだって。城下で塾を開いて、たくさんの郷士たちが門弟になってたのね」

一種のカリスマだ。土佐勤王党を結成するときも、志をもった大勢の郷士が、我も我もと参加した。血盟書に名を記した者の多くは身分の低い郷士たちだった。

「なんで土佐藩はそんなに上下が厳しかったの？」

「あ、それはね。戦国時代に溯《さかのぼ》るんだけど、土佐はもともと長宗我部《ちょうそかべ》のお殿様が治めてたでしょ」

「あ、知ってる。アニキーって呼ばれてるひとでしょ」

「それゲームのキャラね。そのモデルになってる長宗我部元親《もとちか》の子、盛親《もりちか》は、大坂の陣で豊臣《とよとみ》方についちゃって処刑されちゃうの。で、長宗我部のあとに入ってきたのが、山内一豊《かずとよ》」

「つまり、その殿様にくっついてきた侍が上士で、長宗我部の家臣だったのが郷士だ」

そう、と萌絵は指をたてた。

「長宗我部の遺臣が、郷士。まあ、厳密にはもう少し細かい区分があるんだけど。……そうそう。中には、龍馬の実家・坂本家みたいに『郷士』って身分を買ったりしたひとたちもいるの。知ってると思うけど、龍馬んちは本家が才谷屋《さいたにや》っていう豪商だったから、割と裕福だったのね」

「おぼっちゃんだ……」

「龍馬は武市さんの親戚《しんせき》で、幼なじみだったみたい」

無量はゴリの唐揚げを口にほうりこみ、

「俺と忍《しの》みたいな感じだ。親戚じゃないけど」

「そんな感じ。相良《さがら》さんも頭いいし、西原くんもいじめられっ子で泣き虫だったし」

「も、とかゆーな」

「でも、袂《たもと》を分かっちゃうんだけどね」

無量がふと真顔になった。

「なんで？」

「あ……。つまり、武市さんは『一藩勤王』といって土佐藩を丸ごと尊皇攘夷派にしようとしたの。だけど龍馬は『それ無理』って思って結局土佐藩を捨てちゃうのね」

脱藩だ。

武市が「一藩勤王」にこだわるあまりなかなか腰を上げないことに、勤王党員の一部が業を煮やした。そして次々と脱藩してしまったのだが、その中に龍馬もいた。

脱藩とは主を捨てることを意味し、重罪だ。罪は家族にも及ぶ。それでも龍馬は土佐藩を捨てた。一方、あくまで土佐藩士であり続けた武市は、皮肉にも、そのために前藩主・山内容堂《ようどう》の命令で命を落とすことになるのだ。

「なんで？」

「元々、容堂は佐幕派で、吉田《よしだ》東洋《とうよう》っていう上士が藩を仕切ってたんだけど、武市さんたちが東洋を暗殺しちゃったの」

日本中が攘夷の熱に浮かされていた。攘夷決行へと時流も急速に動いていた。勤王党も党員が次々と脱藩して離れていき、武市は後れを取ることに焦りを感じたのだろう。

武市がとった手段は「天誅《てんちゅう》」だった。

安政《あんせい》の大獄を仕切った井伊《いい》大老を、水戸《みと》藩士が「桜田門外《さくらだもんがい》」で殺したように。

「一藩勤王」の一番の障害である男を殺して、力尽くで道を通した。

「それで味を占めちゃったのか、武市さんはその後、人斬り以蔵のようなひとを使って邪魔者を暗殺しまくるようになっちゃったわけ」

「それで容堂の恨みを買ったと」

「でも容堂は、時勢を読んで、武市さんを利用したのね。頭がよくて政治力もあって長州や公家にも顔が利く武市さんは、当時の土佐藩を動かすようになってたの。だけど京都で政変が起きて、それまで勤王でブイブイ言わせてた長州藩は、京から追い出されちゃったのね。勤王派の公家たちと一緒に」

八月十八日の政変だ。これを境に、世の中の風向きはがらりと変わり、尊皇攘夷を唱える勤王の志士はなりをひそめ、佐幕派が強くなった。

「おかげで土佐藩では、勤王党の弾圧が始まっちゃったの。武市半平太は投獄されて、党員たちも捕まって拷問とかされて、数々の暗殺の首謀者が誰か、問い詰められたの」

岡田以蔵らも捕まり、自白した。武市半平太は「藩主への不敬罪」で切腹を命じられ、多くの勤王党員も処刑され、土佐勤王党は壊滅してしまった。

「武市さんが投獄された牢屋《ろうや》の跡は、この道まっすぐ行ったところにあるよ。あとで寄ってみる？　今は石碑しかないけど」

「さすが元・地元。詳しくてびっくりする」

「そりゃあ、土佐の歴史だけは学校で叩《たた》き込まれましたから」

なるほど、萌絵が幕末に強いのは、どうやらゲームのせいだけではなく、高知に数年住んでいたためでもあるようだ。

「……その後、薩長が手を結んで、また勤王派――もう倒幕派かな。が盛り返してくると、あれだけ勤王党を弾圧した土佐藩もまた勤王に戻っちゃうんだよね」

「それ！　幕末って、どことどこが何で対立してんのかよくわかんなくて、時々ひっくり返ったりするもんだから、苦手だったんだわ」

「わかる。戦国の国盗《くにと》りみたいにわかりやすくはないよね。藩の中でも攘夷と開国が対立してたりするし」

　これに公家まで参戦してくる。幕末を学ぶとき、大体これでつまずくのだ。

「……あと、土佐藩が厄介なのは、容堂。容堂は腹の底はずっと佐幕派なんだけど、よくいえば、時勢をよく見てて、勤王が盛り上がってる時は勤王のふりしたりするの。だから武市さんや勤王党が利用価値あると思ってる間は、取り立ててみたり」

「あれでしょ？　すごい酒飲みで〝酔えば勤王　醒《さ》めれば佐幕〟のひと」

「武市さんは、価値観が古いとこがあって、えらいひとに褒められると素直に喜んじゃったりしちゃうから、本心が読めなかったんだろうね」

「それで腹切らされちゃうんだ。切ないね」

「うん。龍馬とは性格も居場所も真逆だよね」

　龍馬はその頃、幕臣・勝海舟《かつかいしゅう》のもとにいた。幕閣一先進的な男のもとで、新しい世界を見る目を養った。

藩という枠の中で力をつけることを望んだ武市。

その藩というものを壊そうとした龍馬。

「元勤王党の仲間には、その後、龍馬のもとに集まって海援隊《かいえんたい》のメンバーになった人もいるし。勤王党は、龍馬にとっても母校みたいなとこだったろうね」

「……それが土佐勤王党」

無量はざっくり、理解した。

酔いもまわってきた萌絵は、止まらなくなってきた。

「私ね、武市半平太が昔から好きなんだ。龍馬には『窮屈な奴』って言われちゃうほど、生真面目で堅っ苦しい人だったらしいんだけど、背高くて偉丈夫で」

「つまり、イケメン枠」

「……ま、それもあるけど」

と萌絵は照れ隠しに土佐の地酒を一口飲んだ。

「富《とみ》さんっていう奥さんとのエピソードが好きなんだー。半平太は獄中からしょっちゅう手紙書いてるの。お国言葉で、今日の報告や差し入れのリクエストしながら、愚痴ったり弱音吐いたり苛立《いらだ》ったり甘えたり意地張ってみたり。一年九ヶ月も牢《ろう》にいたんだけど『ねずみ取りのために飼い始めた三毛猫が可愛くてたまらん』だとか『今日の弁当に入ってた魚の味噌《みそ》漬けが美味《うま》かった』とか『自画像描いてみたんだが、ちと男前に描きすぎた』とか。そうそう、恋文みたいな和歌を詠んだり」

「恋文……」

「富さんが差し入れた梅をみてね」

〝この梅の花をば君の面影と　思ひかへして眺め暮らさん〟

恋しい想いが溢《あふ》れているような、温かな手紙を獄中で残している。

江戸や京で、他の勤王党員が女遊びをしまくる中、武市だけは決して女を近づけなかった。体面を重んじたせいもあるが、妻を一筋に愛していたのだろう。

「勤王党の盟主としての半平太――武市瑞山《ずいざん》は、頭脳明晰《めいせき》で統率力があって、冷静沈着で頑固者で堅物で狡猾《こうかつ》だったけど、ロマンチストなとこも透けて見えるの。そこが可愛いのかな」

「でも暗殺もさせてたんでしょ」

「うん。冷酷非情な策謀家でもあるよね」

陽のイメージがある龍馬とは、真逆だ。

獄中でも、自分に不利な証言をしそうな人間を毒殺させようとしている。実弟が死んだ時も、酷薄だった。

あくまで政治家でテロリストだった武市は、だが、江戸時代の武士の典型だった。忠孝と忠義を自らの規範とし、龍馬のようには自由になれなかった。

一方で、妻に感傷的な手紙を送ったり、風雅な絵を描いたり。

殺伐とした世情のただ中で、美しさも醜さも、矛盾することなく同居している。

「人間くさいひとだったんだな……」

店の壁に飾られた桂浜《かつらはま》の写真を眺めて、しみじみと無量が言った。

「命がけで国を変えるなんて、想像もつかない」

自分とそう年も変わらない若者たちが、次々と国の行く末を思って身を投げ出していった。

剝《む》き出しの熱情と狂気と。

自分もそういう時代に生まれていたなら、その熱に浮かされて、同じように渦中に飛び込んでいっただろうか。

「幕末くらいにまでなると史料が豊富だから、主役はやっぱ考古学よりも文献史学って感じなんだよな。悔しいけど」

「毎日、誰がどこで何をしてたか、事細かに残ってるもんね。でも史料は主観も入ってるし嘘もまぎれこんでるし。考古学は全く出番なしってことでもないと思うけど」

今回のように奇妙な遺物が出てくることだって、ある。

問題は土佐勤王党と、あの「御璽《ぎょじ》らしきもの」だ。

どう思う？　と萌絵が声をひそめた。

「やっぱ、贋物《にせもの》だと思う？」

「誰かが偽造した？　天皇の御璽を？　なんのために？」

「わからないけど、幕末の頃って、それこそ天皇からの勅命は、切り札みたいなものだったから」

それがあるだけで状況をひっくり返すこともできる。

実際、偽の勅書や勅旨――いわゆる偽勅も、たくさん出回ったらしい。

その流れでの「御璽偽造《ぎょじ》」があったとしても不思議ではない。

もしかしたら、鎌田家から出た「御璽らしきもの」も、誰かが何かを策謀して、それに使用するために偽造されたものではないか。

「だから、発覚を恐れて土に埋めて隠した？　そういうことか？」

萌絵は酔い気味の指でスマホを操った。

「……えーと。ちなみにいま現在使われてる天皇御璽は、明治七年に鋳造されたって。しかも銅印じゃなくて金印だって」

「その前のは？」

「どうなったのかはわからないけど」

それが高知にある、というのは、少々突飛だし、状況的にも無理がありそうだ。

「勅書をめぐる勤王党がらみの陰謀があったってことかな。やっぱ」

「土佐の郷士たちが？　そんな大それたこと、あの天皇崇拝者だった武市さんにできるかなあ……」

壮大な陰謀の香りは、部外者にとっては「歴史ロマン」で済むが、子孫にとっては不名誉な事実になることもある。

せめて、どんな企《たくら》みがあったのか、つまびらかにして研究対象にできるくらいになれば、「歴史的事実」の名のもと、広く語れるようになるだろうが。

「どっちにしろ、文献屋に力借りないと、厳しいか」

そもそも御璽《ぎょじ》は、文書に捺《お》すものだ。

無量は、だが文献史学家に多少、警戒がある。父親の藤枝《ふじえだ》教授のせいなのだが。

——考古学は文献史学の補佐的な学問に過ぎない。

などと言って憚《はばか》らない男だ。

「あー、思い出したら、またむかむかしてきた。あのいけすかないオヤジ」

「まあまあ……。呑《の》も呑も！」

土佐料理を堪能《たんのう》したふたりは、店を出た。

雨も小降りになっていたので、酔い覚ましに少し街を歩くことにした。

南国土佐は、さすがに東京よりは暖かい。

十二月とあって、イルミネーションが美しいが、気温が高いためか、夜風も柔らかい。

高知城もライトアップされている。街の真ん中にある高知のシンボルだ。長宗我部時代は大高坂《おおたかさ》城と呼ばれていた。

アーケードを抜けたところに、武市が投獄されていた牢の跡がある。かつてここは土佐藩の南会所。揚がり屋と呼ばれた獄舎があった。今は「武市瑞山先生殉節之地」という碑が立つのみだが。

当時の面影は、ない。かろうじて、お城だけだ。

ここにかつて「土佐藩」というものがあったと、感じられるのは。

「ここで、奥さんからの差し入れの梅の枝、見てたのか……」

銀行の角で、ぼんやりと呟《つぶや》いた無量を見て、萌絵は「うん」とうなずいた。

「龍馬も武市さんも、……土佐勤王党のひとたちはみんな、この町から、嵐のど真ん中に飛び出していったんだね」

ここから京都へ江戸へ長崎へ。その二本の足だけで奔走していたのだ。歩いては人と会って、歩いては人と会って、それを何度も繰り返して、時代を動かした。

「なんかすげーな……。幕末の志士って」

夜の街角に佇《たたず》んで、感慨にふけっている無量を眺め、萌絵は不思議な気持ちになった。多感な時期を過ごしたこの懐かしい街にいま無量がいることが、なんだか奇妙だったし、どことなくこそばゆいけれど、素直に嬉《うれ》しかった。

友達と笑いながら毎日通ったアーケード、見上げるお城。ソテツの木。

自分が育った街の歴史を知ってもらえることが。

「西原くん。雨も上がったし、龍馬の生まれたところも見にいこうか」

「え？　家まだあんの？」

「跡だけね」

夜風に吹かれて、ふたりが肩を並べて歩き始めた時だった。

行く手に、不穏な気配を感じたのは。

その人影は、建物の陰からヌッと現れた。

行く手に立ちはだかるように現れたのは、中背の若者だ。猫背気味で、黒キャップをかぶった上から黒いマウンテンパーカーのフードをかぶり、口元はマスクで覆っている。

その手にあるのは……。

刀だ。

右手に、抜き身の刀をぶらりと提げているではないか。

「な……っ」

咄嗟《とっさ》に萌絵が前に出て、無量をかばった。酔いは一瞬で醒《さ》めた。まるで刺客のような気配をまとって立ちはだかった若者は、フード越しに暗い眼差《まなざ》しでこちらを見ている。

「なんなんですか、あなた……。どいてください」

「奴らに頼まれたのか」

え？　と無量と萌絵は問い返した。

「——の御璽《ぎょじ》を奪いにきたんだろう」

「なんのことだか、わかんないんすけど」

「ここから消えろ。これ以上、あれに関わるな。さもないと」

いうやいなや、若者が斬りかかってきた。ふたりは反射的に身をかわして左右に散り、街灯の陰に隠れた。

「おい、なんのつもりだ！」

「天誅《てんちゅう》！」

再び斬りかかってくる。無量は髪一筋かわした。刀身が街灯にあたって一瞬火花が散った。

「西原くん……！」

「来んな、永倉！」

だが萌絵は果敢だった。手にした透明傘を刀がわりに応戦する。萌絵の繰り出す剣は、太極拳《たいきょくけん》の剣だ。かたや暴漢の太刀筋は古式剣術のそれだ。激しく刃を交え合ったが、速い。まるで幕末の剣客のような太刀さばきだ。

だが、萌絵の迅速ぶりが一段、上回った。

「う！」

肩口を傘の先端で鋭く突かれた男は、思わず刀を落としてしまう。尻餅《しりもち》をついた男に、萌絵が傘を突きつけた。

「奪うってなんのこと？　あの遺物のことを何か知ってるの！」

フード越しに暗くギラギラとした眼がこちらを睨《にら》んでいる。夜のアスファルトに滲《にじ》む油膜のようで、ただならぬものをふたりは感じた。そこにちょうどパトロール中の警官が通り掛かった。

「おい、そこでなにやってる！」

萌絵がはっと振り返った隙をついて、男が脱兎《だっと》のごとく逃げ出した。

「待ちなさい！」

落とした刀を拾って、裏道へと逃げ去っていく。警官に見咎《みとが》められ、追いかけることができなかった。事情を訊かれたが、知りたいのはこちらのほうだ。

「なんなの、今の……」

「まるで人斬りだな」

無量の脳内は、だが、やけに醒めている。

いきなり刀で斬りかかられて突然幕末に時が戻ったような気がした。勤王党の話を聞いた後だったせいか、今、この高知城下で何が起きても不思議ではないように思えた。

だが、このときすでに、ふたりは巻き込まれていたのだ。

あの「御璽《ぎょじ》」にこめられた、因縁の渦に。

第二章　博物館のリョーマ

どう考えても、襲われた理由は、あの「御璽《ぎょじ》らしきもの」しかなかった。

翌朝、ホテルの朝食会場で落ち合った無量《むりょう》と萌絵《もえ》は、どちらも寝不足気味だ。

「なんだったと思う？　昨夜のあれ」

萌絵が問いかけた。

昨夜、ふたりに斬りかかってきた男。

さすがに殺傷能力はない模造刀だったが、重さはそこそこあったから、くらえば打撲か、あたり具合によっては骨折くらいはしただろう。脅しではすまない。

御璽を奪いにきたのか、と口走っていた。

あの「天皇御璽」と記された銅印としか考えられないが。

無量はウィンナーに嚙《か》みつきながら、行儀悪く頰杖《ほおづえ》をついている。

「わかんね」

——所長に報告する。

萌絵は昨夜そう主張した。「天誅男」のことを亀石《かめいし》に伝え、調査を続けるかどうか、指示を仰ごうとした。が、無量に止められた。

——あいつ、何か知ってる。

おそらく銅印が出たことも、無量たちが調査のために鎌田家《かまた》を訪れたことも、全て把握した上での「脅迫」だ。つまり「それ」が何かを知っているのだ。

——だから、もう一度、あいつと会って聞き出す。

——なに言ってんの。また襲われろっていうの？

——襲われる前に聞き出せばいい。あえて動いて、あいつをおびき出す。

昨夜の「天誅」の真意を聞き出すために、接触する機会を待つ、というのが無量の作戦だ。萌絵は難色を示したが、確かに事情は知りたい。それがあの銅印の正体に繋《つな》がるなら尚更《なおさら》だ。萌絵は「一晩考える」と言い、答えを保留して、昨夜はそれぞれの部屋に戻った。

「で、亀石サンには伝えたの？」

無量が問うと、萌絵はジャムを塗る手を止めた。

「伝えようと思ったんだけど、最近、所長も心配性だから、すぐに調査を止めろって言われそうで……」

無理もない。現場に入るたび事件に巻き込まれる無量だ。

「だからって、このままうやむやにするのは気持ち悪いし、かと言って私たちだけだと心許《こころもと》ないから……。ここは相良《さがら》さんに知恵を借りようかと」

「忍《しのぶ》に？　忍に言っちゃったの！」

うん、と萌絵はうなずいた。無量からしてみれば、忍のほうこそ心配性だから耳には入れたくなかったのだが。

「忍、なんて？」

「うん……。速攻、仕事片付けて、こっちに来るって」

「まじか」

有給を使う気満々だったという。亀石には内緒だと言っていたので報告するつもりはないのだろう。そもそもあの過保護な忍が「無量が襲われた」と聞いて黙っているわけもないのだ（「萌絵が襲われた」ではないところが重要だ）。

「まあ、……そうなるわな」

「それまでは動くなって言われちゃった。どうしたらいいと思う？」

ホテルにこもってる？　と伺いを立てる萌絵に、無量は首を振った。

「いや。天誅男をおびき出すには、わかりやすく動いたほうがいい」

「でも下手に相手を怒らせたりしたら、今度は無事じゃ済まないかも」

「そのためにあんたっていうカンフー使いがいるんじゃないの？」

もっともだ。無量のボディガードは萌絵の使命だ。むろんその時は全力で守るが、危険な道はできるだけ避けて通りたい、というのが本音でもある。

「全幅の信頼には感謝しますけど」

「とりあえず、そいつがまた来たら、あんたの得意なハイキックで地面に沈めてよ。そしたら、縄でふんじばって吐かすから」

「こっちが警察呼ばれそう……。というか、あのひと、私たちをずっと監視してたってことだよね。一体どこから漏れたんだろう」

鎌田家で「御璽《ぎょじ》らしきもの」が出土したことを知っている者は限られているはずだ。鎌田家のひとたちは内密にしたがっていたから、家族以外では、昌子《まさこ》が相談した元県議の多治見《たじみ》孝三《こうぞう》と亀石所長だけのはず。

「多治見サンが、亀石サン以外にも声をかけてた……とか？」

「その可能性はあるかもね。ちょっと聞いてみる」

とはいえ、高知にいられる時間は限られている。脅しを恐れて手をこまねいている暇はない。調査は続行することにした。

「……そうくると思って、高知時代の恩師にメールを送っといた。歴史の先生だったから、土佐《とさ》勤王党《きんのうとう》に詳しい地元のひとを紹介してもらえるかも」

「あんたにしちゃ手回しいいね」

「一言余計。ただ返事が来るのを待ってたら、明日《あした》以降になっちゃうかも」

「なら地元の埋文《まいぶん》行ってみる？」

無量は以前、高知で弥生《やよい》時代の遺跡を発掘したことがある。その時に知り合った調査員がいるはずだ。

「あそこなら遺跡地図も閲覧できるから、鎌田さんちの近くでどんな遺物が出てるかわかるはず。なんか手がかり摑《つか》めるかも」

無量のその一言で、さっそく埋蔵文化財センターを訪れることになった。

＊

高知県立埋蔵文化財センターは、高知市のお隣の南国市《なんこく》にある。

ホテルからは車で二十分ほどの距離だ。後免《ごめん》行きの路面電車に揺られていく手もあったが、身の安全も考慮して、やはり車で行くことにした。

「つかレンタカー……なんでこの軽にしたの？　めっちゃ狭いんですけど」

こぢんまりとした助手席で、無量は窮屈そうにしている。ハンドルを握る萌絵の顔は心なしか、強《こわ》ばっている。軽を選んだのは、別に下心からではない。

「地方都市なんだから大きな車で悠々と走れるはず、なんて思ってるでしょ。ざんねん。それは西原《さいばら》くんが高知を知らないから」

「どういうこと？」

「高知はね……道が狭いの」

どこが？　と無量は周りを見回した。路面電車は走っているが、普通に二車線あるし、市街地を見る限りは、充分広いが？

「ここはまだいいの……。山や海のほうにいったら、まあまあ、ヤバイ道があるから」

「ヤバイって、どんな」

「脱輪の恐怖、転落の恐怖、対向車の恐怖……。市街地でも油断すると、あるから」

「ど、どんだけ……」

「あっ。あの建物かな？」

田んぼの向こうに二階建てのシンプルな建物が見えてきた。一見、瓦葺《かわらぶ》きに見える屋根が特徴で、学校か何かかと思ったが、大きなガラス張りの吹き抜けには「特別展開催中」の垂れ幕が下がっている。後ろに建つ別棟は収蔵庫のようだ。

「こんちは。お久しぶりっす」

無量は勝手知ったる様子で入っていく。事務室から顔を覗《のぞ》かせたのは、年配の女性職員だった。

「あらま！　西原くんやない！」

「木内《きうち》さん、お久しぶりっす」

木内恵美《めぐみ》は発掘調査担当の学芸員だ。

無量が以前、高知で発掘をした時に現場を担当していた。少しふくよかになったようだが、ひっつめ髪のお団子頭は、当時とちっとも変わっていなかった。

「突然どうしたが？　隣におるがは彼女さん？」

「んなわけないでしょ。うちの派遣事務所の担当っす」

萌絵は肩を落とした。一瞬言葉に詰まるとか、赤面してうろたえるとか、そういうリアクションを無量に期待しても無駄なのだった。

丁重に名刺交換をした。

「へえ。亀石くんのお使いで、わざわざ高知に？」

木内が所長を「くん」呼びしたものだから、萌絵は驚いた。

「亀石くんは旦那《だんな》の後輩なんよ。大学が一緒で」

木内の夫は地元の歴史民俗資料館で学芸員をしている。古墳の出土品展示をきっかけに知り合ったという。高知の古墳はさほど多くはないが、この埋蔵文化財センターがある南国市は古代、土佐の国府が置かれていたこともあり、国庁跡や国分寺などの寺院跡も擁している。土佐国の中心は、いま県庁がある高知市ではなかったのだ。

さっそく無量が遺跡地図を見たいと申し出ると、木内は奥から一抱えもある横長の分厚いファイルを運んできた。

「仁井田《にいだ》地区や介良《けら》地区は……このへんやね」

ずっしりと重いページを、どっこらしょ、とばかりにめくっていくと、鎌田家周辺の地図が載っているページにたどり着いた。

「幕末の出土品……は、ないすね。やっぱ武市《たけち》家くらいなんすかね」

「武市の生家は遺跡いうより、史跡やきね。まあ、高知の城下なら、掘れば藩政時代の遺物らあはなんぼでも出てくるけど」

「このあたりには、なんか色々あるようですけど」

と萌絵が番号の振られた場所を覗き込んだ。介良地区やね、と木内は記憶をたぐり寄せ、

「あのへんで有名なんはUFO事件やろか」

は？　と無量と萌絵は首を突き出した。

「なんすかそれ。UFOって、あれすか。未確認飛行物体」

「そう。私らあが小学校くらいの時やったろうか。介良に住んじゅう中学生がUFOを捕まえた言《ゆ》うて、騒ぎになって」

「捕まえた？　UFOをですか？」

「え、UFOって捕まえられるんすか！」

中学生たちが見つけたのはハンドボールほどの大きさで、普通に捕まえて家に持ち帰ったのだが、何度持ち帰っても目を離した隙に消えて、見つけた野原に戻ってしまう。布でくるんで背中にしょって自転車を漕《こ》いでいたら、背中からひっぱられて転んでしまい、結局そのまま消えてしまったものだから、瞬間移動ではないか、と疑われた。

「それがメディアで取り上げられたき、大人らあまで騒ぎだして、あの松本清張《まつもとせいちょう》まで関心持ったとか」

「遺跡とUFO……ですか。オカルト雑誌では取り上げられそうだけど」

「えっ。もしかしてこの地図にあるUFO公園ってその騒ぎから来てるんすか」

うん、と答える。思わず萌絵と顔を見合わせた。

まさかとは思うが、ＵＦＯが宮中から御璽《ぎょじ》を盗んでここまで飛んできて埋めた、などというのではあるまいか。

「まあ、ＵＦＯの件はともかく……。介良地区ゆうたら、他にも、源頼朝《みなもとのよりとも》の弟のお墓があることで知られちょるかな」

木内が真面目な顔に戻ったので、無量と萌絵も背筋を伸ばした。

「頼朝の弟が？　へえ。初めて聞きました」

「源希義《まれよし》。あまり知られとらんがやけど、平治《へいじ》の乱で頼朝が伊豆《いず》に流されたんと同じ日に土佐に流罪になったがよ。その後、頼朝が挙兵した時に、同調する動きありって平家からみなされて討ち取られたいう。その希義が住んじょったのが、介良荘《けらのしょう》やね。まあ、土佐は、隠岐《おき》や佐渡《さど》みたいに、えらい人がいっぱい流されてきた土地でもあるきね」

「流罪ってやつですか。他にどんなひとが？」

「古いところじゃ、壬申《じんしん》の乱の蘇我赤兄《そがのあかえ》。土御門《つちみかど》上皇……は阿波《あわ》に移ったんやったかな。後醍醐《ごだいご》天皇の子の尊良親王《たかながしんのう》。法然《ほうねん》上人」

「結構、すごいメンツですね」

「まあ、昔のひとにしたら、伊豆や土佐みたいなあったかいところは、国の果て、みたいな感覚やったろうしね。おかげで土佐は〝鬼国《おにぐに》〟だなんて呼ばれよったがよ」

結構な貴種が流れてきた土地だということか。それがあの「御璽」とも何か関係があるのだろうか。

「遺跡地図。撮らせてもらってもいいすか」

該当ページをスマホで撮った。ついでに土佐勤王党についても訊《たず》ねてみた。

「……土佐勤王党かぁ。高知市の図書館にいったら大体資料は揃っちゅう思うけど。……そういやあ、旦那の勤め先の同僚が専門やったっけ。良かったら、紹介するで」

渡りに船だ。お願いします、とふたりそろって頭を下げた。

*

木内の夫が勤めているという高知県立歴史民俗資料館は、南国市の北。四国山地の南端にあり、岡豊《おこう》城の跡地に建っている。

「戦国武将・長宗我部《ちょうそかべ》氏の本拠地だよ」

さすがに萌絵は詳しい。

小高い山の上にあり、急坂を登っていくと、こんもりとした山林に曲輪《くるわ》の跡が残っている。岡豊城の曲輪だ。

曲輪跡の隣には、三角屋根が特徴の大きな白い建物が建っている。エントランス前には槍《やり》を構える甲冑《かっちゅう》武者の銅像がある。長宗我部元親《もとちか》。この城の主だ。

約束の時間よりだいぶ早く着いたので、無量たちは城跡を見学した。見晴台にあがると、高知平野が見渡せる。眼下を国分川《こくぶ》が流れ、田んぼの向こうに薄く丘陵が横たわる。

「田んぼのあるあたりが国府跡。近いでしょ。昔の土佐の中心はこのへんだったんだね」

「大昔の県庁所在地みたいなもんか」

「うん。いまの高知の街は、昔は海か干潟だったみたい。埋め立てたんだろうね。島がつく地名がちょいちょいあるのは、昔、本当に海に浮かぶ島だったからなんだって」

高知城は、元々、長宗我部の大高坂《おおたかさ》城だった。

元親が城下町の引っ越しを試みたのだが、低湿地帯な上に、あまりに水害が多かったため、諦《あきら》めて、桂浜《かつらはま》近くの浦戸《うらど》城へと移ったという。

「確かに、ここ海遠いし」

「国分川の水運があったから、悪くはなかっただろうけど、長宗我部は水軍も持ってたし、港から近いとこがよかったんだろうね」

岡豊城では、高知市内からは見えづらかった「古代からの土佐」の姿が見えてくる。

高知の街の史跡は、ほぼ江戸時代や幕末関係で占められているので、どうしても「幕末の街」というイメージになる。が、歴史上、長く中心だったのは、今はひなびたこの一帯だったのだ。

「土佐の歴史は、幕末だけじゃない……か」

そこに何か手がかりが隠れている気がして、無量はたぐり寄せようと意識を集中させせたが、正午を知らせる大音量のチャイムにかき消されてしまった。

眼下を流れる国分川は、冬の柔らかい陽差しを受け止めて輝いている。


「お待たせしてすみません。あなたが西原さんですか」

館内の案内所に慌ただしく現れた男性学芸員が、ふたりを見つけて頭を下げた。

二十代後半とおぼしき学芸員は背が高く、きつめのパーマが目を惹《ひ》く。目鼻立ちもくっきりとしていて、地味な博物館よりもお洒落《しゃれ》なカフェかショップの店員でもやっているほうが似合いそうな容姿だ。

「木内が席を外しておりまして、代わりにご案内させてもらいます。桜間《さくらま》と言います」

差し出した名刺には「桜間涼磨」と記してある。字は違うが「りょうま」だ。高知で「りょうま」に会うとは……と無量が小気味よく思っていると、隣にいた萌絵は固まっている。男性学芸員と名刺を二度見した。

「リョーマ。……もしかしてリョーマ？」

すると、桜間のほうも萌絵を凝視して、

「……え？　まさか。君」

目を丸くして言った。

「モエヤン？　君、永倉《ながくら》萌絵やないか……？」

名刺もまだ渡してないのに名を呼んだものだから、驚いたのは無量のほうだ。

萌絵は「そう！」と興奮し、

「私だよ。知寄《ちより》中学校で一緒だった、永倉萌絵！」

「うそやろ！　なんで、こがなとこにおるが！」

なんと。この桜間涼磨という若い学芸員は、萌絵が高知にいた中学時代の同級生だったのだ。ふたりは思わぬ再会に大興奮した。

「こがなとこに、はこっちの台詞《せりふ》だよ！　リョーマ、めっちゃイケメンになったねえ。背もめっちゃのびちゃって……。ぐりぐり天パは相変わらずだけど」

「ぐりぐりは余計や。モエヤンこそ色白うなって。昔はクラス一、色黒やったがに」

「色黒ゆーな。ずっと高知におったん？」

目の前で延々と昔話で盛り上がられて、無量は置いてきぼりを食っている。ひとしきり興奮しきってから萌絵はようやく無量を紹介した。桜間は恐縮し、

「すみません。なにせ十数年ぶりなもので。……さ、どうぞこちらに」

ふたりを一階のギャラリーに案内した。そこはカフェスペースになっていて、自販の珈琲《コーヒー》をふたつ買うと、ふたりに振る舞った。

「へえ……。東京の発掘専門派遣事務所かあ。まさかモエヤンが同じ業界におるとは思わんかったなあ。てっきりアクション女優を目指しちょるもんと」

無量は「なにそれ」と目を丸くし、

「……あんた、女優目指してたの？」

「カンフーはやってたけど、そこは目指してないから。……リョーマは昔から頭よかったもんね。理数系だったし、おうちが開業医だったからお医者さん目指すのかと」

桜間は照れくさそうに天然パーマの頭をかいた。

「そっちにはいかんかったがよ。昔から歴史好きやったきね」

「女の子みたいにひょろっとしてたのに、でっかくなったね」

「バスケのおかげかな。高校でぐんぐん伸びたがよ」

「数学教えてもらいに、おうち通ったよね。夏休みに」

「はは。おぼえちゅう。半泣きですがりついてきて、一緒に宿題やったなあ」

思い出話に花を咲かせている。快活な桜間は上背のある男前で、浅黒い肌もたくましく、無量の目から見ても、学芸員にしておくのは勿体《もったい》ないほどだ。イケメンに弱い萌絵が、かつての同級生の好ましい成長ぶりにはしゃいでいるのが手に取るようにわかるので、なんだか面白くない。

「仲良かったんすね……」

「一緒に放送委員やってたんですよ。昼の放送でかける曲を探して一緒にCD屋めぐりしたり、体育祭で実況したりラジオドラマ作ったり」

「楽しかったよね。私がアナウンスしてリョーマは機材担当で……」

昔話が止まらない。当時から仲良しだったのは互いの呼び方で察しはついたが、なかなか本題にたどり着かないので、さすがの無量も業を煮やした。

「あ、西原くんごめんごめん。……リョーマ、私たち、ちょっとわけあって、土佐勤王党に詳しい方を探してるんだけど、ここに専門の方がいると聞いて」

「ああ、俺のことや」

萌絵も驚いた。

「リョーマ、勤王党の研究してるの？」

「同じリョーマつながりで坂本龍馬《さかもとりようま》に興味があったき、大学でも土佐の藩政史をやっちょったがよ。その延長で勤王党研究も」

考古学ではなく文献史学に進んだ桜間は、藩政史料から関係者の手紙まで読み込んだという。それならまちがいない。無量は単刀直入に訊《き》いた。

「勤王党と天皇の関係について聞きたいんすけど」

御璽《ぎよじ》のことは口にはしない。「御璽らしきもの」が出土したことは地元の学芸員にもまだ告げるわけにいかない。鎌田昌子との約束がある。

桜間は露骨に怪訝《けげん》な顔をした。

「なぜ……天皇？」

「っていうか、宮家、かな」

慌てて萌絵がフォローした。

「土佐藩は、宮家や公家《くげ》とは近かったの？」

「山内家《やまうち》は三条実美《さんじようさねとみ》とは姻戚《いんせき》関係にあったきねえ」

「三条実美」

「ああ。公家の中でもゴリゴリの勤王。攘夷《じょうい》派やったひとや」

山内容堂《ようどう》の妹が三条家に嫁ぎ、実美の「実父の養女」が容堂に嫁入りしている。土佐藩とは双方向の強い絆《きずな》があった。

「当時は、尊皇攘夷の熱が高まるにつれ、天皇と朝廷の存在感がどんどん増していったきね。異国人を武力で追い出す〝攘夷〟を決行するため、朝廷を利用せんとする者がどんどん京都に集まっちょった。しかも〝天誅《てんちゅう》〟いうテロや暴力に訴える過激派まで現れた。要するに物騒やった。朝廷は武力を持たんかったき、御所や公家町の治安維持を、上京した外様の大藩に頼らんといかんかった」

「治安維持」

「うん。禁門警護と言うて、御所にいくつかある門を警護するために、力のある大藩が藩士を出しちょったがよ」

「土佐藩も？」

「もちろん。禁門警護は一種の名誉職でもあったき、勤王っちゅうもんを一番わかりやすく行動で示せる場でもあった」

山内家がプライベートで三条家との繋《つな》がりが深かったこともあり、土佐藩は三条家から藩主上京をうながされ、禁門警護に力を入れた。

「文久《ぶんきゅう》二年に、朝廷から幕府に攘夷決行を催促する勅使——天皇の使いやな、が江戸に向かうことになったがよ。その正使が三条実美、副使が姉小路公知《あねがこうじきんとも》やった。『早《は》よ攘夷せい』っちゅう天皇からの勅書を幕府に突きつけて、攘夷決行を約束させるのが目的やった。三条実美は一番身近な大藩である土佐藩をお伴《とも》に選んだんやな。藩主やった山内豊範《とよのり》が同行することになって、これに土佐勤王党のリーダー、武市半平太《はんぺいた》もついていった」

当時、半平太は京で他藩応接役を担っていた。土佐で吉田東洋《よしだとうよう》を暗殺して、藩の趨勢《すうせい》を「一藩勤王」に――公武合体から尊皇攘夷に傾けることに成功していた半平太だ。

江戸への勅使下向を段取りする中で、三条実美や姉小路らとも密に接するようになったという。

「他にもおる。中山忠光《なかやまただみつ》という公卿《くぎょう》は、孝明《こうめい》天皇の侍従やった。しかも尊攘派やった。対立する公武合体派の朝廷要人を誅殺《ちゅうさつ》しようと企てて、半平太に止められたりしちゅう」

「侍従まで」

「うん。あと忘れちゃならんがは青蓮院宮《しょうれんいんのみや》――中川宮《なかがわのみや》、と呼んだ方が通りがええかな」

青蓮院宮朝彦《あさひこ》親王。

時の天皇・孝明天皇の弟だ。

将軍跡継ぎ問題が降って湧いたとき、彼は「一橋慶喜《ひとつばしよしのぶ》」を推したために安政《あんせい》の大獄で隠居させられ、井伊《いい》大老が殺された後、政治の場に復活した。公武合体派だった。

だが、当時は攘夷派の勢いが凄《すさ》まじく、朝廷内でも勤王派（尊皇攘夷派）の公家が力をもっていた。

「青蓮院宮は乗り気じゃのうて勅使を江戸に向かわせるのも渋っちょったき、半平太は説得のために屋敷を訪れたりしちゅう」

また同じ頃、勅使の江戸行きを阻止しようとした一橋慶喜が上洛《じょうらく》（京に行くこと）すると言い出して、半平太たちはそれを止めるためにも青蓮院宮を頼っている。

「ドタバタだね」

「まあ、幕末は割とずっとそんな感じやき。その時、半平太は青蓮院宮からのねぎらいで、菊の花一枝と菓子をもらって、たいそう感激しちょったとか」

「お花とお菓子で……かわいい」

「ゆうても、宮様からの菊の花やきな」

「あ、そっか。皇室といえば、菊……」

勅使の江戸出発時も、半平太は青蓮院宮から餞別《せんべつ》に「三徳・煙草入れ・扇子・酒杯」を拝領している。〝天皇好き〟と後々まで言われたほど純真な勤王志士である武市は舞い上がったとみえる。

土佐の一郷士に過ぎなかった自分が、殿様を通り越して、皇室の人間から直接、拝領物を得たのだ。少し前には考えられないことだった。

「うれしさのあまり、奥さんにも手紙を書いてる」

「富《とみ》さん？」

「そう。菊の花もわざわざ実家に送っちゅう。ただ〝郷士の分際で〟高貴なひとと繋がったかどで、後に容堂から『けしからん』と怒られて、切腹の理由のひとつにさせられてしまうがやけど」

その青蓮院宮は、勅使下向の後、「八月十八日の政変」を仕組んだ張本人だ。

言うまでもなく彼の本心は公武合体派だった。会津《あいづ》藩・薩摩《さつま》藩とともに「玉（天皇）を手に入れて」宮中クーデターを起こした。

「その理由は、こうだ。孝明天皇の本心は公武合体だったにもかかわらず、無理矢理、天皇に御心に背くことを強いたため。……つまり攘夷決行の勅命を出させたことを指してるんやけど」

「ん？　孝明天皇は鎖国攘夷を唱えてたんじゃないの？」

「うん。そこんとこが複雑なんやけど、この頃になると、攘夷派が暴れて手がつけられなくなって、孝明帝の気持ちよりも、器としての孝明天皇の権威のほうが爆上がりしてもうたがやな。『もう朝廷だけでやればええやん』ちゅう過激派もおって、かたや孝明帝はそこまでせずに今まで通り幕府に政治任せていっしょに事を進めたかったけど、そんな気持ちをないがしろにして『攘夷すぐやれ、今すぐやれーっ』ってヒートアップするもんだから、孝明帝もやんなっちゃったわけや」

そんな暴れた公家たちをもう宮中に入れるわけにはいかない、と。

青蓮院宮らと会津と薩摩が結託し、三条実美ら尊皇攘夷派の公家を、禁裏の門から中には入れないよう、バリケードを組んだ。これにより三条らは朝廷から一掃され、長州《ちょう しゅう》藩とともに京から追い払われてしまった。世に言う「七卿落《しちきょうお》ち」だ。

「この事件のあと、世の中は一変し、公武合体へと傾いた。半平太はそのせいで容堂から投獄されたき、青蓮院宮の掌返《てのひらがえ》しは、本当に皮肉としか」

「容堂の本心も公武合体だったんだものね。勤王党と宮家の接触は、それだけ？」

「ああ……。あとは、半平太やないけど」

平井収二郎《ひらいしゅうじろう》という勤王党幹部による「令旨請下計画《りょうじ》」というものがある。

平井は京にいた時、青蓮院宮に働きかけ「土佐藩の藩政改革を進めよ」という趣旨の「令旨」（皇太子や親王などから発する命令書）を下してもらった。土佐藩は、容堂が公武合体派であることもあり、なかなか藩の立場がまとまらずにいたのだが、これに業を煮やした平井たちが、土佐藩をまごうことなき「尊皇攘夷の藩（一藩勤王）」にしようと勇み足を踏んだのだ。

だが、勢い余ったこの行動が容堂の怒りを買った。主をさしおいて高貴な者に近づくとは何様か！　と平井たちは切腹させられ、勤王党弾圧の口火が切られた。

「平井というのは、どんな男なんです？」

「京で武市と同じ他藩応接役やったが、かなりの急進派やったようやね。勅使下向で武市の留守中、長州の桂《かつら》らと謀議を重ねて、中山たち公卿にさかんに働きかけちょる」

京都の豪商に「土佐の国産物を一手販売」させて尊攘派の資金にしようとしたり、攘夷の陣営場所を探したり、「摂海防衛策」なる建議書を朝廷に出したり、他藩の志士をかくまったりと、大活躍ともいえるが。

「時勢が勤王やったせいもあって、平井たちもかなり勢いづいちょった。武市にもコントロールしきれちょらんかったのかもなあ」

「他に公家と近かったひとは？」

「中岡慎太郎《なかおかしんたろう》あたりかな。彼も他藩応接役だった。……例の政変で脱藩した後、長州に身を寄せて、都落ちした三条実美らと三田尻《みたじり》の招賢閣《しょうけんかく》で再会しちょる。土佐を逃れた勤王党員も集まってきて、公卿の警護をかねた新たな拠点としよった」

「たとえば」

と無量が慎重に問いかけた。

「中岡が天皇の勅命を必要としたりしたことは？」

「中岡ちゅうか勤王派は、喉《のど》から手が出るほど『長州を許す』という勅命は欲しかったと思うよ。当時はどんな場面でも、内勅や勅命が政情を打開する切り札やったきね」

「内勅……？」

「内々に天皇の意志を伝えることや。正式な手続きを踏まんこともある」

萌絵が横から身を乗り出し、

「もし、土佐藩や勤王党のひとたちが、勅書を必要とする場面があったとしたら、それはどんな時だったと思う？」

そうやなあ、と桜間は腕組みをして、天井のあたりに視線をやった。

「一番は、やっぱり勅使下向の時。幕府に攘夷《じょうい》を催促した時の勅書やろうか。これは土佐藩というより、勤王派全部だと思うけど」

「その勅書は本物ですか」

「不思議なことという。あれだけ大がかりなイベントやったき、いくら孝明天皇の本心が公武合体やったとしても、偽勅ちゅうことはさすがにないやろうけど」

「偽勅？」

「偽造した勅書のことや」

「そういうのが出たことは、あるの？」

あったよ、と桜間は事も無げにうなずいた。

「内勅の捏造《ねつぞう》とか、勅書の改竄《かいざん》を企《たくら》んだ者はちょいちょいおった。孝明天皇が十四代将軍・家茂《いえもち》に下した勅書が薩摩の草案とそっくりやったもんやき、長州派公家から『偽勅』と非難されたり。大原重徳《おおはらしげとみ》の勅書改竄事件なんかも起きた。時勢を動かす切り札だけに、まあええように利用しようとしたやろね。……薩長《さっちょう》同盟が結ばれた後に出た『討幕の密勅』なんかは、今でも怪しいと言われちゅうよ」

「討幕の、密勅……？」

「大政奉還の直前のことや。薩長があくまで徳川《とくがわ》を武力討伐することを求めて朝廷に働きかけ『討幕の密勅』を手に入れた。だがその密勅には宸筆《しんぴつ》（天皇の直筆）も御璽《ぎょじ》もなかった」

「御璽《ぎょじ》が、ない？」

「天皇のはんこよ。つまり、それがほんとに帝《みかど》が下したものか、証拠がない」

尤《もっと》も、この時作成された「討幕の密勅」は効を為さなかった。その直前に十五代将軍・徳川慶喜が大政奉還してしまったからだ。

慶喜は薩長に武力討伐されるのを避けるため、いち早く、先手を打つ形で、政権を朝廷に返上した。それが大政奉還だ。

肩すかしをくらった薩長は、大義名分を失って武力行使できなくなってしまった。

「薩長は、なんでそんなに武力行使にこだわったんすか」

「政権を返上するとは言え、日本には幕府の他に国を動かす機関がなかったき、実質今まで同様になる恐れがあった。薩長はあくまで徳川を排除したかったき」

この時、慶喜に大政奉還を促したのが、土佐藩だった。

徳川は政権を朝廷に返して一大名に戻る。天皇もこれを受け容《い》れ、徳川と諸侯の合議による新政権を目指そうとした。

「だけど、これも結局だめになった。新政権の構想を練りゆう最中に、その中心になっちょった龍馬と中岡が暗殺された。薩長の挑発にのせられた徳川は朝敵にされ、なしくずしに戦争になった」

鳥羽《とば》・伏見《ふしみ》の戦いだ。

薩長率いる新政府軍と幕府軍が衝突し、戊辰《ぼしん》戦争が始まった。

「……とまあ、そんな感じで怪しい勅書もまかり通ったくらいやき。偽勅をもくろむ輩《やから》は他にもおったかもしれんな」

「……………。もし、ですよ。もし勤王党や土佐藩が偽勅を作らなきゃならない場面があったとしたら、どんな場面すか？」

桜間はますます訝《いぶか》しげに無量を見た。そんな質問をする意図がわからなかったのだろう。

「まるで偽勅があったとでもいうような口ぶりやね」

「あくまで、仮定っす。もしもっす」

「偽勅は危険な賭《か》けだ。そんなものを求めるんは、余程、窮地に立たされて今ある物事を力ずくでひっくり返さんといかん状況に追い込まれた時やろう。土佐で考えられ得るがは――」

いままでの「親切な先生」のようだった表情が、一変した。

「武市半平太が投獄された時」

「勤王党が弾圧された時すか」

「そう。時勢が、尊皇攘夷から公武合体に大きく振れたんがきっかけやった。これを覆すにはもう一度、勤王に戻す必要があったけど、それはさすがに難しい。だが、勅命で一藩を揺さぶることは可能やき。さしもの容堂も勅命には逆らえんきね。泣く子も黙る勅命でなら半平太たちを救い出すことができたかもしれん」

あまりに大胆なアイディアに、無量も萌絵もあっけにとられた。

「……半平太を救うために、勅命を……？」

「まあ、物理的に難しいね」

桜間はあっさりと打ち消した。

「平井は切腹、半平太は投獄。尊攘派公卿《くぎょう》は都落ち。唯一の頼みは青蓮院宮だが、彼は政変を起こした張本人で、平井をかばうこともせんかった。勤王党を下手に守れば自分の立場が危ういきね。勤王党が頼りにした長州の久坂玄瑞《くさかげんずい》たちは都を追い払われ、三条実美らも長州に落ち延びた。京とのパイプは完全に切れちゅう。朝廷には近づきとうても近づけけん。打つ手なし」

「だから、御璽《ぎょじ》を偽《ぎ》……」

無量の呟《つぶや》きを、桜間は聞き逃さなかった。

「なに？　いま、なんて？」

「あ、いや」

無量は首を振ってごまかし、また慎重に問いかけた。

「それ以外には……？」

「偽の勅書を必要とする場面、か。うー……ん。あるとしたら、それは土佐藩よりも、大政奉還後の幕府のほうかな」

「幕府」

桜間は腕組みをして、やけに鋭い目つきになった。

「……朝敵とみなされた徳川慶喜や。けーきはこれを覆すためには、自分にも勅書があったら、と思ったがかもしれん」

名前を音読みするところが、いかにも幕末通だ。

「朝敵であることを覆す勅命が」

「覆す、勅命……」

「もし、慶喜が『錦の御旗《みはた》は徳川方に与える』という勅命を手に入れたとしたら？」

無量と萌絵は驚いて息を止めた。

それはあまりに大胆な「もしも」だ。

だが、桜間はまるで当時のことをよく知る志士のように不遜《ふそん》な顔つきで、

「もし〝武力を用いるな、用いたものが朝敵である〟などという勅命がおりとったら、徳川やのうて薩長こそが朝敵になっていたかもしれない」

「ばかな」

「そんな慶喜の意を汲《く》んで、容堂が偽の勅書を用意しようとしてたとしたら？」

無量は気圧《けお》されて思わず言葉を呑《の》みこんでしまう。桜間はよどみなく、

「そもそも大政奉還を慶喜に勧めたのは、他でもない土佐藩や。徳川は一大名にくだり、

諸侯の合議で新政府を作る。これには龍馬たちの考えも入っちゅう。一度は薩摩もこれを認めて『薩土盟約』として結ばれた」

「龍馬、すか」

「うん。ただ彼らも、はなから慶喜が受け容れるとは思っちゃあせんかった。慶喜がこれを拒んだら、ただちに武力討伐に移るはずだった。だが、彼らの予想に反して、慶喜はあっさり受け容れてしまうわけやけど」

最後の将軍・徳川慶喜は頭の切れる男だった。

大政奉還をしなければ、自分たちの身が危ういことがわかっていた。

「一方で、中岡慎太郎や乾退助《いぬいたいすけ》（後の板垣《いたがき》退助）たちが密《ひそ》かに薩摩との間に、武力討幕の約束を交わしちょった。『薩土密約』。……幕府派の容堂が、あくまで大政奉還を通そうとする裏で、乾たちはこっそり薩摩と軍事同盟を結んで、戦に持ち込まれた時は即、討幕軍として土佐藩兵を出すと」

これも実行に移そうとしていた直前に、大政奉還されてしまった。中心になったのは土佐藩参政の後藤象二郎《ごとうしょうじろう》だ。龍馬と組んでいた。龍馬はこれで薩摩に恨まれ、暗殺された、という説もある。

「土佐藩も一枚岩じゃなかったってことすか」

「ああ。もともと、保守派と旧吉田東洋派と急進派が足を引っ張り合って、なかなかまとまらない藩でもあった。……藩内での分裂が、勤王党の悲劇を生んだわけだが」

無量と萌絵は考えを巡らせて、沈黙している。

やけに深刻そうなふたりを、桜間はじっと観察している。

「……そうや。偽勅で思い出したが、少し前に、奈半利《なはり》で奇妙な史料が見つかった」

「奇妙な史料？」

「中岡慎太郎の実家にも近い、奈半利の旧家で見つかった掛け軸の裏紙なんやけど」

奈半利は高知の東側、安芸《あき》と室戸《むろと》の間にある、太平洋に面した町だ。

「あの一帯は教育レベルが高くて、庄屋《しょうや》や郷士に勤王党員もようけおったき」

と言いながら、桜間はスマホを操作し、ある画像を映した。

「これや。勤王党員あての書状のようやけど、宛名がわからない。書かれた日時もわからない。最後に謎の一文がある」


〝璽之儀、全て調い申し候。玉意を以て事をなさんとす。梅〟


無量と萌絵は「璽」という一文字に目が釘付《くぎづ》けになってしまった。

いやでも「御璽《ぎょじ》」が思い浮かんだからだ。

「………。この〝梅〟というのは？」

萌絵が怪《け》訝《げん》そうに問うと、桜間は言った。

「差出人のようやけど、誰のことだかわからん。女性の名かもしれんが、ただ」

「ただ？」

「龍馬が使っちょった変名のひとつに、才谷梅太郎《さいたにうめたろう》いうものがある。龍馬は親しい者への手紙では、差出人名を〝龍〟と一文字で記す癖があった」

まさか、と無量たちは息を呑んでしまった。

「待ってくださいよ。武市を助けるために、あの龍馬が偽勅を作ろうとしてた、なんて言い出すんじゃ……！」

「ははは！」

桜間は勢いよく破顔した。

「……じゃったら面白いなちゅう話です。歴史にifはないき、あくまで妄想じゃ。想像力をたくましくすれば、こがな無邪気な妄想もできるがですよ。お役に立てましたか。西原さん」

「あ……はい」

無量はぽかんとしてしまった。

「もしよければ、勤王党のことがわかる資料を何冊かお貸しします。わからないことがあったら、メールでも電話でも気軽に聞いてやってください」

桜間は午後から用事が入っているとのことで、話はそこで終わりだ。

別れ際に桜間が萌絵を振り返って言った。

「モエヤン、今夜までこっちにおるがか」

「十年ぶりの再会やろ。あの頃に戻って、今夜はふたりで、こじゃんと呑もう」

無量と桜間を交互に見て困惑する萌絵に、桜間は駄目押しした。

「え、ええええと……」

「晩飯食いにいかんか。久しぶりに会えたがやき、メシでも食おうで」

「え？　うん。おるよ」

＊

土佐の男はなかなかに強引だった。

桜間から「サシ呑み」に誘われた萌絵は、気を遣って無量にも声をかけたが、無量はさくっと辞退した。

――仲良しだったんでしょ。ゆっくりしてきたら？

そっけない。「でも今ひとりにするわけには」と萌絵が食い下がると、

――ホテルにこもって勉強してるから、へーき。あんたこそ、桜間氏にちゃんと送り迎えさせて、ふらふら一人歩きしないように。

昨日の「天誅男《てんちゅうおとこ》」のこともある。釘《くぎ》を刺しつつもあっさり送り出した無量に、萌絵は後ろ髪をひかれながら、迎えにきた桜間の車で出かけていった。

ホテルに残された無量は、わびしくコンビニ弁当を食べながら、桜間から借りた勤王

党の資料と首っ引きになった。

テーブルの上には、銅印が出土した場所から見つかった半円の鏡がある。彫りの文様は扇にも見えるが、もう半分がないので全体像がわからない。そこに置いてあるだけなのに、まるで熱源があるかのようだ。結局、桜間の前には出さなかったが、見せていたら何か手がかりが得られただろうか。……別に意固地になったわけではないのだが。

そんな無量のもとにメッセージが着信したのは夜八時頃だ。

画面を確認した途端、無量は口に含んだ茶を噴き出しそうになった。

「し……忍ちゃん？　もう来たの？　うそでしょ！」

夕方の飛行機で高知に着いたという。

来るとは言っていたが、てっきり二、三日後だと思っていた。しかも、メールがきてから三十分もしないうちに、忍はホテルに到着した。

「来たよ。無量」

「ホントに来るし」

忍はキャリーケースを引いて無量の部屋へとずかずか入ってきた。

「おまえが誰かに襲われたと聞いて、東京になんかいられるかよ。一週間分の仕事を一日でやりきったよ」

さっそく無茶をしている。過保護もここまでくると賞賛の域だ。

「夕食は……もう食べたみたいだな。永倉さんは部屋？」

「いや。同級生とメシ食いにでてる」

「は？　どういうこと？」

経緯を話すと、忍は驚いて「呆《あき》れたひとだな」とぼやいた。

「暴漢は捕まってないんだろ？　いつまたどこで狙われるかわからないんだぞ」

「まあ、あいつなら酔っ払ってても、ハイキック一発で仕留められるでしょ。つか酔ってる時のほうが強そう」

「酔拳《すいけん》使いじゃあるまいし。その同級生というのは男かい？」

「うん」

「どんなひと？」

「かなりのイケメン。永倉のやつ、鼻の下伸ばして出かけてった」

無量は拗《す》ねたように頬杖《ほおづえ》をついた。

「なんかいい雰囲気出しちゃって。地元の方言で里心ついたのか、これみよがしに土佐弁なんか使いだしちゃって。今頃せいぜい盛り上がってんじゃないの？」

「おやおや。やきもち焼いてるのか？　無量」

「やいてねーし」

「中学時代か。甘酸っぱい年頃だな。いい雰囲気ってことは、当時好きあってたりしてたのかもしれないぞ」

「どうでもいいし」

「お互い、いい大人になってるわけだし、吞《の》んだ勢いで口説かれてるかも」

「カンケーねーし」

うるさそうに忍を払いのけ、無量は飲みかけの缶チューハイに口をつけた。

「そんなんなら尚更《なおさら》、俺がのこのこついてったらお邪魔でしょ。昔話に花咲かせたいのに部外者が交ざって気ぃ遣わせるのも、なんか申し訳ないし」

「へえ。無量も意外に大人の気遣いができるんだな」

「意外は余計」

とか言いながらも、無量はまあまあ不機嫌だ。それが証拠に、滅多に晩酌などしない無量が、わざわざチューハイを買って吞んでいる。吞まなきゃやってられない、ということか。忍は苦笑いして、

「まあ、でも、入った店まで報告してくるくらいなら、心配いらないかな」

無量のスマホにはちょいちょいメッセージ着信の通知が飛び込んでくる。萌絵も変な勘ぐりをさせないよう、気を遣ってはいるらしい。

「こっちは忍が来てくれたし、別に何時帰りになってもかまわないんだけど。……そんなことより例の御璽《ぎょじ》と勤王党のことだよ」

無量は桜間から聞いた「勤王党及び土佐藩が、偽勅を求める可能性」について語った。

忍は目を輝かせた。

「へえ。〈第一の可能性〉は、土佐勤王党の武市半平太——武市瑞山救出、か。彼を救

うために、龍馬たちが勅書を偽造……とは、ぶっ飛んだ発想だな」

推理癖のある忍は、話が突拍子もなければないほど、ワクワクしてしまうのだ。

「そのために御璽《ぎょじ》まで偽造したんだとしたら、本当なら、とんでもないことだ」

坂本龍馬が御璽偽造。トンデモ歴史本の見出しにはぴったりだ。

でも、と忍は言葉を継いで、

「龍馬はその頃、勝海舟《かつかいしゅう》のもとにいた。幕府の海軍操練所で塾頭をしていたはず。勤王党員とはある程度、連絡はとってたかもしれないが、公家《くげ》ならいざ知らず、御璽の偽造ができる立場にいたとも思えない。そもそも当時の御璽がどんなものなのか、龍馬たちは知らないだろ？」

「江戸に勅使下向した時に、お伴《とも》についてた勤王党の誰かが勅書を見た、とか？」

「そんなに簡単に見れるもんじゃないぞ。見れたとしても、当時はまだ、御璽の写しまで作るほど用意周到になる必要に迫られていたとは思えないけど」

「公家を巻き込んだとか？」

「うーん……。龍馬が薩摩の西郷隆盛《さいごうたかもり》たちと近くなった後ならともかく、まだまだせいぜい塾頭だからなあ」

忍は色素の薄い瞳《ひとみ》を細めて、頭をひねっている。無量は資料を開いて、

「……勤王党員が武市を救出しようとする動きがあったのは、本当みたいだ。首謀者は清岡道之助《きよおかみちのすけ》。田野《たの》の郷士で、片眼を失明してて土佐の独眼竜なんて呼ばれてたらしい」

「かっこいいな」

「例の、桜間さんが言ってた変な書状が出てきた奈半利の出身だ」

桜間が言ったとおり、安芸郡は昔から教育レベルの高い地域で、彼が学んだ藩校・田野学館には中岡慎太郎もいた。出身者は多く勤王党に参加している。

「その清岡は、武市の後任で他藩応接役について、京では久坂玄瑞なんかとも交流があったって……。武市の投獄後は、脱藩せず、同志を救うために野根山《のねやま》の党員を率いて決起してる」

これが藩からは謀反と受け止められた。

清岡たち野根山二十三士は、奈半利川の河原で処刑された。

「公家や水戸藩なんかとも繋《つな》がりがあった、清岡ならできたかも」

「それで、例の奇妙な書状か」


〝璽之儀、全て調い申し候。玉意を以て事をなさんとす。梅〟


「偽勅を仕組んだのは清岡たちかもしれない……か。だが、いくらなんでも勅命をでっちあげるのは行き過ぎじゃないか？　令旨ならともかく」

宮家から下される命令のことだ。実際、青蓮院宮からは藩主あてに本物の令旨が下されたこともある（そのせいで平井収二郎らは切腹させられたのだが）。

「偽造するなら令旨ぐらいのほうが説得力はあるけどな」

「でも、青蓮院宮にはさすがに頼れないでしょ」

武市を窮地に陥れたきっかけとなる政変を起こしたのは、他でもない青蓮院宮だ。

そもそも勅命などでっちあげたところで、容堂が信じるとは思えない。

「当時の天皇は、孝明天皇か。さすがに天皇が一藩士を救うために勅命を出す、のは無理がありすぎる。そうでなくてもゴリゴリの尊攘公家を宮中から追い払ったあとだ。孝明帝が彼らを救う理由は皆無。苦しくないか」

うーん、と無量は考え込んでしまった。

「なら、もうひとつのほうは？」

「容堂が、徳川家の〝朝敵撤回〟のために偽造をもくろんだってやつ？」

桜間が言っていた〈第二の可能性〉だ。

佐幕だった容堂が慶喜とともに〝朝敵撤回〟の偽勅を作ろうとしたという。

しかし偽勅作成のために御璽《ぎょじ》偽造に手を貸すなど、容堂といえど、土佐藩すらも分裂している状況では、このうえなく危ない橋だ。

「その謀略を隠すために、贋《にせ》の御璽を元勤王党員の家に埋めて隠したって流れか。そのへんがどうもつながらないんだよな」

容堂と勤王党員は水と油だ。いくら、後に参政・後藤象二郎が龍馬たちと和解したとしても、容堂は最後まで厳しい気がする。

「ちなみに鎌田さんのご先祖は、勤王党の弾圧を免れたのかい？」

「そこんとこ、もう少し調べたいと思ってご先祖の名前を探してみたんだけど、党員名簿にはなかった。で、よくよく資料をあたってみたら、それらしき人物を見つけた」

「わかったのか」

「ああ。どうやら、脱藩した中岡慎太郎と一緒に長州に逃れてたみたいだ」

八月十八日の政変以降、都落ちした長州藩と行動を共にした勤王党員たちがいた。中岡慎太郎もそのひとりだ。

彼らは防府《ほうふ》の三田尻にある「招賢閣」に集結した。そこは各地から集まった尊攘志士たちの拠点にもなり「第二の勤王党本部」の様相を呈したという。中岡慎太郎は彼らのリーダーとなり、以後、土佐脱藩の勤王党員は長州藩とともに討幕のため行動して、陸援隊や土佐の藩兵に返り咲いて戊辰戦争まで突き進んでいく。

「そのうちのひとりだったのか……？」

「みたいだね。つまり、武市が投獄されてた時、鎌田さんのご先祖は、土佐にはいなかった。防府の三田尻にいたらしい」

忍はきれいな眉《まゆ》をひそめて、脳内の情報整理をした。

「……つまり、長州藩とも接点があったのか」

「だね。え？　もしかして長州も関わってるってこと？」

「その可能性もある。それに、窮地に陥った長州の過激志士なら、御璽《ぎょじ》の偽造くらいはやってのけそうだ。だとすると、その目的も、単に武市の獄からの救出のためだけじゃなくなってくるぞ。〈第三の可能性〉登場だ」

長州にとっては死活問題だった。

長州征伐が勅命で下れば、長州は滅ぼされる。そういう危機感が高まっている状況だった。

「情勢をひっくり返すために、誰かが偽勅捏造《ねつぞう》を策謀したとしたら？」

「それってさあ、禁門の変のきっかけになった、あの計画とか、関係しない？」

無量の言葉に忍がはっとした。

「池田屋《いけだや》事件のあれか？　長州や熊本の過激志士が、京に火をつけて天皇を奪うって計画してた」

八月十八日の政変が起きた、翌年だ。

長州の吉田稔麿《よしだとしまろ》や熊本の宮部鼎蔵《みやべていぞう》ら、過激な尊攘志士たちが、起死回生を狙って或《あ》る計画を仕組んだ。〝風の強い晩に、青蓮院宮らの公家屋敷に火をつけ、混乱に乗じて宮中に押し入り、玉（天皇）をかっさらって長州へと連れていく〟というものだ。

「つまり拉致《らち》するってこと？」

「ああ。かっさらった孝明天皇を長州入りさせて、そこに新たな朝廷を創り、勅命を出させるにしても、御璽《ぎょじ》は必要だ。御璽の在処《ありか》がわからない場合は、新しい御璽を作る必要が出てくる。もしかして、例の『御璽らしき』ものは、偽造のつもりなんかじゃなく、

『本物の新しい御璽』として鋳造されたものなんじゃ」

　忍の言葉に、無量もゴクリとつばを呑《の》んだ。

「……それって……やばくない？」

「ああ。でも、ありえないことじゃない。吉田稔麿たちはその計画のために集まったところを、新撰組《しんせんぐみ》に踏み込まれて斬り殺されてる。池田屋で討たれた志士の中には、土佐勤王党員だった北添佶摩《きたぞえきつま》と望月亀弥太《もちづきかめやた》もいた。脱藩した党員も関わっていたとするなら、あるいは」

　あの「御璽《ぎょじ》らしきもの」は、長州の起死回生のために用いるはずだった「新しい御璽」かもしれない。

　ビジネスホテルの狭い部屋の中で、ふたりは重苦しく黙り込んでしまった。

「盗まれた御璽などではなく、新しい御璽……か」

　だが、いずれにしても、その計画は頓挫《とんざ》する。

　その後、証拠隠滅のために「あってはならない御璽」を鎌田の先祖が土佐に持ち込んで、あそこに埋めて隠したのだとしたら。

「でもさ……。だとしたら、昨日の天誅《てんちゅう》男は、なに？」

　無量が前のめりになって、上目遣いで忍に訊《き》いた。

「なんのために、俺たち、天誅されかけたの……？」

「それは……。まったく見当がつかない」

さすがの忍もお手上げとばかりに体をのけぞらせた。

「もう百五十年も前の話だというのに、まだ暴かれては困ることがあるというのか？」

あるとしたら、それは一体なんだ？

忍はベッドにひっくり返って「わからないなあ」と降参気味に言った。

「三つの説も、俺たちの妄想の域を出ないしな。その銅印はいったいなんなんだ？」

「うん……。あと、これも」

と差し出したのは、無量が同じ場所で掘り当てた「銅鏡の半分」だ。忍は顔を近づけてしげしげと観察した。共伴遺物だったのかも、と無量が出土状況を説明し、

「何か文様が彫ってあるけど、なんだかわからない。断裂面からすると、わざと半分に割ったみたいだ。半月鏡……とでも呼んだらいいのか」

「天皇御璽《ぎょじ》と一緒に出てきた割鏡《われかがみ》か。祭祀《さいし》用具を壊して埋めるのはよく聞くけど、これも何か曰《いわ》くがありそうだな」

手がかりらしいものといえば、これだけだ。

「やっぱり囮《おとり》になるしかないかな」

チューハイを飲みきった無量が、真顔で呟《つぶや》いた。

「天誅男に直接会って聞き出すしか」

「早まるなよ。無量」

「でも、あいつが何か知ってるのは間違いない」

「その前に、例の御璽の印影が確かに幕末のものかどうか、確認しないと」

　忍は冷静に呟いた。

「御璽《ぎょじ》自体は歴史上、何度か改鋳されてるんだ。そもそも時代が合わなかったら、意味がない。勤王党とも幕末とも関係ないかもしれない」

「あ、そっか……。だよな」

「手配はしてある。歴代御璽のことなら、あのひとに聞くのが一番、早――」

　遮るように、無量のスマホが着信を知らせた。

　画面を見ると「鎌田昌子」の名前が表示されている。

「鎌田さん？　こんな時間になんだろ」

　無量が電話をとった。

「西原です。鎌田さんすか？　その後、なにかわかりました？」

　無量はしばらく鎌田の話に耳を傾けていたが、やがて「え？」と顔色を変えた。

「なんなんすか。それ」

「どうした無量」

　無量は通話マイクを押さえて、忍に言った。

「……宮内庁の書陵部から連絡がきたって」

　忍は怪訝《けげん》な顔をした。

「宮内庁の、書陵部……？」

第三章　宮内庁書陵部・特別調査チーム

十数年ぶりに出会った桜間涼磨《さくらまりょうま》は、相変わらず快活だった。

大きな声でしゃべり、よく笑い、冗談が次から次へと出てくる。

成人して酒が飲めるようになったので、さらにとめどない。桜間の行きつけの店は土《と》佐《さ》料理でもなんでもない焼き鳥屋だったが、話題は尽きず、萌絵《もえ》は笑わされっぱなしだった。

一緒にいるのがしっくりくる。この感じは中学時代のままだ。放送室に昼食を持ち込んで昼の放送をオンエアした。桜間のQ出しで萌絵がマイクに向かう、あの呼吸。体育祭の音響制作のため放課後遅くまで居残りして準備した。ラジオドラマの制作ではSEや劇伴選びに夢中になった。

思い出話は尽きない。

「――スピーカーONになっちゅうがに、モエヤンが間違えてマイクの前でリハしだした時はめっちゃ笑《わろ》うたなあ。学校中にいきなり野太い声で『気合いだー！』が響き渡って」

「あれは赤っ恥やったわ。てっきりOFFにしちょるち思うちょったがよ」

「校庭どころか近所中に響いたきのう。ははは」

りょうま、という名の通りの見た目になった。背が高くて癖っ毛なところも、坂本龍馬《さかもとりょうま》にそっくりだ。おどけたり、しかめつらになったり、表情が豊かだ。

そういえば、私はこういう芸人タイプが好きだったんだっけ。

萌絵も昔は快活で面白い芸人タイプが好きだった。それがデフォルトのはずだ。きっと桜間涼磨の影響なのだろう。そもそも無愛想で生意気な、ひねくれ年下男子に押される恋愛スイッチなど、萌絵の中には皆無だったのだ。

ただ中学当時はあまりにもお互い一緒にいるのが自然過ぎて、桜間への好意が恋愛感情なのかどうか、わからなかった。周りからはよく「つきあっちゃいなよ」と冷やかされたが、恋愛の甘酸っぱい感じよりは「同志」に近かったし、そんな疑問に気づく間もなく萌絵は転校してしまった。

だが、やっぱり相性は抜群だったのだろう。十数年ぶりだというのに、ブランクを感じない。会話の呼吸もぴったりだ。

「ははは！　モエヤンは相変わらず、はちきんやなあ。彼氏はおるんか？」

いきなり直球でつっこまれて萌絵は言葉に詰まった。

「お……おらんよ。うん。おらんおらん」

「あれ？　なら、あの西原《さいばら》ゆう人は、ただの同僚？」

「そう、だよ」

と答えてから、何を馬鹿正直に、と自省した。

「やったら、なんであんなに送り迎えを気にしちょったが？」

桜間は不思議がっている。夕食に萌絵を送り出す時、無量《むりょう》がしきりに「あちこち連れ回さず、ちゃんとホテルまで車で送るように」と桜間に念を押していたのだ。

「まるで彼氏みたいやったぞ」

「ちが、そうじゃなくて、あれはね……っ」

言いかけて、あっと口をつぐんだ萌絵を、桜間は見逃さなかった。

「ん？ なんながよ。言うてみ」

ゆうべ、街中で天誅男に襲われたことを明かすと、桜間はますます怪訝な顔をした。

「なんやそれ。酔っ払いか何かかえ」

「それがよくわかんなくて……」

桜間は急に真顔になった。

「おまえら、一体なんを調べゆうが。そもそもなんのために勤王党《きんのうとう》なんかを」

「うん……。依頼主のひとにちょっと頼まれたことがあって」

「なんか出よったがか？ 偽勅でも出たんか」

萌絵は、どきり、とした。桜間は串刺《くしざ》しのぼんじりを一気に口に入れ、

「遠慮せんと、言うてみ。力になるき」

「だめだめ。言っちゃいけん約束なんよ」

「学芸員の俺にもか？」

「だめ」

「もしや、銅印でも出たか？」

図星をさされて萌絵はあからさまに固まった。

すぐに「そんなんじゃないよ」と否定したが、顔が引きつった。桜間の眼光は鋭いまだ。……まずい。

昼間、さんざん「偽勅」の話を訊《き》いた。無量は発掘屋だ。とすれば「紙」ではない。土から出た遺物だ。知識があって少し勘のいい人間なら、察してしまえそうだ。

桜間はおもむろに姿勢を戻して猪口に地酒を注いだ。

志士のように背筋を伸ばして、飲み干した。

「……………。奈半利《なはり》で出た掛け軸の裏紙。あれな、表側は野根山《のねやま》二十三士のひとり、清岡《きよおか》道之助《みちのすけ》の詠んだ和歌が書かれてあった」

安芸《あき》郡の郷士だ。土佐勤王党員だった。

投獄された武市《たけち》を救おうとして命を落とした「野根山二十三士」のことは、萌絵も中学で習っている。

「土佐の独眼竜。清岡は藩からの弾圧が始まっても土佐から逃げず、同志と力を合わせ、藩に意見した。見上げたひとたちや。草莽《そうもう》の鑑《かがみ》や」

「名もなき民たちのことや。清岡は郷士やったけど、魂は草莽や。殿様や藩の重役なんぞではなく、郷士や庄屋《しょうや》、名もない沢山の民が立ち上がって世の中を変えようとした。〝草莽崛起《くっき》〟……志ある若者よ立ち上がれ、と訴えたがは吉田松陰《よしだしょういん》やが、土佐にはそれに応《こた》えうるだけの理由があった」

背筋を正して酒を飲み始めると、桜間は不思議な風格をまとう。幕末の志士がおりてきたかのようだ。

「以前、安芸郡をフィールドワークしたとき、奈半利の庄屋だった家で、奇妙な話を聞いた。清岡がどこかから手に入れてきた秘密の銅印の話や」

「銅印？」

「言い伝えでは、清岡は野根山事件の時、残った党員に向けて『自分たちがもし決起に失敗することがあったら、この銅印を持って三田尻《みたじり》に行け』と言い残したそうや」

「三田尻って……山口県の防府《ほうふ》？　都落ちした三条実美《さんじょうさねとみ》たち公卿《くぎょう》がいた？」

「そう。招賢閣《しょうけんかく》や。脱藩した中岡慎太郎《なかおかしんたろう》もそこにおった」

「中岡慎太郎のもとに銅印を持っていけって、清岡が遺言したと？」

「ああ。だが、その銅印とは結局なんやったのか。今もわからんままや」

中岡慎太郎と清岡道之助は、同郷だ。

桜間は大きな口を真一文字に結んだ。

「掛け軸の裏にあった文言は、その銅印のことを指しているのではないかと」

萌絵は動悸《どうき》がしはじめていたが、必死にポーカーフェイスを保った。

清岡道之助がどこかで手に入れた銅印……。

「〝璽之儀、全て調い申し候。玉意を以て事をなさんとす〟……俺は、清岡はなんらかの印を偽造して藩庁を動かすつもりだったのでは、と睨《にら》んだ。だが何なのかはわからんかった。その印もいつかどこかから出てくるがやないかち思うちょったが……」

「……………」

「モエヤン。それを見つけたのとちがうか？」

誘導尋問に弱い萌絵は、うっかり口が滑ってしまいそうだ。ここは逃げるが勝ち、と思い、

「ああっ、もうこんな時間。そろそろホテルに帰らないと！」

「実は俺な」

桜間が遮った。

「……その銅印の出所に心あたりがある」

「どういうこと？」

「フィールドワーク中に訪れた或《あ》る村や。清岡はその村のもんから銅印を預かったち、伝わっちょった。いつか調べに行くつもりやったが、ちょっと難しいところながよ。けんどモエヤンが行く気なら案内しちゃる」

「私を？」

ただし、と桜間はねぎまの串《くし》を立てて言った。

「案内するがはモエヤンだけや。西原くんは連れていけん」

「なんで」

「この話は門外不出。限られたもんしか知っちゃいけん」

ガヤガヤと賑《にぎ》やかな店内で、桜間は密議のように声を潜め、萌絵のほうに顔を突き出してきた。

「行くなら明日《あした》や。うちはちょうど休館日やき。来るか？」

ここで「行かない」と答える選択肢は、ない。

行く、と答えて萌絵はお猪口《ちょこ》の日本酒を飲み干した。

＊

「宮内庁書陵部……？　書陵部が嗅《か》ぎつけたっていうのか？　なんで」

鎌田昌子《かまたまさこ》からの電話は、無量と忍《しのぶ》を驚かせた。

夕方、鎌田家に「宮内庁書陵部」を名乗る者から電話があったという。

庭から出た「御璽《ぎょじ》らしきもの」について詳しい話を聞かせてほしい、と言われたのだ。

例の銅印のことはどこにも明かしてはいない。どこから漏れたのかは定かでないが、宮内庁書陵部まで情報がいってしまったようなのだ。

昌子は動揺して、訊《たず》ねられるままに出土した経緯を語ってしまったという。すると書陵部の職員は「実物が見たいので調査員を派遣する」と申し出た。明日さっそく高知に向かわせるというのだ。

突然のことに戸惑って、昌子は無量に相談しようと思い立ったらしい。

「わかりました。明日とにかく伺うっす。俺も立ち会います」

昌子は少し安堵《あんど》したようだ。お願いします、と通話を終えた。

「書陵部が動くって、どういうこと？」

無量は忍を振り返った。ベッドに腰掛けた忍は、険しい顔をしている。

元文化庁職員の忍も、こういう例は聞いたことがない。

宮内庁書陵部は、皇室関係の文書や資料の管理、そして陵墓の管理を受け持つ部局だ。無量たちと縁が深いのは、やはり陵墓課か。天皇陵の発掘調査をしたくて手ぐすね引いている考古学者は大勢いる。が、そう簡単には書陵部の許可がおりない。発掘屋には因縁のある部署だ。

「……だが、今回のは陵墓とは関係ないし。御璽《ぎょじ》ってところに引っかかったとするなら、図書課のひとかな」

皇室関係の文書を管理する部署だ。

忍は、解せない。

「とは言っても、あの銅印はあくまで出土遺物——文化財だ。官庁が首を突っ込んでくるとすれば、普通に考えれば文化庁の出番だけど……」

「やっぱ天皇の印だからじゃない？　書面に捺《お》されるものだし」

「いまの御璽《ぎょじ》は確か侍従職が保管してるから、宮内庁の管轄で間違いはないけど、過去のものはどうだろう。御璽が捺された文書を保管してるのは国立公文書館だし」

忍と無量はお互いを見つめて、同じ思いに至った。

「やっぱり立ち会ったほうがよさげだな」

「だね」

段取りをつけて、忍が部屋を去ろうとした時だった。萌絵が帰ってきた。

忍が来ていると LINE で知り、慌てふためいて戻ってきた萌絵を、無量は素っ気なく迎えた。

「おかえり。あのひと、ちゃんと送ってくれた？」

「……あ、うん。ちゃんと代行で」

「そ」

わかりやすいほど素っ気ない。

機嫌が悪いのを取り繕おうとしているのが丸見えで、忍は肩をすくめた。

「それより、どういうことなんです。宮内庁が動いたって」

経緯を聞かされた萌絵は、ふたり同様、やはり解せなかった。

「一体どこから漏れたんでしょう。所長が言うわけはないし、……多治見《たじみ》さん？」

「さっき電話で確認したが、所長は他言していないし、多治見さんが相談したのは所長以外にはいないそうだ」

「じゃあ、なんで……」

「とにかく明日朝イチで鎌田家に行く。永倉《ながくら》さんも行くだろ？」

だが、萌絵は珍しくのってこなかった。

「桜間サンと約束……？」

「うん。銅印の出所が摑《つか》めるかもしれないの」

清岡道之助の話に出てくる銅印が、あの銅印である可能性が出てきた。桜間に同行すれば、その出所も判明するかもしれない。この状況での適役は萌絵しかいないようだった。

「……いいけど。調子のって、御璽《ぎょじ》のこと、うっかり口滑らせたりしないでよ」

無量の言葉には露骨に棘《とげ》がある。

一旦《いったん》解散となり、それぞれの部屋に戻ることにした。

「やれやれ。無量のやつ、すっかりへそまげちゃったな……」

廊下に出た忍は呆《あき》れたが、当の萌絵は気づいていない。無量は気分屋なところがあるので、今夜のご機嫌ななめも、眠気か疲労のせいだろう、ぐらいにしか思ってなかった。

「天誅男《てんちゅう》にはくれぐれも気をつけてください。相良《さがら》さん」

萌絵が念を押すように言った。

「相良さんが一緒だから大丈夫だとは思うけど。……明日は私がついていてあげられないので」

持ち場を離れるような心許《こころもと》なさがある。いつもなら、こんな場面で無量のそばを離れたりはしないのだが。

「こっちのことは心配しないで。永倉さんこそ、その同級生は本当に信用できる人？」

萌絵は意表を突かれた。

「べ……別に変なひとじゃないです。中学の時、放送委員でずっと一緒で。気心知れてるし、すごくまじめで曲がったことの嫌いなひとだから……」

そうか、というと、忍はいつもの穏やかな笑みを浮かべた。

「もしかして永倉さん、そのひとのこと好きだったのかな？」

「そういうんじゃありません。ただの友達です」

「向こうもそう思ってる？」

萌絵にはそう問われる理由がわからない。狼狽《ろうばい》を見てとった忍はまた破顔して、

「友達といえど男は男。オオカミにならないとも限らないから、用心しろってことだよ」

「えっ。からかったんですか。相良さん！」

忍は朗らかに笑ったが、不意に真顔になった。

「……無量は天誅男を捕まえるとか言ってるけど、何かあったら無茶せず警察に。桜間ってひとを巻き込まないとも限らない。くれぐれも気をつけて」

「はい。相良さんも」

天誅男だけじゃない。宮内庁が動くなんて余程のことだ。あの銅印には何か一筋縄でいかない経緯がありそうだ。

ステイ・アラートを心がけるよう自分に言い聞かせ、萌絵は気を引き締めると、明日に備えて早めに休むことにした。

＊

翌日、迎えにきた桜間の車に乗って、萌絵は一足早く出発した。

無量たちも鎌田家に向かった。

通勤通学の時間帯が過ぎて、高知市内は車の量もいくぶん落ち着いた。路面電車が行き交う大通りには、頭上で交差する架線の向こうに鉛色の空が広がっている。

五台山《ごだいさん》の手前にかかる青柳《あおやぎ》橋にさしかかった時、運転席の忍が口を開いた。

「どうした。今朝はずいぶん無口だな。眠れなかったのか？」

弟の機嫌をとるように問いかける。

「永倉さんが同級生とふたりきりでいるのが心配？」

「そんなんじゃねーから」

「じゃあ、なに」

無量は答えようとしない。自分の気持ちをなかなか言葉にしたがらない無量だが、忍は何も言わずとも、多少その心性を理解している。

「自己嫌悪？」

言い当てられて、無量はその洞察力に驚いた。忍はお見通しなのだ。

無量は素直に認めて、すれちがう路面電車を眺めた。

「……我ながら心が狭いっつーか。久しぶりに会った同級生と意気投合してるぐらいで、子供みたいに不機嫌になったりして」

「それだけ？」

無量は桜間と一緒にいた萌絵を思い浮かべた。

今まで見たことのない萌絵の顔に困惑したのだ。

「あれ？　今まで俺に合わせてたのかなって。桜間サンと話してる時のあいつ、全然構えてなくて柔らかい顔してた。桜間サンは話し方も落ち着いてて自信ありそうで。社会人で四つも上だとやっぱ経験値がちがうよな。……おまえもだけど。仕事してる年数は俺のが上だけど、俺は土掘ることしか知らないし」

「専門職で世界中の遺跡発掘してきたおまえにそう言われると、どうリアクションしていいかわからないよ」

「つか専門すぎて他を知らなすぎっつーか」

桜間とは、忍も先ほど一瞬会ったけれど、偉丈夫とでも呼べそうな体軀《たいく》と快活そうな目が印象的だった。小柄な無量はもっと体格差を感じているだろう。博識そうな男前だ。無量には馴染《なじ》みのないお国言葉で、萌絵と楽しそうに話しているのを目の当たりにした時、蚊帳《かや》の外に置かれた無量は、どうやらたじろいでしまったようだ。

「どんな話題振られても話広げられる頭のよさも経験値も、俺にはないし」

「黙りこくってたのは、そのせいか」

忍はようやく腑《ふ》に落ちた。無量はコンプレックスを刺激されると、弱い。

「俺めんどいでしょ。忍ちゃん」

「無量らしいよ。でも、永倉さんはおまえがそんなこと気にしてるなんて、思いもしてないだろうな」

無量が不機嫌そうに見える時、原因はたいてい無量自身にある。何か気に入らないことがあるというよりも、劣等感とか気後れとかで心がいっぱいになっている。そうして人を困らせている自分のみっともなさも、無量はわかっているので、余計、自己嫌悪に陥ってしまうのだ。

「……なあ、無量。ひとの成熟に必要なのは、生きた年数とか経験量じゃなくて、ひとつの経験からどれだけ多くのことを学んだか、じゃないのかな」

無量は目を見開いた。信号が青に変わり、忍はアクセルを踏み込みながら、

「いろんな経験をしていても全く学んでないやつもいる。俺みたいな器用貧乏からすると、おまえのほうがよっぽど、物事の深いところを知っていると思うよ」

「買いかぶりじゃない？」

「あれは確か、山岡荘八《やまおかそうはち》が柳生石舟斎を描いた小説の中だったと思うが、こんな言葉があった。──〝井の中の蛙、されど天の高さを知る〟」

天下に打って出ず、浮かぶことのない「石の舟」を名乗って小さな里で剣を極めた男の言葉だ。

「誰もが天の高さを知れるわけじゃない。自信をもてよ。無量」

忍に励まされると、素直に受け容《い》れられるのか。無量は少し気がまぎれたようだ。

ただ桜間との仲に「もやもや」した理由について、無量はどう思っているのか。肝心のところには触れようとしない。

忍はそっとしておくことにして、アクセルを踏んだ。

車は鎌田家に到着した。

＊

宮内庁書陵部を名乗る者たちがやってきたのは、その一時間後のことだった。

鎌田昌子が迎え入れると、応接間には忍と無量が待機している。

男たちは昌子に名刺を差し出した。

「宮内庁書陵部図書課の降旗拓実《ふるはたたくみ》と申します」

長身のすらりとした痩躯《そうく》の男だ。皺《しわ》ひとつないスーツをまとい、スクエアフレームのメガネをかけている。その奥にある眼は、鋭い。品行方正な宮内庁職員というより、検事でもやっているほうが似合いそうな面構えだ。

手には白手袋をはめている。それがいかにも古文書を扱う書陵部の人間らしくて、やけに目を惹《ひ》いた。

もうひとりの固太りの男は、藤原《ふじわら》と名乗った。部下のようだが、宮内庁というよりも皇宮警察で警護官でもしていそうな強面《こわもて》だ。

名刺には「書陵部図書課・特別調査チーム」とある。耳慣れない部署だ、と忍は思った。

「皇室および朝廷関係の資料の調査収集を行っております。当部署では特殊な事情で散逸した資料等を扱っておりまして、本日は、こちらで見つかった銅印の調査に伺いました」

「銅印の件は、まだどこにも公表していないのですが、どちらでお聞き及びになりましたか？」

と忍が昌子の代わりに問いかけた。

「当方では特殊な事情をもつ調査対象を扱うため、情報源に対して守秘義務があります。

ある筋から、としか答えられません」

「特殊な事情……。つまり、存在していては具合が悪いもの、というような？」

降旗はメガネの奥から鋭い眼光で忍を見ている。

「……。ご家族ですか？」

申し遅れました、と忍は名刺を差し出した。

「亀石《かめいし》発掘派遣事務所の相良と申します。こちらは発掘員の西原」

無量が申し訳程度に会釈した。調査依頼のいきさつを話すと、降旗はふたりの顔をしげしげと見た。

「書陵部で収集する資料は全て公開を前提としているものなので、隠さなければならない資料はひとつもありませんが、調査過程でのみ、内密を要する事情がある場合、守秘義務が発生します。出てくる事情も様々ですから」

「あなたがたが動いたのは、銅印の印影が〝天皇御璽《ぎょじ》〟とあったためですね」

おっしゃるとおりです、と降旗はうなずいた。

「今回の案件が特殊事情とみなされるのは、御璽偽造である疑いが加味されるためです。もし該当する場合、ただちに御璽偽造罪の容疑で逮捕状をとることになります。行使のために御璽を偽造した場合、二年以上の懲役刑に処されます。これを不正使用した場合も同様の刑に処されます」

逮捕状と聞いて途端に顔がこわばる昌子を、安心させるように、忍が軽く昌子の膝《ひざ》に手をおいた。

「警察官でもないのに逮捕状を？」

「いえ、高知県警に通報します。出土品であると認められた場合、我々の調査対象になります」

「それを判断するために来た、ということですね」

「はい。さっそくですが、見つかった銅印を拝見したいのですが」

忍のアイコンタクトを受けて、昌子が席を立った。保管してある銅印を取りに行っている間、忍が降旗に問いかけた。

「銅印の所有権はどうなりますか」

「真贋《しんがん》にかかわらず、引き取らせていただきます」

「引き取る？　宮内庁で？」

「はい。過去に実際宮中で使用されていた本物である場合は、文化財として。偽印である場合は、それが現在すでに使用されていない旧印と証明されてから、回収します」

「鎌田さんは所有権を手放さなければならないのですか？」

「任意にはなりますが、万が一にも、決して使用されてはならない印璽です。無用な嫌疑を避けるためにも、預けてもらいます」

疑うんすか、と無量が口を開いた。

「鎌田さんがそれを使って悪さをするとでも？　鎌田さんは見ての通り、フツーの一般市民すよ。あんなもん使う場面なんか」

「鎌田さんにはなくとも、盗難などで外部に流出する恐れがある」

降旗は厳しい表情を崩さない。

「流出した印を用いて、文書を偽造する悪意の輩《やから》が出ないとも限らない」

「ですが、江戸時代ならともかく、公文書の作成過程がつまびらかになってる今の世の中で、御璽《ぎょじ》を用いる文書を偽造するなど、起こるとも思えませんが」

忍の疑問にも降旗の答えは明解だった。

「偽造される恐れがあるのは現代の公文書だけとは限りません。過去の古文書を捏造《ねつぞう》し、皇室や朝廷が関わる事実をねじまげたものを世に出すものがいるかもしれない。あらゆる事態を想定して、回収させてもらうのが事故のない方策かと。むろん、その際はいくばくかの謝礼をさせてもらいます」

「買い取るということですか」

「あくまで謝礼金です」

偽造防止のためと言われれば、断る理由もない。

鎌田家が納得すれば、それでめでたしだ。無量たちの仕事も終わる。

だが、どこか高圧的な降旗の物言いが、気に入らなかった。

「鎌田さんが手放さないと言ったら？」

「どうしても、と仰《おっしゃ》るなら、所有権はそのままで、印璽のみ、こちらで預からせてもらいます。以降は書陵部の管理下で厳重に保管します」

「それもヤだって言ったら」

「偽印所持の疑いがかかりかねず、少し面倒なことになりますよ」

まるで脅しだ。忍も文化庁の元職員だったので、宮内庁の職員がお役所的な物言いをしなければならない場面ぐらいは承知しているのだが、この拒否を許さない強権的な態度はいかがなものか。

それに面構えといい、眼光といい、この降旗という男。

ただ者ではない。

奥の部屋から昌子が血相を変えて戻ってきた。

「西原さん！　大変です……！」

「どうしたんです」

「銅印が……銅印がないがです！」

無量と忍は思わず腰を浮かせた。なんですって、といい、

「仏壇の下にしまっちょったんですが、箱ごと、のうなっちゅうがです！」

「まさか……っ」

ふたりは仏間に走った。降旗たちもついてきた。鎌田家には金庫がなく、代わりに仏壇下に鍵《かぎ》のかかる引き出しがある。そこに通帳などと一緒に保管していたという。

「昨日の夜にはあったがです。寝る前に確認もしましたし」

「鍵は」

「私らあの寝室に。でも持ち出されたようなあとは」

「こじあけられたのか？」

引き出しの中にあった通帳類や土地の権利証など、貴重品はすべて無事だ。ちゃんと残っている。銅印だけがなくなっている。

「持ち出されたのか」

降旗の表情がみるみる変わった。

「ここに出入りした者は」

「家族だけです。来客は、夕方に宅配便が来ただけで、他には誰も」

「発見した時、鍵はかかってましたか」

「それが……かかってませんでした。昨日しまう時、ちゃんと鍵をかけたのに」

こじあけた形跡はないが、さほど難しい鍵ではないので、道具と心得があれば、短時間で開けてしまえるかも知れない。

「すぐに警察に電話します」

「いえ。通報はしないで。私の指示に従ってもらいます」

降旗が昌子を止めると、どこぞに電話をかけ始めた。無量たちが聞き耳を立てていると、マルインとか高知県警とかいう単語が飛び出してくる。何か独自のルートから捜査の手配をしているようだ。降旗は電話を切ると、

「鑑識が来ますので、現場はこのままに。ここ数日でなにか変わったことなどは」

昌子はしばらく記憶をたどり、

「……来客はなかったがやけど、昨日のお昼頃、見かけん車がそこの角っこに停まってました。黒い軽のワンボックス。畑仕事中に気づいて」

「家にはどなたか？」

「離れには息子夫婦がおりましたが」

昌子が住む母屋は二時間ほど留守の時間帯があったという。忍が質問に加わり、

「車の中には誰かいましたか？」

「カップルみたいでした」

「カップル？」

「確か運転席に黒いパーカーのフードをかぶった若い男のひとが。その横に髪の長い二十代くらいの女性が。『わ』ナンバーやったき、観光客が道に迷ったのかな、と思って」

黒のパーカーとフード、と聞いて、無量はぴんときた。

「男のほう、ロゴ入りの黒キャップもかぶってませんでしたか」

「ええ、はい。女性のほうは大きなサングラスをかけちょって、黒い革ジャケットを着て、芸能人かモデルさんみたいやな、と思ったのは覚えちょります。私が畑仕事から帰ってきた時にはもうおりませんでした」

無量と忍は顔を見合わせた。

例の、天誅男《てんちゅう》ではないか。

帯屋町《おびやまち》で無量たちを襲った男にちがいない。鎌田家を見張って、留守の隙に家族の目を盗んで侵入したのだろう。

「なにか心あたりでも？」

降旗がめざとく問いかけてくる。無量は迷ったが、先日自分たちを襲った男のことを打ち明けた。

降旗は、すぐにまたどこかに電話をかけ始めた。天誅男の特徴を話し、身元照会のようなことをしている。それを終えると、昌子に向き直り、

「紛失した銅印の印影がわかるものは、残してありますか」

「はい。念のため」

昌子は拓本をとった紙を降旗に見せた。

降旗はその印影からすぐに何かを察したらしい。

「……ありがとうございます。いくつかのことが判明しました」

「この印鑑はやはり持っちょったら罪になるんでしょうか」

「いえ。これは現在、使用されている御璽《ぎょじ》の印影とは全く別のものです」

「本当ですか」

「はい。所持していても御璽偽造の疑いはかけられませんから、ご安心を」

昌子は胸を撫《な》で下ろした。

「ただし、念のため、銅印の捜索は私が指揮をとります。こちらから県警に事情を話して所轄の警察にも動いてもらうようにします。……藤原くん、聴取を頼む」

昌子が事情聴取に応じている間、降旗は無量たちを連れ出し、銅印が見つかった現場を案内するよう、指示した。庭に出た無量は一通り説明をした。

「ここから出たのは銅印だけかな？」

無量は一瞬固まったが、ポーカーフェイスを通した。

「ええ。そうだと聞いてますけど」

降旗は、それが癖なのか、メガネのブリッジに人差し指をあてて、何事か考えている。

無量が隠し持っているあの「半円の鏡」が出たことは、昌子にも口止めしてあるが、降旗は何か勘づいているのか？

「君たちは依頼されて銅印の由来を調べていたそうだが？」

「鎌田さんのご先祖が、土佐勤王党の党員だったというので、幕末に何かあったんじゃないかと踏んで調べてたところっす」

「それで何かわかったのか？」

無量は忍と顔を見合わせて「いえ、なにも」と答えた。

忍が「ひとつ教えてください」と言葉を継ぎ、

「あなたは書陵部のひとですから、幕末に使われていた御璽《ぎょじ》の印影もご存知のはず。あれは幕末の頃の御璽ですか？」

「幕末に使われていた御璽は、明治四年に改刻された」

降旗はさすがに答えも早い。

「大蔵卿《おおくらきょう》の伊達《だて》宗城《むねなり》が清国《しん》へ派遣される際に、それまで使用されていた御璽《ぎょじ》は印影が不明瞭《めいりょう》だという理由で、新しく石印を作らせてた。だが、その石印も具合が悪いというので、明治七年に再び改鋳した。材質も金を用いた。それが現在使用している御璽だ」

「では過去に使用していた御璽は、今も宮中に？」

「使用を終えた御璽は、廃棄される」

「廃棄？」

「御璽がふたつもみっつもあってはならない。つまり、もう存在してはいない。そういうことになっている」

「なっている？　ということは……どこかにはあるかもしれない？」

「君たちは知らなくていいことだ」

降旗は冷淡に突き放した。

「現在、宮内庁にあるものだけが本物で、それ以外のものは全て効力がないのだから、御璽ではない。つまり、ここから出たものも御璽ではない。以上だ」

ずいぶん強引な結論だ。それで納得しろと言われているようで、癇《かん》に障る。忍は昔から、頭ごなしにされることが大嫌いな性分だ。

「改鋳前のものは効力がない。ただの文化財になるなら、あなたがたが回収する必要もないのでは？」

「……御璽《ぎょじ》偽造罪にはならずとも、それを用いて過去を捏造《ねつぞう》しようとする者もいる」

メガネの奥の鋭い眼差《まなざ》しで、降旗は忍を睨《にら》んだ。

「我々書陵部が回収するのは、史料捏造を防ぐためだ。御璽と称されるものがふたつとあってはならないというのは、そういう意味だよ。相良くん」

降旗は藤原に現場の記録を取るよう指示して、無量を振り返った。

「……君のことは聞いているよ。西原無量」

「なんすか。急に」

「私は以前、陵墓課にいた。君は業界の有名人だったからな。こんなところでお目にかかれるとは思わなかったが」

陵墓課といえば、まさに天皇陵の調査をする担当者だ。天皇陵の発掘調査を手ぐすねひいて待っている研究者たちとは距離も近い。

「盗まれた銅印が何者かに悪用されないとも限らん。過去を捏造することは、いまを捏造することだ。二度とあってはならんのだ」

暗に祖父のことを言っているのだとわかった。

無量の顔つきは、険しい。

降旗は白い手袋をはめた手でまたメガネを持ち上げた。

「捜索には君たちにも協力してもらう。いいね」

*

上から来る感じが、どうもよくない。

無量たちはその後、降旗たちから天誅男について根掘り葉掘り聞かれ、似顔絵の作成までさせられた。こちらを若輩とみなす態度が、いちいち無量の癇に障る。

ようやく解放された無量と忍は、鎌田家を後にした。

「なんなんだよ、あいつ。えらそうに」

立ち寄ったコンビニの駐車場で、無量は「ばくだんおにぎり」を喰《く》らいながら、ぶちぶち文句を垂れ続けている。

「宮内庁書陵部の人間って、みんな、あんなえらそうなん？」

「そんなことはないと思うけど」

忍も「ばくだんおにぎり」にかぶりつきながら、

「特別調査チームか……。噂には聞いていたけど、本当にあったなんて」

「どういうこと？」

「いや。文化庁時代に先輩から聞いたんだが、書陵部には、歴代天皇に関する事物のうち、扱いの厄介なものが出てきた時にのみ結成される特別チームがあるって」

常設のチームではなく、普段は図書課や陵墓課で通常の仕事についていて、何か案件が発生したときにだけチームが組まれ、回収や調査を執り行うというものだ。

「驚いた。本当にあったとは」

「つか、あの降旗とかいうやつ。なんであんなえらそうなの？」

「はは。無量は苦手そうなタイプだよな」

「藤枝を思い出す。いけすかない」

無量は具だくさんの大きなおにぎりにかぶりつきながら、父親を思い浮かべて渋面になった。

「それはともかく、鎌田さんの依頼どうする？　よりによって書陵部にしゃしゃり出てこられたら、俺たちの出る幕なくない？」

「とは言っても、おまえは『鎌田家から出た御璽《ぎょじ》』の存在をその目で見た人間のひとりだからね。あのひとたちからすれば、重要参考人でもある」

「まさか、あいつら俺のこと疑ってる？」

たぶん、と忍はシビアな顔つきでうなずいた。

「おまえが犯人を手引きした可能性は排除しきれない、なんて思ってるだろうね」

「サイアク。こっちは襲われたんですけど」

「共犯者が捜査を攪乱《かくらん》するため被害者のふりすることは、よくあることだからなあ」

勘弁してよ、と無量はうなだれてしまった。

「大体、『御璽らしきもの』なんて盗んだところでネットオークションにもかけられないし、使い道もないし。いいことなんかひとつもないでしょ」

「普通ならね。犯人は何がしたくて盗んだりしたんだろう」

忍にも見当がつかない。文書捏造？　御璽《ぎょじ》を使ってありもしない文書を捏造しようとでもいうのか。それとも金目当て？　売り飛ばすつもりか。

「そんな怪しいもの売れる？」

「世の中には珍しいものに金を出すコレクターがいるって、鷹島《たかしま》の事件で思い知っただろ？　貴重な骨董《こっとう》品を闇ルートで売買する連中だっている。『天皇御璽』だなんて記された銅印、滅多に手に入るものじゃない」

まさか、と無量は顔を強《こわ》ばらせた。

「コルド？　……またあの連中が関わってるとでも？」

古美術ばかりを狙う国際窃盗団のことだ。

世界中の古美術品や文化財を盗み、闇ルートで売りさばいている。稼いだ金はテロ組織に流れ、資金源になっているらしいが、構成員は国籍不明、謎の多い組織だ。

その幹部のひとり「バロン・モール」とは、無量たちは鷹島の「忠烈王《チュンニョルワン》の剣」事件で一度、対決している。

「コルドに限ったことじゃない。問題は売買が目的だったのか。他に何かあるのか」

だが、手がかりの糸は完全に切れている。どこをどう探せばいいというのか。

「俺たちじゃ手も足も出ない。警察とか公安とか税関とか、そういうところの手を借りるしかない。やっぱり降旗さんたちに任せたほうがいいかな」

「なんかすっきりしないな……」

おにぎりに埋もれた唐揚げに、大口あけて嚙《か》みつく無量は、忸怩《じくじ》たる表情だ。

「ともかく俺たちは俺たちで、引き続き銅印の正体を調べよう。犯人に繫《つな》がるかもしれない」

忍はかじりついていた「ばくだんおにぎり」の最後の一口を押し込み、お茶で流し込んで、ハンドルを握った。

ふたりは仁井田《にいだ》にある武市半平太《はんぺいた》の旧宅を訪れた。

いまは武市家とはゆかりのない個人が住んでいる。関係者ではないので当時の事情は聞けないが、隣接する小高い丘に武市を祀《まつ》った神社があり、ささやかな記念館もある。

武市と土佐勤王党のことを端的に知るには、ちょうどいい施設だ。

そこから階段をあがったところが、武市家の墓地だ。

武市半平太の墓がある。

隣には、妻・富《とみ》の墓が寄り添うように建っていた。

武市が生まれ育った仁井田地区のひなびた風景が一望のもとだ。

稲刈り後の田が広がって、この時期は緑も少ない。高知界隈《かいわい》は温暖なので、かつては二期作だったが、最近は米が余るようになってしまったので、もうしていないようだ。

「お。……美鈴《みすず》さんから、返事だ」

墓に手をあわす無量の後ろで、忍が言った。

鷹崎《たかざき》美鈴だ。亀石所長の元妻で、某国立大学の史料編纂所《へんさんじょ》に勤めている。

歴代の天皇御璽《ぎょじ》について、メールで訊《たず》ねていたのだ。

「美鈴さん、なんだって……？」

「江戸時代の文書に使われてる内印——天皇御璽が捺《お》された古文書の画像を送ってくれた」

忍がスマホを見せる。画面には、古文書に捺された印が大きく映っている。

「これで間違いないか？」

特徴のある印影は、鎌田家から出た「御璽らしきもの」とそっくりだ。

いわゆる篆書《てんしょ》体よりもだいぶ図形的で「威厳がある」というよりはどこか「ユーモラス」ですらある。〝皇〟の字の上部——〝白〟の部分は五角形の中に口の字が入っている。〝御〟に至ってはもう漢字の面影もなく、亀の甲羅のような姿だ。

無量は、こくり、とうなずいた。間違いない。

「そうか。見れば見るほど、変わった書体だな。官印によく用いられる小篆ともちがう。〝天〟は篆書だけど〝皇〟はもう少し古い感じがする。〝御〟に至ってはなんだかもう原型がないな……。四文字とも統一感がなくて、なんか、いろんな時代のが混じってるみたいだ」

「すご。おまえ、こういうのわかんの？」

「龍禅寺《りゅうぜんじ》の家にいた頃、書を習わされたことがある。中国の篆書なんかも。でもこれは官印にしてはずいぶんエキセントリックだな」

「なんか灯台だか工場だかの地図記号っぽい」

「篆刻《てんこく》の先生が言ってた。中国でも明《みん》の頃までの汗簡《かんかん》とかみると、結構出所の怪しいでたらめな字が出回ってたそうなんだけど、日本でも江戸時代にはそういうのが跋扈《ばっこ》してたみたいだ。だから江戸時代の篆刻は読みづらいって……。この御璽《ぎょじ》もそういう頃のはやりを反映して作られたのかもな」

　無量は忍のスマホを覗《のぞ》き込み、

「てことは、やっぱ、鎌田さんちの御璽もどきは、江戸時代ので正解？」

「美鈴さんが送ってくれた文書には、元禄《げんろく》年間や、嘉永《かえい》年間の——孝明《こうめい》天皇が出した位《い》記《き》もある」

「位記？」

「朝廷で、公家《くげ》とか大名に位階を授ける時に出す文書のことだ。内印が捺される」

「孝明天皇って、……幕末の！」

「明治二年の文書にも同じのが捺されてるから、土佐勤王党の頃に使われてた御璽で、もう間違いないな」

「確定？」

「……の偽造だと思うけど」

断定するにはまだ早い。細かい照合が済んでいない。

鎌田家の印影を直接メールで送れれば、美鈴のほうで歴代御璽《ぎょじ》と照合できるのだが、画像を電子データ化されるのを昌子が拒んでいたため、スマホでは撮らせてもらえなかった。

「仕方ない。鎌田さんちに戻って、この目で印影を照合——」

と立ち上がりかけた無量が、階段下に人の気配を感じて言葉を止めた。忍も観光客があがってきたのかと思い、スマホをさっと隠したのだが——。

目の前に現れた女を見て、ふたりは一瞬、目を奪われた。

背の高い女だ。

モデルのような八頭身に、大きなサングラスとハーフアップの長い髪。気の強そうな紅《あか》いリップが目を惹《ひ》く。ショート丈のライダーズジャケットをさらりと羽織り、ロングスカートのスリットからは編み上げのブーツが覗いている。

観光という雰囲気ではない。

どこか殺気だった空気をまとっていて、ふたりはたちまち身構えた。すると——。

「あなたがた……ですね」

女がだしぬけに声をかけてきた。ふたりの表情に緊張が走った。

「お知り合い、でしたっけ？」

女はおもむろにサングラスを外した。

　まつげの長い大きな瞳《ひとみ》が、こちらを睨《にら》みつけている。

「……。先日あなたを襲った若い男を覚えていますか」

「俺を襲った男……ってまさか。あの天誅《てんちゅう》男⁉」

「私の弟です」

　女は低い声で告げた。

「私の名前は、栗賀《くりが》早紀《さき》。弟を探しています。あなたがたは居場所を知っているはず。いますぐ弟を引き渡してください。……私の弟を返して！」

第四章　御璽の衛士

どこかで聞いた名だ、と忍《しのぶ》は思った。

顔も、どこかで見た覚えがある。が、すぐには思い出せない。

無量《むりよう》は警戒心を剝《む》き出しにして、女を睨みつけている。

「ちょっと待ってくださいよ。あの時の天誅男は、お姉さんの弟だっていうんすか。俺たちが居場所を知ってるとかって、言ってる意味よくわかんないんすけど」

「勤王党《きんのうとう》」

え？　と無量は訊《き》き返した。

女の声には静かな怒りがこもっている。

「あなたがたは私に電話をかけてきた〝土佐《とき》勤王党〟ですよね」

なんのことだか、わからない。忍と顔を見合わせた。

「僕は亀石《かめいし》発掘派遣事務所の相良《さがら》と言います。こちらは発掘員の西原《さいばら》無量。出土した銅印を調査するため、鎌田《かまた》さんから呼ばれたものです」

「嘘をおっしゃい！　調査なものですか」

早紀《さき》と名乗った女は、あくまで強気な姿勢で、

「弟をはめたんですね。そうまでして主上《しゅしょう》の鏡と厨子《ずし》が欲しいんですか」

「なんか勘違いしてません？　確かに一昨日《おととい》、天誅とか言って刀もったやつに襲われましたけど、勤王党なんて名乗った覚えはないっす」

「今朝の電話はあなたがたじゃないんですか。鎌田家をうろうろしていたのは、私たちが現れるのを」

「待って待って待って。なんのことかわかんないって言ってるでしょ」

「とぼけるのもいい加減に！」

忍が手で制した。

「何か勘違いをされているようですけど、僕たちはあなたが何者かも知りません。順序立てて説明してくれますか。僕たちがあなたの弟さんの居場所を知っているという根拠は？　弟さんが人を襲って警察に捕まった可能性があるなら、僕らでなく警察に聞いてください。但し、僕らは被害届も出していない」

「弟を連れていったのは警察じゃない」

「勤王党から今朝電話があったと言いましたね。何を言われたんですか」

忍の鋭い切り返しに、早紀は黙った。疑わしげに見つめ、

「本当に、あなたがたではないのですか」

「栗賀《くりが》早紀さんと言いましたね。あなたこそ何者ですか」

忍は低く押し殺した声で詰問した。

「昨日、車の中から鎌田家を見張っていた男女がいたそうですが、あれはあなたと弟さんですか」

忍の言葉で無量も気づいた。昌子《まさこ》が言っていた「怪しい男女二人組」。芸能人のような大きなサングラス、黒い革ジャケット……早紀の外見は証言と一致する。

早紀は真率な眼差《まなざ》しで、答えた。

「私たちは、あの御璽《ぎょじ》の〈衛士《えじ》〉です」

ふたりは目を瞠《みは》った。

「えじ……とは」

「御璽の番人のこと。先祖代々、あの御璽を守ることを使命としてきました」

忍と無量は思わず顔を見合わせてしまう。

「あの銅印が御璽であると知っているんですね。あなたがたの先祖は宮中にいたということですか。しかし、あれは偽造された御璽なのでは」

「本物です」

早紀は眉《まゆ》ひとつ動かさず、断言した。

「あれはかつて宮中で用いられてきた本物の、御璽です」

にわかには信じられなかった。

「本物の御璽が、なんであんなとこにあるんすか。誰かに盗まれた?」

「いいえ。正当な理由で宮中から持ち出されたものです」

「それはどういう？　あの御璽《ぎょじ》は幕末に用いられていたものでしょう。〈八月十八日の政変〉の時ですか？　それとも武市《たけち》が投獄された後ですか？」

忍が畳みかけたが、早紀は答えない。能面のような表情で、眼差しは風のない日の湖面のように揺れることがない。暗いお堂に佇立《ちょりつ》する古仏の玉眼を覗き込んでいるような気がして、無量はわけもなく、ぞっとした。

「私の口からは語れません。ひとつ言えるのは、あの御璽は文久《ぶんきゅう》年間に、ある者の策謀によって、持ち主の手から離れたということだけ」

「正当な理由で宮中の外に持ち出されていた御璽が、さらに何者かに奪われたということですか」

「そういうことになりますね」

「………。御璽の持ち主とは孝明《こうめい》天皇のことでは？」

「我が主上《しゅしょう》、としか言えません」

冷徹な女官のように、早紀は答えた。

「〈御璽の衛士〉は先祖代々、この御璽を守り抜くことを使命と致しておりました。ですが、悪心を起こした衛士仲間が、時勢を揺るがす陰謀に荷担して、我が先祖を刺し殺し、これを御所から持ち出したのです。裏切り者に御璽を奪われた我々栗賀の者は、衛士職を罷免され、主上のもとから追放されました。皆、汚名をそそぐために御璽を取り返さんと各地に散りました」

まるで昨日のことのように話すが、想像が追いつかない。だが、作り話にも聞こえなかった。早紀の語り口調に抜き差しならないものを感じたからだ。

「誰から聞いたんですか。鎌田家から出土したことを」

「ある筋から、としか言えません」

と早紀は降旗と同じような言い方を、した。

「報《しら》せを聞いた私と弟の准《じゅん》は、すぐに駆けつけて、鎌田家を監視しました」

無量たちのことを知ったのはその最中だった。早紀の弟・栗賀准はどうやら無量たちが御璽《ぎょじ》をどこかに持ち去ろうとしていると勘違いしたようだ。これを阻止するために〝天誅男〟となり、無量たちを脅した。これが真相のようだ。

「監視して、どうするつもりだったんです」

「交渉するつもりでした。鎌田家の方を説得して、返却を申し入れるつもりでした」

「皇室への、ですか？」

「正しい持ち主のもとに、です」

頑《かたく》なに、そういう言い方をする。

責務を負う者だけがまとう緊張感が、早紀の身にはあった。

「むろん、ご理解いただければ、それ相応の謝礼もお支払いするつもりでした」

「正しい持ち主、とは誰のことです？」

「答えられません。主の名は命がけで秘すること。それが当家に生まれた者の掟《おきて》」

忍は違和感を抱いた。御璽《ぎょじ》は天皇のものだ。そう答えればいいだけの話だ。わざわざ、主の名を秘する、という言い回しが引っかかった。

栗賀家。

そんな名の公家《くげ》はそもそも忍も聞いた覚えがないが、「天皇御璽の持ち主は天皇」と答えないところに、何か面倒な事情がありそうだ。

「残念ながら、栗賀さんたちが捜している『御璽』は、昨日から今日にかけて、何者かが鎌田家から持ち出したようです。盗まれたかもしれません」

早紀の表情が強《こわ》ばった。

「………。あなたがたが隠したのでは」

「僕たちは、あなたがたのしわざではないかと思っていました」

「ふざけないで！　嫌疑をかけられる謂《い》われは」

と反論しかけたところで、早紀は言葉を止めた。別の可能性が脳裏をかすめたようだった。

うってかわって、苦々しい表情になり、早紀は溜息《ためいき》を漏らすように言った。

「……いいえ。弟かもしれません」

「やはり、そうなんですね。なぜ」

「気づいていたなら止めてました。弟は私のやり方に不満だったんです」

弟は早紀の考えを受け容《い》れなかったという。金銭で御璽《ぎょじ》を買い戻すような真似には、いたく反対していた。

「弟とは昨日から連絡がとれません。かわりに今朝、私のもとに非通知の電話がかかってきました。〝土佐勤王党〟を名乗る男の声でした」

「それで、僕たちを勤王党と」

「はい」

早紀はなおも警戒はとかず、慎重に語った。

「〝おまえの弟は、勤王党が預かった。〈揚羽蝶《あげはちょう》の鏡〉と〈黄蓮《おうれん》の厨子〉の『鍵《かぎ》』と引き替えだ。三日以内に用意できない場合は、弟の身の安全は保証しない〟……と」

「鏡と、厨子……？」

無量は怪訝《けげん》な顔をした。

「なんすか、それ。知ってるんすか」

厨子とは仏像を収める仏具のことだ。寺院などにあり、中に収めた仏像の大きさにもよるが、小さいものは机に載るほど、大きいものになると人の背丈ほどにもなる。扉が所謂《いわゆる》、観音開きになっている。

「〈黄蓮の厨子〉というのは御所にあった〝御璽を保管する厨子〟のことです。私は見たことがありません」

「〈揚羽蝶の鏡〉というのは」

「……。主上《しゅしょう》の形見です。それが唯一の身元証明にもなった」

早紀は険しい顔になっている。

「〈揚羽蝶の鏡〉は〈黄蓮の厨子《ずし》〉の中に、御璽《ぎょじ》と一緒に保管されていたと聞きます。その鏡と一緒にあることが、御璽が本物である証《あかし》なのだと」

「……。いま、どこに」

「わかりません。もしかしたら、御璽と一緒に埋まっていたかもしれません」

その一言で、無量も忍も悟った。

あれだ。そのうちのひとつは。

たぶん、まちがいない。

「電話の男は、それらが用意できなかったら、弟さんに危害を加えると、そう言ったんですね」

「はい。明日《あした》また連絡すると……」

「それ警察には」

「通報するなと言われました。それに御璽のことを聞かれるのは困る」

「でも立派な脅迫じゃないですか」

「そうやけど……でも」

早紀は悲愴《ひそう》な表情をしている。

「きっと弟が御璽を盗み出したせいです。犯人は弟と一緒に御璽を手に入れようとしたのにちがいない。鏡は御璽《ぎょじ》が本物である証明になるから、要求してきたんやわ」

弟が鎌田家に忍び込んで銅印を持ち出したというなら、立派な窃盗だ。だが、できることなら警察沙汰《ざた》になる前に解決を図りたいと早紀は思っている。そのためには要求されたものを揃えなければならない。

「その〝土佐勤王党〟を名乗った男に心あたりは」

「……いえ、全く。ただ、数年前に〈黄蓮の厨子〉の在処《ありか》を訊《たず》ねてきた男性がおったと、母から聞いたことが」

「厨子の在処を？」

忍は無量と顔を見合わせた。

「それはどういうことでしょうか」

「わかりません。厨子の存在を知っていて、まだその中に御璽が入っていると思っていたひとなのか。それとも別の何かが目的なのか」

妙だな、と忍は思った。御璽を手に入れるのが目的なら、栗賀准を連れ去った時点で終わっている。その本物証明になる鏡ならともかく、わざわざ厨子の鍵を求める理由は？

「御璽と鏡はかつて厨子に保管されていたが、御璽はすでに厨子の外にある。少なくとも『勤王党』を名乗った人物はそれを知っているわけです。なぜ鍵が必要なんでしょうか」

「まだ鏡が入っている、と思っているからでは」

「そうなら鍵だけを要求すれば済むのでは？」

犯人は〈揚羽蝶の鏡〉も要求している。黙っていた無量が、口を開いた。

「つまりその厨子の中にはまだ何か入ってて、それを手に入れるのが本当の目的だとしたら？」

本当の目的は、厨子の中身……？

忍が問いかけた。

「厨子はどこにあるんですか」

「厨子は……主上《しゅしょう》を供養する村にあると聞いてます」

早紀はその村を訪れたことはないという。

もし本当に栗賀准が銅印窃盗犯だとしたら、銅印も彼の手元にあるはずだ。だったら、銅印を取り返すためにも、彼の居所を捜さなければ。

忍は毅然と顔をあげた。

「事情はわかりました。協力します。一緒に弟さんを捜しましょう」

＊

無量と忍は、再び鎌田家に向かうことにした。

銅印の出土場所には、まだ〈黄蓮の厨子〉の鍵も埋まっているかもしれない、と考えたからだ。

早紀も自分の車でついてくる。

だが、無量は早紀の話をまだ信用できずにいる。

「いくらなんでも怪しすぎだろ。こんなにあっさり鵜呑《うの》みにしていいの？」

「鵜呑みにはしてないよ」

ハンドルを握る忍が答えた。

「でも銅印を持ち出したのが誰なのか、何の手がかりもない状況だ。何かの釣りだとしても今はとにかくのってみるさ」

膠着《こうちゃく》状態を破るための忍なりのテクニックでもある。だが、リスクも伴う。運転する忍の手つきは落ち着いているが、無量は心配だった。

「でもなんか言ってることが変じゃなかった？　正当な理由で宮中から持ち出したって言った後に、御所から持ち出したって。宮中と御所って同じところじゃない？」

――あの御璽《ぎょじ》は文久年間に、ある者の策謀によって……。

――悪心を起こした衛士仲間が、時勢を揺るがす陰謀に荷担して、我が先祖を刺し殺し、御所から御璽を……。

「うん。それは俺も気になった。だけど、考え方次第で矛盾ではなくなる」

「それって？」

「彼女は『宮中から』と『御所から』と二通りの言い方をした」

「だから、宮中も御所も、同じでしょ」

「いや、ちがう。『宮中』は禁裏のこと。つまり今の京都御所だ。ひとつしかない。だが『御所』という言葉が指すのは、天皇の住まいとは限らない。上皇や皇太子のいる場所も『御所』だし、天皇が京以外の場所に移った時も、その場所を『御所』と呼ぶことがある。南朝の後醍醐《ごだいご》天皇のように」

無量は首を傾げた。

「つまり……京都御所から〝正当な理由〟で御璽《ぎょじ》を持ち出した先を『御所』って呼んでた？　でも、その場合は天皇もいないとダメじゃない？」

「長州《ちょうしゅう》かもしれない」

と忍は言った。

「長州の過激な尊攘《そんじょう》志士が、京に火をつけてから孝明天皇を拉致《らち》するっていう計画をたてたのは覚えてるか」

「あれでしょ。池田屋《いけだや》んときの」

「孝明帝を住まわす予定の場所を、仮に『御所』と呼んだとしたら？」

「つまり、孝明帝を拉致る前に、先に誰かが御璽を持ち出してたってこと？　でも天皇の許可がなかったら、どう考えても正当じゃないでしょ」

「そこなんだ。そこに引っかかってる」

過激な志士が、自分たちの独善的な考えのもと「正当な理由」だと言い張った、とも考えられるが。

時系列も微妙だ。〝御璽《ぎょじ》を宮中から持ち出した後、奪われた〟と早紀は言った。長州が〈八月十八日の政変〉で追放されたのが、文久三年。御璽を宮中から持ち出さなければならない理由が出てくるとしたら、それ以降だが。

早紀は『栗賀家は先祖代々〈御璽の衛士〉をやっていた』と言っていた。宮中で代々衛士をしていた人間が、御璽の持ち出しに加わったと……？

「それに、早紀さんは主《あるじ》の名前は秘密だと言っていた。しかも『主上』と呼んでいた。それは江戸時代以前の天皇の呼び方だ」

当時はいまのように〝天皇陛下〟などとは呼ばなかった。そもそも「天皇」という呼び方自体、していなかったのだ。

「孝明帝の二代前、光格《こうかく》帝が復活させるまで『天皇』という称号は使われなかった。天皇のことは『主上』や『禁裏』と呼んでいたし、崩御後は『院』をつけた」

「あ、それ永倉《ながくら》も言ってた。つまり、早紀さんの主が天皇であることはまちがいないってこと？　なら、栗賀のひとたちが仕えた天皇って、誰」

主上の名は秘密――だと頑《かたく》なに言っていた。

しかも、その御璽が本物であると証明するものは「揚羽蝶《あげはちょう》の鏡」。

「揚羽蝶……」

なにか、重大なことを見落としている感じがする。

忍は赤信号を凝視して、違和感の正体を見極めようとしている。

無量もそれきり黙った。

バックミラーは、後からぴたりとついてくる黒い軽自動車を映している。早紀だ。

無量は上着のポケットに隠す「半月鏡」を取りだして、ちらり、と見た。

たぶん、これのことだ。「揚羽蝶の鏡」。

半分しかないが。

扇のように見える文様は、蝶《ちょう》の羽に見えないこともない。これがあるとなぜ、御璽《ぎょじ》の本物証明になるのかはわからない。だが、そのために銅印と一緒に埋められていたのは間違いない。

そして、もう半分はどこにあるのか。

掌《てのひら》の中に何か計り知れない謎がある。

だが、もどかしいくらい、答えは摑《つか》めそうで摑めない。

＊

桜間涼磨《さくらまりょうま》の運転する車で、高知市内を出発してから二時間ほど。

太平洋に面した海岸沿いを、延々と走ってきた車は、奈半利《なはり》川の近くで左に折れた。

開放的な海の景色とは一転して、山間の景色となった。

山は雲と霧に覆われている。

林業で生計を立てている村なのか、製材所がいくつか目についた。

「モエヤン、このへんに来たがは初めてか？」

桜間が萌絵《もえ》に問いかけた。うん、と答えて萌絵は山深い風景に見入った。

「私が高知にいた頃は、海にはたくさん行ったけど、山のほうはあんまり」

「そうか。俺は室戸《むろと》にはオヤジと一緒によう釣りに行った」

高知県は東西に長い。東には室戸岬、西には足摺岬《あしずりみさき》が突き出ている。室戸岬は鮫《さめ》の歯のように尖《とが》った三角形の先端にあり、ふたりが今いる場所は、その付け根にあたる。

奈半利川をさかのぼったところにある、北川村《きたがわ》だ。

野根山街道《のねやまかいどう》という山越えの道があり、まっすぐ行くと、三角形の反対側。徳島に近いほうに抜けられる。その集落は野根山街道沿いにあった。

「野根山二十三士が武市を助けようと決起して、藩に追われ、逃げた道や」

「そういえば、さっき、中岡慎太郎館《なかおかしんたろう》って看板があったね。ここが出身地？」

「そう。この北川村が慎太郎の故郷や」

桜間の声は自然と生き生きとしてくる。

「俺はこの名前やき龍馬《りょうま》が好きやけんど、実をいうと、研究は中岡慎太郎のほうに肩入れしちょった。同じ維新の立役者やけど、幕末を知れば知るほど、当時の時勢のど真ん中に関わっていたのは、龍馬やのうて慎太郎やとわかるき」

山間に弧を描いてゆったりと流れる奈半利川。河原には霧が漂い、橋から見る眺めは、まるで一幅の山水画のようだ。

「慎太郎はこの村の大庄屋《おおじょうや》やった」

「郷士じゃなかったんだ」

「武士やない。村のまとめ役やな。子供の頃から勉強家で度胸があった。安政《あんせい》地震で村に大きな被害が出たときは、大庄屋見習として、父の代わりにいろんな復興事業をしまくった。ほら、あれ」

指さした畑には柑橘《かんきつ》系とおぼしき木が並んでいる。

「ゆず？　このへんの名産だよね」

「あれも慎太郎の頃に始めたがよ。村民の信望も厚かった。剣の腕は龍馬よりも上だというもんもおる。しかも素晴らしい書家でもある。こんな山奥の村から出て、勤王党に入り、藩士として京にのぼり、長州人と関わって、都落ちした尊攘派の公家《くげ》たちのおつきとなり、禁門の変にも参戦し、薩摩《さつま》の西郷《さいごう》との間を取り持ち、最後には大政奉還……この国の一番最上部の決定にも関わっていく。天下国家への駆け上がり方が物凄《ものすご》い。その才覚とか意志の強さとか、もっと沢山の日本人に知ってほしい男なんや」

誇らしげに言う桜間を見て、萌絵は思わず笑った。

「え……、俺、なんか変なことというたか？」

「リョーマがいうと、坂本《さかもと》龍馬が友達自慢してるみたい」

「悪いか」

照れ隠しをして、桜間は道路を外れ、車を駐《と》めた。

「さ、ここからは少し歩くき。足元に気ぃつけや」

山林に入っていく狭い坂道を歩き出す。萌絵もついていく。

道は鬱蒼《うっそう》とした山中へと続いていく。街灯もなく車も通れない細道だ。旧野根山街道の一部で昔は人が往還したが、車社会になった今はハイカーくらいしか歩く者はいない。舗装もされていない。道はところどころぬかるんでいる。曇り空で日も差さず、心細くなる。

「この道どこに続いてるの？」

「この先に目的地の集落がある。近道なんや」

「そこが清岡道之助《きよおかみちのすけ》が銅印を受け取った村なの？」

かつて桜間がフィールドワークで奈半利の庄屋だった旧家を訪れた時のことだ。家伝で、清岡は野根山事件の時、その村の者から「秘密の銅印」を受け取ったと言われていた。そして地元に残った党員に『自分たちがもし決起に失敗することがあったら、この銅印を持って三田尻《みたじり》に行け』と言い残したという。

〝璽之儀、全て調い申し候。玉意を以て事をなさんとす。梅〟

その「秘密の銅印」こそが、鎌田家から出た御璽《ぎょじ》なのではないか。

これから行く村で、清岡はそれを受け取ったのかもしれない。

桜間も史料上で検証を試みたというが、「清岡の銅印」の正体はなかなか摑《つか》めない。

そこに住む神社の宮司が何か手がかりを知っていると踏んだ。

車では行けないところなのだろうか、と萌絵は思ったが、高知の山間には車もすれ違えないような狭い林道を何時間もかけて行く家もある。

「歩くほうが近道やき。ついてきいや」

「うん……ぎゃ！」

足元をへびのようなものがすり抜けて、飛び跳ねた拍子に前のめりになった。思わず桜間の腰にしがみついてしまった。

「おい、大丈夫か。モエヤン」

「う、うん……」

へびよりも、想像以上にがっしりとした桜間の腰に驚いていた。ひょろっとした中学生の頃とは全然違う。成熟した大人の男の体つきだ。

「ほれ。立てるか、よいしょ」

二の腕を摑まれて引き起こされた。その手も想像以上に大きく分厚くて、萌絵はいきなり意識してしまい、顔が紅潮してしまう。

再び歩き出したが、その後ろ姿に目が釘付《くぎづ》けになった。服の上からでもわかる、よく仕上がった背中の筋肉がたくましい。太い首にもやけに色気を感じてしまう。

「……なあ、モエヤン」

「は！　はいっ」

「西原くんとは本当になんでもないが？」

突然、話を振られて萌絵は我に返った。杉林の中は時折、鳥がさえずる他は、風が梢《こずえ》を揺らすだけで、ふたりの足音しか聞こえない。

「………。なんで、そんなこと訊《き》くの？」

「西原くんのこと話しゆう時、めっちゃ嬉《うれ》しそうやったき」

湿った枯葉を踏みながら、桜間は「気に懸けちゅうがか」と問いかけた。萌絵は素直に「うん」と答えた。

「ちょっと放っておけないところがあるコで」

一列になって歩いているので、桜間の表情は見えない。そのことが、かえって萌絵の心を無防備にさせていた。

「……発掘現場ではすごい集中力があって、時々、声もかけられんくらい才気溢《あふ》れてるんだけど、子供の頃にちょっと色々あったせいか、気むずかしいところもあって」

「………」

「初めて会った時は、誰にも心を開かない、誰も信用してないって空気があった。自分ひとりで立てる、だから誰も触れんなって……。今は、あるひとがそばにいてくれるおかげで、だいぶ和らいだ気もするんだけど」

「モエヤンにも心許しちょらんがか？」

「はは。私なんかには、まだまだ。それどころか、私、四つも年上なのに軽く見られちゃってるし」

杉の梢を見上げて、無量の面影を思い浮かべた。

「……せめて仕事の時くらいは必要だと思われてたらいいな、とは思うけど。……西原くんがもたれかかれるひとは相良さんなんだろうな。相良さんがいれば充分なのかも」

「サガラ……朝ちょっと会《お》うたひとか」

「京大出身で元文化庁で、容姿端麗で物知りで、めっちゃ頭が切れる」

「そのサガラとは？」

「もー、ないない。私たちライバルなんだよ。おのれサガラー…って感じ。時々ちょっとギラッとして怖くなるけど、味方でいてくれると誰よりも頼もしいひと」

そうか、と前を向いたまま桜間が呟《つぶや》いた。

「なら、俺はどうや……」

「え？」

「俺は男として見れるか」

突然の問いに萌絵は息が止まってしまう。

「そ……それって……あの」

それきり寡黙になった。心臓がばくばく音を立てている。桜間は無理に答えは求めない。

薄暗い山林の古道を歩くこと、二十分ばかり。不意に視界が開け、ゆず畑が現れた。谷間の集落が現れた。

急勾配《きゅうこうばい》の斜面に張り付くように、ぽつぽつ、と家がある。

建て構えはどれも古く、昭和に戻ったような風景だ。よく手入れされている段々畑の一角に、こんもりと一際大きな木々に囲まれたところがある。神社らしき鳥居もみえる。あそこが目的地らしい。

ふたりは鳥居をくぐっていく。境内には雨で散った色とりどりの落葉が絨毯《じゅうたん》のように敷き詰められている。古色蒼然《こしょくそうぜん》とした社殿が建ち、正面に掲げられた古びた額はこう読める。

「〝剣《つるぎ》神社〟……？」

「ごめんください」

社務所に声をかけても物音もせず、ひとの気配もない。留守か、と思っていたら、畑のほうから割烹《かっぽう》着姿の老婦人が現れた。白髪を頭頂部でひっつめて、手ぬぐいをかぶっている。手にしたザルにはゆずが山盛りになっている。

「よう来たね、りょうさん。待っちょったよ」

「お久しぶりです。小松《こまつ》さん」

知り合いのようだ。訪れたのは初めてではなかったようで、やけに親しげなやりとりが続いた。初めてどころか過去数回は来ているような口ぶりだ。萌絵が奇妙に感じていると、桜間が言った。

「例の件、お願いします」

「ああ。拝殿で待ち」

招かれるまま、萌絵と桜間は社務所に入った。そこは集落の集会所も兼ねているようで、下駄箱にはサンダルがいくつか並んでいる。社務所から渡り廊下でつながる社殿に通された。

案内した老婦人は一旦《いったん》、姿を消した。

ふたりは拝殿の床几《しょうぎ》に腰掛けて、待った。目の前には祭壇があり、大きな鏡が置かれている。奥にある扉が本殿のようだ。

待つこと、さらに十五分ほど。

再び現れた老婦人は、なんと宮司の格好をしているではないか。紫の袴《はかま》を穿《は》き、まとめた白髪もおろして、背中から腰のあたりでひとつに結んでいる。山盛りのゆずを三方《さんぼう》(供え物などを載せる白木の台)に載せ、祭壇に供えると、手にはお祓《はら》い棒を握った。

太鼓を打ち鳴らす。

唐突に神事が始まった。

祝詞《のりと》奏上のあと、拝礼が行われる。萌絵は隣に座る桜間の挙動を見よう見まねして、祀《まつ》られている神の名もわからないまま、柏手《かしわで》を打ち、拝礼した。

ひんやりとした拝殿には、古いお社独特の木の匂いが満ち、厳粛な空気に包まれた。

一通り、儀式を終えると、老婦人はふたりに向き直った。

「お嬢さん、お名前は」

「永倉萌絵です。リョー……いえ、桜間くんの中学時代の同級生です」

「私は小松サト。ここの神社で宮司をやっちょります」

桜間が、萌絵が同行した経緯を告げると、サトは例の掛け軸にあった書状の内容も把握しているようだった。

「清岡道之助は『秘密の銅印』をこの剣神社で受け取ったと伝わっちゅう」

「ここが受け渡し場所だったんですか。一体、誰から」

その銅印が、鎌田家から出た銅印なのだとしたら、それがどこからやってきたものか、出所が判明するはずだ。サトはおもむろに懐にあった巻物を取りだした。広げるとほんの三行ほどの古文書めいたものが張ってある。

「これは証文や」

「証文？」

「清岡自らが署名した。〝璽之儀、しかと受け取り申し候。道之助〟とある。日付は元《げん》治《じ》元年六月。朱筆で裏書きしたがは当神社の宮司・小松青芳《せいほう》。密事の立会人となったと思われる。宛名はここに」

指さしたくずし文字を萌絵は目でなぞった。

「〝花山院《かざんいん》〟……〝兼昌《かねまさ》〟……？」

公家《くげ》のような名前だ。

「もしかして、このひとが宮中から……？」

言いかけて、はっと口を塞《ふさ》いだ。まずい。

と思ったのだが。

「道之助さんに御璽《ぎょじ》を渡したがは、この花山院いうおひとやろな」

サトが拍子抜けするほどあっさりと暴露した。受け取った銅印が「御璽」だということは、すでにふたりの間では同意事項であるらしく、萌絵が驚いていると、桜間はさもあらんというていで、

「花山院か……。清華《せいが》家《け》のひとつだ」

清華家とは公家の家格のひとつだ。最上段にある「摂家《せっけ》」の下。上から二番目にあたる名門だ。

「一族は藤原《ふじわら》家、門流は確か一条《いちじょう》家」

「幕末の花山院……。あまり表立った活躍をしたとは聞かないけど」

表立っていないからこそ、密事が働けたとも言えそうだ。

「宛名は連名になってますね。もうひとりは」

「〝梅〟……」

と読み取ったのは、桜間だった。萌絵は驚いて、

「〝梅〟って、掛軸の書状の差出人のこと？」

〝璽之儀、全て調い申し候。玉意を以て事をなさんとす。梅〟

清岡道之助にあの書状を送った人物だ。この二通は受け渡しのやりとりを示す証拠だろう。「梅」と「花山院」から「清岡」へ。「璽」が渡された。もしかしたら「梅」とは御璽《ぎょじ》計画をたてた首謀者なのかもしれない。

――〝才谷梅太郎《さいたにうめたろう》〟（龍馬）のことかもしれんぞ。

などと桜間は冗談めかして話していたが、本当は、誰のことなのだろう。

桜間の表情は険しいままだ。あまりに真剣な顔つきをしているので、萌絵も軽々しいことはいえず、真顔で覗《のぞ》き込んでしまった。

「りょ……ーま……？」

「これで、ようわかったかえ。りょうさん」

とサトがやけにかしこまった口調で言った。

「あらためて、これを渡しておきますよ」

サトが差し出したのは、封書に入った一通の手紙だ。だが、切手も住所もなく真ん中に「涼磨へ」とだけ記してある。桜間は神妙な顔で受け取った。

「もう受け取ってもええ頃ですろう。持っていき」

「サトさん……」

「向き合うときが来たっちゅうことや。おまんもその覚悟が決まったき、ここに来たがやろ？」

なにか、萌絵の与《あず》り知《か》らぬ事情があるようだ。

桜間は封を破り、書面を黙読した。その表情がみるみる硬くなっていくのが、萌絵にはわかった。読み終えた桜間はしばらくうなだれて動けなかった。

サトは諭すように告げた。

「物部村《ものべそん》や。お行き」

「はい。ありがとうございました」

桜間は立ち上がり、サトに向けて深々と頭を下げた。「モエヤン、行こう」と拝殿を後にする。萌絵は追いすがった。

「どうしたの？　リョーマ。その手紙はなに？　何が書いてあったの？」

「………」

「ここに来たのは何回目？　サトさんとはどういう……」

「すまん。モエヤン」

鳥居の下まで来たところで、桜間はようやく足を止めた。

「これから行かないかんところがある。いっしょに来てくれんか」

「その手紙に何か大事なことが書いてあったんだね。物部村になにがあるの」

「事情はまだ話せんけど、いま頼めるがはモエヤンしかおらん。頼む。俺を信じて、いっしょに来てほしい」

これほど真剣な桜間の眼差《まなざ》しはかつて見たことがない。断ったら、泣かれてしまいそうで、萌絵は困った。

中学の時から大らかで、問題が起きた時も大騒ぎする周りを横目にひとり腹が据わっているような男だった。その桜間の切羽詰まった様子に、抜き差しならないものを感じて、萌絵はサトの言葉の中に「覚悟」なる一語があったことを思い出した。

「なら、ひとつだけ教えて。清岡道之助の銅印のこと。フィールドワーク中に知ったって言ってたけど、それ本当じゃないよね？」

「……………」

「サトさんと初めて会ったのはいつ？　研究調査で会ったのが最初じゃないよね？」

「すまん。モエヤン。ここに来たら、引き返せんなる予感はあったがよ。ほやき、長い間、足を踏み入れられれんかった」

桜間の大きな手が小刻みに震えていることに、萌絵は気づいた。

「リョーマ……。なにを隠してるの？　なにがあったの？　教えて」

「黙っちょったことは謝る。物部村についたら全部話す。やき、いまは何も聞かんと、いっしょに来てや！」

桜間のこんなすがるような目を見たことがない。のっぴきならない事情を隠していたにちがいなかった。

「そこいったらモエヤンらあが調べゆうものの正体も、自《おの》ずとわかるはずや。なにがあっても、モエヤンには指一本触れさせん。約束する。そうやき――」

身の危険があるようなところなのだろうか、と萌絵は一瞬躊躇《ちゅうちょ》したが――。

放っておけないではないか。

いったい何を抱えているのか。

清岡の銅印と、鎌田家の銅印。なんでそこに涼磨が関わっているのか。

断る、という選択肢を、萌絵は捨てた。友人として見ないふりはできない。

足元に敷き詰められた赤い星のような楓《かえで》を踏みしめて、萌絵は答えた。

「わかったよ。行こう」

桜間がいきなり萌絵を抱きすくめた。

「ひ！　ちょ、リョー……っ」

「恩に着る。モエヤン！」

鉛色の雲が鳥居に覆い被《かぶ》さる。重苦しい空だ。

萌絵は古い拝殿を振り返った。

「剣神社……。ここはなんの神様を祀《まつ》っていたの？」

「剣山神社《つるぎさん》から分祀《ぶんし》した社や」

土佐と阿波《あわ》の国境《くにざかい》にある四国第二の高峰だ。

「剣山の麓《ふもと》には、ここも含めて剣神社というものがいくつもある」

「剣山神社、でなく、どうして剣神社なの？」

「うん……。それらは皆、ある役割を負っちょる。囮《おとり》神社と呼ばれちゅう」

「囮……？　なんのための？」

涼磨は黙っている。答えようとして言葉を呑《の》んだように見えた。

「たったひとつの、大事なものを守り抜くための、囮や……」

赤、黄、緑……華やかな三色に染まる初冬の山間は、ひんやりとした靄《もや》に包まれ、深《み》山《やま》幽谷の醸す厳かな気配が漂っている。

桜間は元来た道を歩き始める。萌絵は後に続いた。

この時踏み込んだ一歩が、この地に隠された暗い秘密に踏み込むきっかけになることを、萌絵はまだ知る由もなかった。

＊

「だめだ。見つからない……」

相良忍は軍手をはめた右手で額の汗を拭《ぬぐ》った。

「この排土の中に、鍵《かぎ》はなさそうだなぁ」

忍はスコップを地面に差した。栗賀早紀とともに、無量と忍は鎌田家へと戻ってきた。

銅印が出土した「祠《ほこら》のあった場所」をもう一度調べるためだ。

――〈揚羽蝶《あげはちょう》の鏡〉と〈黄蓮《おうれん》の厨子《ずし》〉の鍵と引き替えだ。三日以内に用意できない場合は、弟の身の安全は保証しない。

〈揚羽蝶の鏡〉はおそらく無量が見つけた半月鏡。だとすると〈黄蓮の厨子〉の鍵とやらも、いっしょに埋まっている可能性が高い。

そう踏んで、無量たちは排土の山に向かい、再び掘り返すことにしたのだ。

もともとは山の斜面に畑を拡張するためミニショベルカーで掘っていた場所だ。バケット二十杯分くらいの量がある。銅印が出てきてから工事はストップしている。

忍も捜索を手伝った。慣れない足つきでスコップを排土の山に差し込んでは土をすくい、すくった土をざるで漉《こ》して、その土の中に鍵らしき金属棒がないか捜したが、いっこうに出てこない。

「ダメか。そっちはどうだ、無量？」

「ここにもなさそうだ」

無量は出土地点あたりを掘っている。鉄製の遺物が埋まっていたところには、土に赤さびた鉄成分が溶け出すはずだが、それらしき土も見えない。

「ここじゃないのかもなあ」

「つまり、鍵は別に保管してる？」

「埋めた人間がまだ持ってる可能性もある。まあ、それもだいぶ昔に死んじゃってたら意味ないけど」

そもそもいつ埋めたのか。普段なら土層をみて、ある程度判断できるが、木の根っこを重機で取り除く時、派手に攪乱《かくらん》を受けたため、まったくあてにできない。ここではないとしたら、もう見当がつかない。無量と忍は途方にくれた表情で立ち尽くしている。

「おい、そこで何をしてる!」

門のほうから男の声がした。やってきたのは書陵部の降旗《ふるはた》ではないか。部下の藤原《ふじわら》を伴って、怒りの形相でズカズカと近づいてきた。

「まだいたんすか」

「現場を勝手にいじるな」

「排土を調べてただけですよ」

「我々の許可なしに、この家のものに触るのは禁じる」

「ここは天皇陵じゃないでしょ。勝手に縄張り扱いされても困るんすけど」

降旗は掘り返された排土の山と切り株の周りをしげしげと見て、不審そうに無量たちを眺め回した。

「御璽《ぎょじ》が発見された場所をまた掘り返して、一体、何を調べていた。あれだけ聴取したのに、まだ何か隠し事をしているのか」

「共伴遺物がなかったか、確認してただけですよ」

「ほんとうにそれだけか? それとも何か埋めてたんじゃないだろうな」

「どういう意味すか、それ」

融通が利かない上に疑り深い男だ。降旗は執念深い蛇のような目で、

「……なくなった御璽《ぎょじ》を、土の中に隠したんじゃないのか」

「なに言って……っ。俺たちが盗んだとでも言うんすか！」

降旗はじろじろと無量を見る。革手袋をはめた右手のあたりを凝視している。視線が突き刺さってくるようで思わず右手を後ろに隠したら、怪しいものでも隠したように見えたのか、降旗がめざとくツカツカと近づいてきた。威圧するように目の前に立ち、しばし無量を見下ろしていたが、白手袋をはめた手をのばすと、物も言わず、無量の右手をガッと摑《つか》んだ。

「ちょ、なにすんですか！」

「……。これが噂の『鬼の手《オーガ・ハンド》』か？」

無量はギョッとして、すぐ振り払おうとしたが、降旗の左手はそれを許さない。スマートな白手袋のせいでわからなかったが、見た目以上に大きくて分厚い手だ。何度も抵抗したが、握りつぶされそうなほど握力が強くて、逃れられる気がしない。

降旗は涼しい顔をしている。

「鬼の、なんて言うから、よほど猛々《たけだけ》しく荒々しい手を想像していたが、……拍子抜けだな。こんな子供みたいな手だったとは」

「な…んで……手のこと知ってんすか……」

「西原瑛一朗《えいいちろう》に焼かれた、というのは本当か？」

無量は力一杯振りほどこうとしたが、びくともしない。もう一方の手で引き剝《は》がそうともがいたけれど、降旗はなおも威圧するように摑み続けるので、次第に恐ろしくなってきた。たまらず拳《こぶし》を振り上げかけたその時——。

横から誰かの手が伸びてきて、降旗の手を獣のように摑んだ。

顔をあげると、そこにいたのは忍だ。

「この手を放せ」

底冷えするような殺気を滲《にじ》ませている。触れただけで切れる蒼《あお》い刃《やいば》のように、上目遣いに睨《にら》んでいる。忍は低く押し殺した声で、

「さもないと、このまま手首をへし折るぞ」

長い五指が、降旗の白手袋に深く食い込んでいる。解体重機の粉砕爪を思わせる。忍は手の甲が白くなるほど力を込めていて、このままでは本当に骨ごと砕きかねない。だが、降旗は表情を変えない。醒《さ》めた目で、凶暴な忍の表情を眺めていたが——。

ふっと冷たく微笑した。

意表をつかれた忍の手が一瞬ゆるんだ隙をついて、勢いよく振り払う。無量もようやく解放されたが、降旗は悪びれず手の埃《ほこり》を払うような仕草を見せた。

「失敬。君のおじいさんのように、土に何か埋めに来たのかと思ったものでね」

「ふざけんな……、てめ！」

「お詫《わ》びと言ってはなんだが、私の隠し事も見せてやろう」

は？　と訊《き》き返すと、降旗はおもむろに左手の白手袋を外し始めた。

無量は目を瞠《みは》った。

「！　……その手……っ」

降旗の左手には、醜いヤケドの痕《あと》がある。

無量は息を呑《の》み、忍も目を疑った。無量の右手と同じか、それ以上にひどい熱傷痕《ねっしょうこん》だ。赤黒く変色した皮膚は盛り上がり、ひきつれて、目を背けたくなるほど生々しい。特に中指の先は骨ごと燃えて溶けたとでもいうのか、明らかに長さがおかしい。

「これ……いったい……」

「不慮の事故でね。私の場合は指の癒着がひどく、ここまでなるのに何度も整形手術を繰り返した。君のヤケドは〈鬼の顔〉に似ているそうだが、私のこれはまるで」

降旗は眉《まゆ》を歪《ゆが》めた。

「〈悪魔の顔〉のようだと、よく言われたよ」

「……悪魔……」

言われてみれば、人の横顔にみえる。つり上がった目と裂けた口が、悪だくみでもするように笑っている。無量の右手の熱傷痕が荒ぶる鬼の哄笑《こうしょう》だとしたら、こちらは悪意に満ちた嘲笑《ちょうしょう》だ。侮蔑《ぶべつ》と嗜虐《しぎゃく》がない交ぜになった倒錯的な笑みともとれる。ひとをたぶらかして陥れる、そういう笑みだ。

「君の手が〈鬼の手《オーガ・ハンド》〉なら、私の手は〈悪魔の手《デビルズハンド》〉かな」

「ばかな……」

無量も目が離せなくなってしまう。この世に同じようなヤケドの痕をもつ人間がふたりといるとは思ってもみなかった。いや、全くいないわけはない、だろうが、よりによって、なぜ。無量の右手と降旗の左手、まるで映し鏡ではないか。

忍もごくりとつばを呑んで、降旗の痛々しい左手を凝視してしまう。

「君の〈鬼の手〉《オーガ・ハンド》は土の中の遺物を感知するそうじゃないか」

「そんなもん……、感じられるわけないじゃないすか……」

「隠すことはない。実は、私のこの手も、不可思議な感覚を持つようになってね」

なんだと？　と無量は前のめりになった。

「まさか、遺物を……？」

「……。これでも書陵部に来る前は発掘屋だった。フィールドは海外だったけどね」

無量は、馬鹿な、と呟《つぶや》いたきり、言葉が出てこなくなる。この男もなのか？　この男もあの感覚を……？　ありえない！　降旗は左の指先でメガネを持ち上げ、

「鬼と悪魔、どちらがより鼻が利くか、比べてみるかい？」

「そんなデタラメ……ッ」

忍が横から無量の腕を強く掴んだ。動揺を抑えこませてやるように。

「なんのつもりか知りませんが、うちの発掘員を挑発するような真似はやめてもらえませんかね」

「君らこそ、ここから何が出てくることを期待して掘り返していた？」

ヤケドの手に白手袋をはめながら、降旗は言った。

「〈鬼の手《オーガ・ハンド》〉で遺物を感知したか？　今度は太政官印《だいじょうかんいん》でも？」

「そんなんとちがいます」

だしぬけに若い女の声があがった。

振り返ると、栗賀早紀だ。母屋の玄関先から昌子に伴われて近づいてきた。

「君は誰だ」

まさか銅印窃盗犯の姉だとも言えない。

「あなたこそ誰です」

毅然《きぜん》としている。まるで気位の高い公家《くげ》の娘のようだ。

宮内庁の人間だ、と忍がかわりに答えたが、早紀は気後れもしなかった。

「書陵部の方ですか。私の父が昔、皇室の史料整理に協力していました」

「父親だと？」

「栗賀泰峰《たいほう》という書家です」

書家、と聞いて、先に反応したのは忍だった。

「……そうか、思い出した！　早紀さん、あなたは栗賀彩峰《さいほう》さんですよね。書家の」

その名を聞いて無量も思い出した。新進気鋭の書家だ。「栗賀彩峰」。

独特の味わいをもつ繊細かつ優美な文字がまるで一幅の絵画、と高く評され、映像作品のタイトルや商品ロゴにも使われており、容姿端麗も手伝って、メディアにもしばしば登場していた。

「ご存知やったんですか、私のこと」

「どこかで見たと思ったら……。それにしても、なんで」

「栗賀氏の娘さんが、このようなところで何をなさっているんですか」

彼女の知名度などどうでもいいらしい。降旗は検事のように訊《き》いた。まるで尋問だ。

だが早紀には持ち前の度胸がある。

「伺いたいのはこちらのほうです。宮内庁の方が当家の印鑑に何のご用ですか」

「当家の、だと？」

「ここに埋まっていたのは栗賀家が所有していた印鑑です。印影は天皇御璽《ぎょじ》と読めたかと思いますが、亡き父が古い御璽を参考に篆刻《てんこく》した、レプリカです」

「レプリカだと⁉」

「父は長く中国の篆書《てんしょ》を研究していました。その一環で御璽の捺《お》された文書を収集し、印影を模写し、レプリカを作成していたんです。ここに埋まっていたのは――」

と言い、早紀はカバンの中から朱印帳を取りだして、降旗に差し出した。

「こちらの印で間違いありませんか」

降旗は覗《のぞ》き込んで、軽く詰まった。

朱印が捺されている。地図記号めいた風変わりな書体だ。

〝天皇御璽《ぎょじ》〟と読める四文字。

鎌田家の銅印と瓜《うり》二つではないか。

「……し、しかし、なぜこんなところにレプリカなど埋める必要が」

「この祠《ほこら》に奉納したのです」

「奉納？」

「はい。ここに祀《まつ》られていたのは、武市瑞山《ずいざん》。土佐勤王党だったご先祖が、瑞山先生を偲《しの》んで瑞山神社から分祀《ぶんし》したそうです。ですよね、鎌田さん」

はい、と昌子も口裏を合わせた。

「ち、父が栗賀先生に師事しておりました。奉納のことは今日初めて知りましたが」

「武市瑞山は勤王の鑑《かがみ》。不運にして命を落とされたが、生きていれば誰よりも天皇に忠節を誓い、誠心誠意尽くしたであろうと。瑞山先生を顕彰し、その魂をお慰めすべく、ここに当時の内印のレプリカを奉納したんです」

早紀は深々と頭《こうべ》を垂れた。

「お騒がせしたことをお詫び致します。どうぞお引き取りください」

過去の御璽のレプリカなど、工芸品の範疇《はんちゅう》だ。作成者が確かならば、宮内庁が首を突っ込む話でもない。早紀はていよく降旗たちを追い払おうとしている。

だが、降旗は疑り深い。

「そのレプリカを、わざわざ盗んだ者がいるようですが？」

「まあ、ごめんなさい。実は、鎌田さんの息子さんにお願いして、私がお借りしてました。行き違いがあったようで、慌てて説明に駆けつけた次第です。こんな大騒ぎになっとるなんて」

早紀の答えはよどみない。

降旗は、だが全く納得してはいないようだ。鋭い目で能面めいた早紀の顔から嘘を暴こうとしていたが。

「そうでしたか。わかりました。それでは何かお困りごとがあったら、いつでもご相談ください」

では、と頭を下げた降旗は、部下を従えて歩き出す。一旦《いったん》、退くことにしたようだ。

だが。

無量の横をすり抜けざま、降旗は一瞬足を止め、耳元に囁《ささや》いた。

「……鏡はまだ隠しておけ」

「え」

「いいな」

振り返った時には、降旗はもう歩き出している。無量は棒立ちになった。

なんで知ってる？　なぜ気づいた？　鏡は自分がすでに見つけていることを。

昌子には口止めしてある。なのに、あの男、なぜ。

書陵部のふたりが帰ったのを見計らって、早紀が問いかけてきた。

「鏡と鍵《かぎ》は、見つかりましたか」

「……。いえ」

「そんな」

早紀は、今までのふてぶてしさが嘘のように、真っ青になった。

「なら、どこに」

三日以内という期限付きだ。それまでに見つからなかったら弟の身が危うい。

「早紀さん。その印影、もう一度見せてもらえますか」

忍に求められ、早紀は朱印帳を渡した。

「これは、当家にあるレプリカのものです。父が、古文書に残されていた主《あるじ》の御璽《ぎょじ》の印影をもとに新たに篆刻したものです。銅印ではなく石印なんですが」

栗賀家にレプリカがある、というのは本当だった。

鎌田家から出た銅印の印影と見比べたが、やはり寸分違《たが》わない。

「つまり、栗賀家が捜している御璽と鎌田家から出た銅印は……同じもの」

ふたつの印影が一致するのが動かぬ証拠だ。

「間違いないようですね」

「はい。ようやく見つけたんやな」

早紀は感慨に震えている。見つけるまで百五十年かかった。

幕末に、栗賀家の「主」のもとから持ち出された「御璽」。

「ここにあるということは、やはり土佐勤王党と関わりがあったようだ」

何らかの陰謀に用いるためだったと見て間違いない。

その銅印が百五十年ぶりに発見されたために、なにか得体の知れぬ物事が動き出した。

そんな感じがする。

「ここに至って〝勤王党〟を名乗る誰かが、御璽《ぎょじ》の本物証明となる鏡と鍵を求めている。いったいなんのために」

鏡はともかく、問題は〈黄蓮《おうれん》の厨子《ずし》〉の鍵だ。忍は鎌田家にそれらが伝わっていないか、昌子に訊《たず》ねた。

「あいにく存じ上げげんのです……。もしかしたら、蔵にしまっちゅうのかも」

「蔵……」

鎌田家の裏には土蔵がある。但し、古い道具がたくさんありすぎて、何がどこにどれだけあるのかは家人も把握していないという。無量を見ると、スコップの柄の先に頭をめりこませるようにしてて、はあー……としおれかけている。

でもやるしかない。

「すみませんが、蔵を開けてもらってもいいですか」

＊

土蔵の大捜索は夜までかかった。

早紀には弟の捜索願を出すように勧め、彼女はやむをえず、従った。残った無量と忍は、鍵を捜し、蔵にこもって古い道具箱をひとつひとつ確認していく。

鎌田家の先祖は郷士だったが、明治以降も生き残り、県令の補佐をするほどまで出世したという。家には書画や茶道具などの骨董《こっとう》品も多く、ひとつひとつ、確認するのは骨の折れる作業だった。

「残念。茶杓《ちゃしゃく》か」

細長い桐箱をあけた忍は、肩を落とし、無量を振り返った。

「どうした無量。もう飽きたか」

さきほどからずっと寡黙だ。見かねて、忍が、

「もしかして、あの男のこと考えてるのか？」

書陵部の降旗拓実のことだ。白手袋で隠していた左手のヤケドが、目に焼き付いて離れない。

「あのおっさん、自分のは〈悪魔の手〉だなんて言ってたけど、本当かな……」

こんな気味の悪い感覚を持つ人間がこの世にふたりといるなど、無量には信じられなかった。だが同時にそれは、裏を返せば、自分ひとりが異常なわけではなく「手に重症ヤケドを負った者」には等しく備わる感覚なのか……？

「もっと聞きださなきゃ。あいつから」

「無量」

「〈悪魔の手〉……？　ふざけんなよ。こんなのが他の奴に起こってたまっかよ」

しきりに不安を訴える。

「あいつにも俺とおんなじ感覚があんのか？　だから、鏡を見つけてたことまでわかんのかよ。なんなんだよ、キモすぎだろ」

「真に受けるな、無量」

忍が断ち切らせるようにさえぎった。

「おまえにカマをかけてるのかも知れない。そもそも本当に宮内庁職員かどうかも怪しい」

「偽職員だっていうのか？」

「実在する職員を騙《かた》ってる可能性もある。いま知人に確認してもらってる」

役人然とした四角四面の立ち居振る舞いをしていたが、油断ならない男だった。どこかねちっこく人を観察する目つきは猛禽《もうきん》のようで、捜査官めいた執拗《しつよう》さを感じた。何より隙がなさ過ぎる。

「このタイミングで現れたのも気になる――」

「まさか、あいつらが早紀さん脅した〈勤王党〉……？」

忍は蔵の階段に腰を下ろし、頭を冷やすように、出涸《でが》らしになった急須《きゅうす》の茶を喉《のど》に流し込み、冷たいおにぎりにかぶりついた。

「……プロフィールが判明するまで何とも言えないが、気を許さないほうがいい。……永倉さんからは返事あった？」

スマホを確認して、無量は「いや」と答えた。

「電話くれって伝えた後、なんもない。既読はついてるけど。……こんな時間まで、桜間氏とまた呑《の》みに行ってんじゃ」

「いや、そういう状況じゃないことはメッセージを読めばわかるはずだけど」

いつもの萌絵なら、自分の調査報告がてら、蔵の捜索も率先して手伝いに来るはず。そのどちらもない。

「なにかあったんだろうか」

忍のスマホにメールが着信した。萌絵かと思ったが、通知画面には別の名がある。史料編纂所《へんさんじょ》の鷹崎美鈴《たかざきみすず》だ。御璽《ぎょじ》の印影について調べてもらっていた。

「なんだって？」

文面を見た忍は、添付画像をみて、不可解そうに顔をしかめた。

「これはどういうことだ？」

それからしばらく経って、今度は直接電話がかかってきた。

『はーい、忍くん。メールは見てくれた？』

「美鈴さん。てか、どういうことですか、これ。なんで江戸時代の御璽が、十二世紀の文書に捺《お》してあるんですか」

送られてきた印影の画像には『仁安《にんあん》二年十一月』の年号が入っている。

そこに添えられている印影は、前に画像で受け取った「元禄《げんろく》期の御璽《ぎょじ》」と全く同じ姿をしているのだ。

『私もびっくりしちゃった。仁安二年っていうのは、一一六七年。平安の終わりね』

スマホのスピーカーから美鈴のハスキーな声が響いた。

『蔵人所牒《くろうどどころのちょう》に捺されてたものみたい。みたい……っていうのは、出典は原本じゃなくて、江戸時代に編纂された書物だから』

「江戸時代の？」

美鈴によると、幕末の頃、古印の収集がはやり、松平定信《まつだいらさだのぶ》編『集古十種』や長谷川延《はせがわえん》年《ねん》『集古印譜』などが発行された。今でもこれを上回る古印集はなかなかないと言われるほどのものだ。

『その中に内印（御璽）もあるんだけど、……変だと思ったでしょ？』

「ええ。この印影、江戸時代に使われてた御璽ですよね」

亀に似た『御』に、五角形の『皇』。地図記号のような独特の書体だ。

他の時代に使われた御璽は、小篆《しょうてん》などの正統派な書体が多くみられるが、この時代のものだけあまりにもユニークで、すぐに見分けがつく。

「でも、なんで平安末期から出てきたんでしょうか。何かの間違いでは？」

『ええ。私も何かで混同したんじゃないかと思って』

仁安という元号は、古印収集者が他の元号と見間違えて記したのではないか。そう疑って検証してみたが、原本を探し出せず、結論は出せなかった、という。

「平安末期にあるはずのない、江戸時代の御璽《ぎょじ》か……。まるでオーパーツだな」

『逆かもしれないわよ』

「え？」

『江戸時代でなく、初めから平安時代のものだったかもしれない。もう一度、そっちにある内印（御璽）と照合することはできる？』

忍と無量は一旦《いったん》、蔵の捜索を中断して、昌子のいる母屋に戻った。

鎌田家から出土した銅印の印影を、仁安二年の印影と見比べてみることにした。

「……やっぱり、そっくりだ」

座卓の上にスマホと並べて、照合する。

どこからどう見ても、同じものだ。

「無量、ちょっとおまえのスマホに、元禄のほうの印影を出して、ここに並べてもらえるか？」

鎌田家の印影、仁安の印影、元禄の印影……三つが揃った。

昌子と三人、顔をつき出すようにして、三つの印影を見比べた。

「……どれも同じに見えよるけんど」

「いや、よーく見ると、仁安と元禄。微妙に違わなくね？」

無量が指さしたのは、平安時代と江戸時代の印影だ。

「〝皇〟の五角形の大きさ、〝御〟の右肩のサークルの大きさ、全く同じとは言えないような」

「仁安と鎌田家のは瓜《うり》二つだね。元禄のは微妙にちがってる」

まさか！　と忍が鋭い声をあげた。

「これは平安時代の御璽《ぎょじ》だっていうのか？」

無量は思わず忍と顔を見合わせて、ぽかん、としてしまう。

つまり鎌田家から出てきた銅印は、江戸時代に使われていたものなどではなく、平安時代末期の御璽だというのか？

もう一度、美鈴に電話で問い合わせてみたところ、

『もしかしたら、江戸時代の御璽はそこにある御璽の模刻だった可能性もあるわ』

模刻とは、印の写しだ。捺印《なついん》された印影をなぞったものから、印を彫ることだ。

『平安時代の古文書に捺された内印から模刻して作ったのかもしれない』

「そんなこと、ありうるんすか」

『わからないけど、平安時代は膠《にかわ》の朱肉を使ってなかったらしくて、朱が水っぽいのね。朱肉を使った時ほど印影が精密じゃないから、そこから模刻したものは微妙に形が違ってくると思うの。模刻だと思えば、このくらいのちがいになるんじゃないかな』

ということは、と忍は頭の中の糸をたぐるようにして、

「早紀さんが言っていた、正当な理由で宮中から持ち出した、というのは……」

「平安時代の話ってこと？　ならここに埋められたのも」

「約八百年前だっていうのか……？」

そういえば、と忍は記憶を辿《たど》り、

「早紀さんは主《あるじ》のことを〝しゅしょう〟と呼んでいた。それは主上《しゅじょう》の古い呼び方、平安時代の発音の仕方だと……」

ふたりは顔を強《こわ》ばらせ、同時に三つの印影を見下ろした。

もしや、早紀が主と呼ぶ天皇とは……。

第五章　花山院の野望

「ここはいったい……」

桜間涼磨《さくらまりょうま》の運転する車で、萌絵《もえ》がたどり着いたのは、四国山地を深く分け入ったところにある山村だった。

もう夜十時をまわろうとしている。

標識もろくにない狭い林道を走り続けたところに、その村はあった。

秘境と呼ぶにふさわしい。街灯の並ぶ中心部を過ぎると、車のライト以外は照らすものもなく、月明かりだけだ。対向車とすれ違うのも難しい渓谷沿いの狭道を、奥へ奥へと進むうち、さすがの萌絵も不安を掻《か》き立てられた。

暗いカーナビ画面に浮かぶ、一本の細く頼りない曲線だけが頼りだ。

月が照らす斜面は、三角形をした杉の頂が無数に並び、モノグラムを思わせる。冴《さ》え冴《ざ》えとした月光が生み出すどこか無機質な陰影は、あたかも人工物のようだ。

スマホはとうとう圏外になってしまった。

無量《むりょう》から「鎌田《かまた》家の御璽《ぎょじ》がなくなった」とのメッセージが届いた後、萌絵は詳細を聞くため何度か電話をかけたのだが、取り込み中なのかなかなか通じない。そうこうするうちに圏外になってLINEのやりとりもできなくなった。

ようやく見えてきた明かりは、小さな集落のようだ。

道路の両脇に数軒の民家が肩を寄せ合うようにして建っている。

その一番奥に、目的とする家はあった。

車をおり、階段をあがる。

眼下を渓流が流れ、月明かりに白く水しぶきが浮かび上がる。大きな岩とも石ともつかぬものが、ゴロゴロと横たわっている。

大きな茅葺《かやぶ》きの古民家だ。

「お待ちしておりました。涼磨様」

出迎えたのは腰の曲がった老人だった。手には提灯《ちょうちん》をさげている。

「皆様、すでにお揃いです」

「そうですか」

様付けで呼ばれた桜間は落ち着き払っている。そう扱われるのが、さも当たり前のように。

萌絵はますます不安になってきた。皆様、と言っていたが、全く人の気配がしない。夜の古民家は雨戸が閉まり、しん、と静まりかえっている。まさか人ではなく妖《あや》かしでもいるのか……？

「リョーマ……」

「大丈夫やき。俺がついちゅう」

案内されるまま家にあがった。

玄関から続く板張りの廊下が、ぎし、ぎし、音を立てる。電気はついておらず、ところどころに古い行灯《あんどん》が置かれているばかりだ。

ふたりが通されたのは、畳敷きの大広間だった。

萌絵はぎょっとした。

両脇に、頭から白い袋をかぶった和装の男女が、ずらりと並んで座っている。かぶる袋には目だけ穴が開けられ、そこから覗《のぞ》く眼球がやけに生々しい。顔なしの人間たちに品定めでもされているようで、萌絵はぞっとした。

片側に五人ずつ、そして正面には黒い和装の女が座っている。

その女性のみ、袋はかぶらず、かわりに白布で口元を覆っている。目元の感じからすると、五、六十代か。髪をきつく結い上げ、紋つきの着物をまとい、正座している。

行灯の炎が揺らめくと、襖《ふすま》に映る影も揺れる。

桜間は萌絵をともなって、その女の前に進み、腰を下ろした。

「涼磨様。お久しゅうございます」

「はい。花山院《かざんいん》様」

花山院？　それは剣《つるぎ》神社で聞いたばかりの名ではないか！

〃璽之儀、しかと受け取り申し候。道之助《みちのすけ》〃

清岡《きよおか》道之助が記した書状の、宛名にあった公家《くげ》の名だ。

「ようやくお心を決めてくださったのですね。嬉《うれ》しゅうございます」

花山院《かんろく》と呼ばれた女は、佇《たたず》まいに品格を感じさせる。同時に、秘密結社の元締めめいた貫禄もあった。

「長らくお待たせして申し訳ありませんでした」

行儀良く手をついてお辞儀する。

そんな涼磨はどこかの令息のようで、萌絵は別人をみる思いだ。

なんなのだ。このやりとりは。

「ご帰還、心待ちにしておりましたよ。静磨《しずま》様が亡くなって早五年。桜間宮《さくらまのみや》家は名実ともに復興を遂げられること、赤牛《あかぎゅう》の里の者、皆、喜ばしく思うております」

萌絵は目を剝《む》いた。いまなんと言った？　桜間宮？

聞いたことのない宮家だが、それは涼磨のことか？　涼磨が宮様だというのか？

「光栄にございます、花山院様」

「さっそくですが〃御証《みあかし》〃を検《あらた》めさせてもらいます」

先ほどの「腰の曲がった老人」が三方《さんぼう》を持ち、ふたりの前に進み出た。涼磨はカバンから桐箱を取りだす。蓋《ふた》をあけると、中にあった袱紗《ふくさ》を広げる。現れたのは、半月形をした銅製の板だ。

それを見た萌絵は、あっ！　と息を呑《の》んだ。

精緻《せいち》な彫刻が入った銅製の半月鏡。

無量が鎌田家で掘り出した、あの半月鏡にそっくりではないか。

桜間は恭しく三方に載せた。

見れば見るほど似ている。大きさもいっしょだ。無量が発見した半月鏡は、青錆《あおさび》が出ていたが、きちんと手入れして保存していれば、このように美しく輝いていたはずだ。美しい曲線が幾重にも重なる文様は、何かの生き物か。大きな眼と数本の肢《あし》をもつ、昆虫……？　蝶《ちょう》？

これは無量が掘り当てた半月鏡の、もう半分ではないか。

どうして、これを涼磨が？

「………。これが〈揚羽蝶《あげはちょう》の鏡〉」

花山院が声を震わせた。

「そうですか。割鏡《われかがみ》の半分。これが一門の」

「はい」

左右に並ぶ謎の男女たちからは、すすり泣きまで聞こえてくる。が、萌絵の耳には届いていない。割鏡と言った。やはり無量が出した半月鏡の、もう半分だろう。それを持っている涼磨は、何者なのか。

おもむろに花山院が立ち上がり、背後の壁に下がる白綱を引いた。壁を覆っていた幕がするするとあがり、大きな観音開きの扉が現れた。

扉の両側に入っている紋を見て、萌絵は目を剝いた。

菊だ。

十六花弁菊の紋。これは……。

天皇家のしるしではないか！

花山院が扉を左右に開くと、奥は神棚になっている。注連縄《しめなわ》が張られ、和紙でできた御幣《ごへい》がたてられている。花山院は〈揚羽蝶の鏡〉を載せた三方を捧《ささ》げ持ち、神棚に供えた。

全員が声を合わせて祝詞《のりと》を唱え始める。

涼磨も当たり前のように、それに倣った。

「恭敬礼拝《くきょうらいはい》し奉る南無高板山《こういたさん》御本尊、大聖《だいしょう》不動明王、大日本国王奉負行在垂跡安置《ほうぶあんざいすいしやく》する処の霊場——」

暗闇の中、小さな灯明が照らすだけの部屋で、男女が朗々と唱える言葉には独特の節回しがあって、秘密の儀式を見るようだ。

拝礼が終わると、花山院は萌絵たちに向き直った。

「お隣におられる方が、涼磨様の奥方様でございますね」

奥方？　誰の！

とうろたえる萌絵のかわりに、涼磨が答えた。

ば」

「こちらは妻の萌絵にございます。若輩ながら共に一族をもり立てていく所存です」

「貴《たっと》き血統を守り続けるためにも、お二方には良き子をたくさん授かっていただかね
おい！　と萌絵が物申しかけたが、その前に突然、障子が開いた。

現れたのは、紋つきの黒羽織をまとう中年男性だ。緊張感を湛《たた》えた居住まいに、萌絵は抗議の声も飲み込んだ。花山院同様、袋はかぶらず、口元のみを覆っている。

「涼磨様のご帰還をお喜び申し上げます」

肌白の瓜実顔《うりざねがお》に切れ長の目、花山院ともよく似ている。

「貴盛《たかもり》おじさん、ですか？」

と涼磨が訊《たず》ねた。ああ、と男は答え、

「二十年ぶりだな、涼磨。いや、いまは涼磨様とお呼びすべきか」

「到着が遅かったですね、貴盛」

それがこの黒ずくめの名であるらしい。

「申し訳ありません。少々取り込んでおりました。横倉《よこぐら》の者が動き始めた模様にて」

「横倉の？　衛士《えじ》ですか」

「ええ。御璽《ぎょじ》の出土を聞きつけて、動き出した模様です」

萌絵は息が止まるかと思った。御璽の出土？　それは鎌田家のことではないか。

花山院は細い眉《まゆ》を険しくして、

「栗賀《くりが》の小娘も耳ざといこと。それで手は打ったのですか」

「むろん。ですが、ご安心ください。御璽《ぎょじ》はすでに手に入れました」

萌絵は顔色を変えた。いまなんと言った？　〝手に入れた〟？

花山院は途端に気色ばんだ。

「今どちらに」

「こちらに」

貴盛と呼ばれた男は、古風な書状をすっと取りだすと、恭しく花山院へと差し出した。文面に目を通した花山院は、満足そうに目を細め、笑みを湛えた。

「素晴らしい……。実物は後ほど検《あらた》めましょう。よくやりました。貴盛。ところで〈揚羽蝶の鏡〉の、もう半分は」

「まだ発見には至っておりませんが、回収の方策は立てております」

あの半月鏡か。それをいま持っているのは、無量だ。

無量から奪うとでも？

萌絵の動悸《どうき》は激しくなる一方だ。顔に出ないよう、必死でこらえている。

花山院は目元に笑みを湛えて「よろしい」とうなずいた。

「それでこそ物部《もののべ》の御陵衛士《ごりょうえじ》です。この御璽に加えて、鏡と印鑰《いんやく》すべてを揃え、偽りの血統を名乗る者たちから、御殯《ごひん》大明神のみもとに、みしるしを取り戻しましょう」

「必ずや」

花山院は姿勢を正して、白い袋をかぶる者たちを見渡した。

「各々方。今宵《こよい》の参集、心より御礼申し上げます。次にお声をかけるときには、必ずや良き報《しら》せがあるとご期待くださりませ」

＊

その夜、萌絵と涼磨はこの家に泊まっていくことになってしまった。

お泊まりの用意がない、と抵抗したが、断れない雰囲気だ。

世話係の老人が、ふたりを客間に案内した。着替えや風呂《ふろ》の支度もしてある。あとはごゆっくり、と言い残して障子を閉めた。高級旅館並の手厚いもてなしだ。

問題は、これだ。

部屋に布団が二つ、隙間もなく並べてある。さすがの萌絵もうろたえた。

「リョーマ、これ……」

すかさず、涼磨が「しっ」と人差し指をたてた。

「外に侍女が座っちゅう。一晩中、廊下に座り込むとは、どれだけ高貴な身分なのか。

萌絵はあ然とした。侍女が寝所に張り込むとは、どれだけ高貴な身分なのか。

「……もしかして、私たちを見張ってる？」

体《てい》のいい監視だ。涼磨を歓迎するといいながら、どことなく緊張感が漂っていたのは気のせいではなかったようだ。

そもそも突然の「妻」設定はなんなのか。

涼磨は「すまん」と頭《こうべ》を垂れた。

「話すと長くなるんだが、桜間家はこの里の殿様みたいな存在で、俺はそれを引き継がんといかん立場におる。結婚相手を見つけたら戻るゆう約束やった」

「え？　でもリョーマのご家族は？」

「皆、高知市内におる。戻るのは桜間の長男――つまり俺だけっちゅう話や」

なんだか、ややこしい事情がありそうだ。

「あの花山院って女のひとは誰？」

「長年にわたって、この赤牛の里を取り仕切っちょる公家《くげ》の末裔《まつえい》や」

先祖は京都にいた。清華家《せいがけ》という、公家の世界では摂家《せっけ》に次ぐ名門だ。その末裔がこんな四国の山中にどういう理由でいるのか。

「幕末の騒動でここまで逃れてきたとか……」

「いや。幕末やない」

涼磨は布団の上にあぐらをかいた。

「ここは、落人《おちゅうど》の里ながよ」

萌絵は目を丸くした。

「落人……。まさか平家《へいけ》の」

「そう。平家の落人が隠れ住んだ村や」

落人伝説。平家一門の生き残りのことだ。

源平《げんぺい》合戦の最終幕、壇《だん》ノ浦《うら》の戦いで敗れた平家一門の生き残りが、この四国の山中に逃れてきて隠れ住んだという。

「モエヤンも知っちゅうと思うが、この物部《ものべ》村《そん》や祖谷《いや》の界隈《かいわい》は、今でも落人の里って言われちょる。この赤牛集落もそのひとつ」

徳島県と高知県の境にある地域だ。

平家落人の里と呼ばれる土地は、全国各地にあるが、四国は特に多い。都を追われた平家一門は西国に落ち延び、一《いち》ノ谷《たに》、屋島《やしま》、壇ノ浦と、源氏《げんじ》による追討軍との激戦を繰り広げて、滅亡した。だが少数ながら、生き延びた者たちもいた。彼らは源氏方の追っ手から逃れて、山中深くに隠れ住んだ。

「……じゃあ、ここにいたのはみんな、平家の末裔？」

「そう。さっき広間におったんも、みんな、そうや」

集会で顔を隠すのは、古《いにしえ》からのならわしだった。万一、源氏の間者がまぎれこんでも顔を見られて知られぬように、という。

「でも顔を隠したら、誰が誰だかわからないんじゃ」

「そのために秘密の木札をもっちゅうき。それがこれや」

涼磨が見せたのは、焼き印が捺《お》された杉の板だ。横たわる牛の絵が記されている。

「これを持っちゅうがが一門の証《あかし》」

なんとも用心深い。

当時は里に近づくよそ者は、源氏の追っ手とみなして、容赦なく命を奪ったともいう。

「源平の世が去ったあとも、風習だけが残った。さっき詠んじょったがは『高板山御礼文』ちゅうて、一門が集まった時に必ず唱える文句や」

「涼磨の家も平家ゆかりの……。でも、花山院様というのは公家の末裔、だったよね。お公家様もいっしょに落ち延びてきたの？」

「それは平家の、ちゅうより、ある高貴な御方のお伴《とも》としてやな」

萌絵はそこまで聞いて、ぴん、ときた。

「……待って。さっき見た神棚の扉。確か十六弁の菊の御紋がついてた。あれって天皇家の」

確信した途端、ひゅっと背筋を伸ばしてしまう。

「まさか……。まさか、あそこに祀《まつ》られていたのは」

涼磨はおもむろに居住まいを正して「よう聞き」と言った。

「その、まさかながよ。あそこに祀られちょる祭神は――御殯《ごひん》大明神」

「御殯……大明神」

そう、と涼磨はうなずいた。

「平家一門とともに四国へと潜幸した、幼帝。――安徳《あんとく》天皇のことや」

＊

「安徳天皇！……それって平家物語に出てくる、あの？」

無量は思わず身を乗り出して訊《き》き返した。

鎌田家の蔵の捜索を一旦《いったん》終了し、ホテルに戻る途中、深夜営業のラーメン屋で夜食をとることにした忍《しのぶ》と無量だ。

「……ああ。たぶん、まちがいない」

しじみラーメンを食べ終えた忍が、コップの水を飲み干して、答えた。

「早紀《さき》さんの栗賀家が仕えていた『主上《しゅしょう》』『名を秘さねばならない天皇』。そして〈揚羽《あげは》蝶《ちょう》の鏡〉……。美鈴《みすず》さんが教えてくれた古い印影を見て、やっと全部が繫《つな》がった。彼女が言っていた『主上』というのは、安徳天皇のことだったんだ」

無量の箸《はし》が止まった。話が飛び過ぎて、うまく理解できない。

「その根拠は？」

「鎌田家の御璽《ぎょじ》。『仁安《にんあん》二年』の印影。『仁安』は平安時代末期。六条《ろくじょう》天皇と高倉《たかくら》天皇の御代《みよ》だ。平清盛《たいらのきよもり》が太政《だいじょう》大臣になり、平家一門が栄華を極めんとする頃だよ」

「平清盛……！」

ビッグネームの登場だ。

世は院政時代。保元《ほうげん》・平治《へいじ》の乱を経て、力を得た平清盛は、飛ぶ鳥を落とす勢いで、国の中枢を牛耳っていく。そんな時代だ。

「だが、驕《おご》れる平氏も久しからず。源氏が蜂起し、清盛は死に、平家一門は都を追われて西国に逃れる。所謂《いわゆる》、源平合戦だ。平家は、当時まだ八歳だった安徳天皇を奉じて、かつて清盛が都を遷《うつ》そうとした福原《ふくはら》に拠点を置くも、平家追討を命じられた源義経《みなもとのよしつね》軍に惨敗し、敗戦を重ねて、最後は壇ノ浦に追い詰められて、滅亡する」

「安徳天皇は壇ノ浦で、入水《じゅすい》して死んじゃったんじゃなかったの？」

平家物語にも印象的に描かれる、最も悲しく痛ましい場面だ。

壇ノ浦に追い詰められた平家一門。

安徳天皇を奉じた者たちも、もはやここまでと覚悟を決める。御座舟《ござぶね》上では、幼い安徳天皇を抱いた二位《にい》ノ尼《あま》が「浪《なみ》の下にも都がございますよ」と告げて〈三種の神器〉と共に、海へと身を投げる。

「文献ではそう伝えられている。だけど、安徳帝は死ななかったという説がある」

「助かった？」

「いや。身を投げたのは、替え玉だったんじゃないかと」

平家は別の幼子を安徳帝にしたてあげ、源氏の目を引きつけた。本物の安徳帝は、別の場所に逃れたというものだ。

「これにも色んな説があって、山陰や九州や、遠く対馬《つしま》まで、安徳伝説は残っている。

中でも一番有力な説が、四国に逃れて潜幸したというものだ」

店のテレビからは深夜のスポーツニュースが流れている。無量は残った麵《めん》にも手をつけず、忍の話に耳を傾けた。

「つまり、鎌田家の御璽《ぎょじ》を持ってたのは、四国に逃れた安徳天皇だってこと？」

「ああ。そういうことなら筋も通る。安徳帝は〈三種の神器〉とともに都を離れた。そのときに天皇御璽も宮中から持ちだしていたとしたら」

「なら、早紀さんが言ってた『正当な理由で持ち出した』っていうのも」

「そういうことだ。御璽は天皇と共にあるべきもの。神器の次に重い意味をもつ。実際、天皇が即位する儀式で継承するのも、神器と御璽・国璽だ」

平家一門は神器のみならず、御璽まで、宮中から持ち出していた。

そう考えれば、早紀の話とも符合する。

「日本では〈三種の神器〉というレガリアにばかり注目が集まるが、中国の皇帝もそうであるように、政務上、重要なのは印璽の継承だ。皇帝印の主《あるじ》こそが皇帝である、という考えだな。安徳天皇は清盛の孫。平家方は錦の御旗《みはた》をもつ証として、都から天皇を連れ出し、その証たる御璽も持ち出した……」

おそらく幕末の長州《ちょうしゅう》も、この考えに倣って、孝明《こうめい》天皇を連れ去る大胆な計画をもくろんでいたのだろう。

「早紀さんの話は、幕末でなく源平時代の出来事だったんだ。栗賀の先祖は、安徳帝とともに都から逃れて、四国に潜伏した。そこで代々御璽《ぎょじ》を守る〈衛士〉を務めていたんだろう」

　無量は腕組みをして考え込む。

「でも御璽の年代だけじゃ、根拠が弱い気も……」

「もうひとつある。〈揚羽蝶の鏡〉だ」

「この鏡？」

「ああ。ようやく思い出した。揚羽蝶は、平家の家紋だった」

　忍はスマホを操作して、検索した画像を見せた。

　二枚の羽を上にあげて閉じた状態の蝶《ちょう》を図案化した紋が載っている。

「これが、平家の家紋？」

　主上の形見。唯一の身元証明。

　と早紀は言っていた。安徳天皇の母親は、清盛の娘・徳子《とくこ》。後の建礼門院《けんれいもんいん》だ。清盛の孫であり、平家一門の手で立てられた幼帝である。

「……もっとも異説もある。家紋は後世創作されたもんじゃないかっていう。だが、清盛の出自である伊勢国《いせのくに》の寺からは揚羽蝶の旗印が出てきたりもしてる。いずれにせよ、本物の家紋か否かは重要じゃない。それが幕末、御璽と共にあったことが重要だ」

　御璽と鏡は〈黄蓮の厨子《おうれんのずし》〉に収められていた。

　その〈黄蓮の厨子〉そのものが、安徳天皇の持ち物であり、衛士が守るべきものだったのだろう。

「……だが、裏切り者が出て、謀略に用いるため無断で厨子を開け、御璽《ぎょじ》を持ち出した」

「それはいつ？」

「おそらく、幕末。文久《ぶんきゅう》年間」

忍はテーブルに肘《ひじ》をおいて、鋭い目つきになった。

「根拠は、あの印影だ。仁安の印影と元禄《げんろく》の印影。平安時代と江戸時代、五、六百年はゆうに時代を隔てているというのに、とてもよく似ていた。なぜかはわからない。もしかしたら、そこにも何かからくりがあるのかもしれない。だが、両者がよく似通っていることを理由に、何者かが、安徳帝の御璽を利用しようと思いついたのだとしたら？」

まじか、と無量は身を乗り出した。

「そのために持ち出したのか。どこから」

「安徳帝の、子孫のもとから」

無量は驚いた。言い伝えでは安徳天皇はたった八歳で命を落としたとされる。

「四国で生き延びて……子孫を残してたと？」

「その可能性は、捨てきれない。栗賀一族は安徳帝の子孫に仕えていたのかもしれないな」

そのため、四国に潜幸した安徳帝の住まいを「御所」と呼んでいたのだろう。

つまり、御璽《ぎょじ》が「宮中から持ち出された」のは源平の時代。「御所から持ち出された」のは幕末。両者の間には、七百年の隔たりがある。

「永倉《ながくら》さんが言ってた〝清岡道之助の書状〟がその根拠だ。それが間違いなく、あの鎌田家の御璽を指しているなら」

「鎌田家の御璽は、安徳天皇の御璽……」

なんだか妙な展開になってきた、と無量は思った。

四国には平家の落人《おちゅうど》の里と呼ばれる地域があり、子孫を名乗る人々も実際に住んでいる。それを観光の目玉にしている村もある。そして安徳天皇が葬られたという場所は、陵墓参考地として宮内庁が管理している。

忍の説は全く的外れ、とも言い切れない。

「ラーメンのびるぞ」

と忍がどんぶりを指さした。無量は我に返って、残った麵をすすりはじめる。

忍は「とはいえ」と遠い目になり、

「たとえ、そうだったとしても、例の〈土佐勤王党《とさきんのうとう》〉なる連中がなんのためにそれらを手に入れようとしてるのか説明がつかない。向こうからの連絡を待って、次の出方を決めるしかないな。……永倉さんの方はどうだ？」

無量はスマホを見た。LINEの通知は依然、ない。

「何度かかけ直してんだけど、電源切ってるのか、電池切れか」

そうでなくても萌絵は桜間といっしょにいる。無量のやきもきがいらいらに変わるまでそう長くはかからなかったが、さすがにこの時間まで連絡がとれないとなると、心配だ。

「御璽《ぎょじ》がなくなったってことは伝えたけど、早紀さんたちの話までは、まだ。そのせいで変なことに巻き込まれたりしないよな……」

天誅《てんちゅう》男こと栗賀准《じゅん》は〈土佐勤王党〉に身柄拘束されているらしいが、彼は萌絵と無量のことを把握している。〈土佐勤王党〉の正体もわからない今、不安は増すばかりだ。

「とにかく一旦《いったん》ホテルに帰ろう。永倉さんも帰ってるかもしれない。全てはまた明日《あした》だ」

ふたりは店を出た。

目の前の国道もだいぶ交通量が減ってきた。駐車場の車に戻ろうとして、先に足を止めたのは無量だった。顔が強《こわ》ばっている。

「なんだよ、あんたら……」

駐車場の暗がりに、木刀を握って座り込んでいる男たちがいる。

無量たちに気づくと、一斉に立ち上がった。

ふたりは取り囲まれた。

無量と忍は目配せしあうが、相手は五人。しかも武器を手にしている。

天誅男は、ひとりではなかったということか。……まずい。

マスクで顔を隠した暴漢たちは、問答無用で木刀を構える。

幕末の京で刺客に囲まれた龍馬《りょうま》たちの気持ちを、無量は今、いやというほど思い知らされることになってしまった。

＊

無量たちがそんな目に遭っていたなどとはつゆ知らず。

赤牛《あかぎゅう》の里は、すがすがしい朝を迎えた。

萌絵たちが来た時は夜だったので全く風景が見えなかったが、明るくなってみると、そこは幽玄な山間の里だった。

山の稜線《りょうせん》が幾重にも重なり、奥のほうほど薄く蒼《あお》く、雲がうっすらとたなびいている。落人の里らしく深い鬱蒼《うっそう》とした山林は木々の匂いが濃く、標高も高いため、空が近い。

萌絵は庭におりると、蛇口を見つけて、ざぶざぶと顔を洗った。胸一杯にひんやり澄んだ空気を吸い込んでも、心が晴れない。

「外泊してしまった……」

顔がひきつっている。

涼磨とふたりきり。ひとつの部屋で泊まってしまった。

スマホは依然、圏外で使えない。家の固定電話を借りて無量たちに連絡をしようとしたのだが、世話係の老人がすぐそばで聞き耳を立てていて、御璽《ぎょじ》のことは口にできない。しかも、かけたタイミングも悪かったのか、留守電になっていた。「帰りが遅くなるので涼磨の親戚《しんせき》宅に泊まることになった、心配はいらない」と伝えたが。

「西原《さいばら》くん怒ってるかな……。変な誤解してないかな」

びくびくものだ。

花山院たちには完全に「新婚」と思われていた。

当の涼磨は全く紳士で、ぴったりくっつけて敷かれていた布団を離し、自分は部屋の隅に枕の向きも変えて寝た。座卓をおいて仕切りとし、「ただの相部屋で何もありませんよ」という空気も作った。苦肉の策だ。

まあ、中学の合宿では雑魚寝《ざこね》もしたし、部屋が同じくらいはどうということもないのだが、昨日から涼磨にちょいちょい「男」を感じてしまっていた萌絵は、妙に後ろ暗い。

留守電に十分な説明を入れられなかったのも、敗因だ。

「おじいちゃん、なんであんなとこで聞き耳立ててるの？　こわいよー……」

「モエヤン。昨日はよう眠れたか」

涼磨が納屋の方からやってきた。萌絵が起きた時にはもういなかったので、姿を捜していたところだ。

「早く目が覚めたんで薪割《まきわ》りしちょった。朝食できちゅうき支度できたら部屋に戻り」

「う、うん……」

「腹へったー。先食っちゅー」

昨日はあんなに深刻そうにしていたのに、妙にすっきりとしている。萌絵の方は、ろくに眠れなかったというのに。

――安徳天皇……。うそでしょ。

昨夜、花山院家の客間で涼磨から説明を受けた萌絵は、絶句してしまった。

そこでようやく「赤牛の里」と呼ばれる人々の正体を知ることになった。

――なら、さっきの人たちとリョーマのご先祖は、安徳天皇にお伴《とも》して、京の都からここまで逃げてきた平家の落人だったの？

――そう。ここにおる人たちは皆〈御《ご》殯《ひん》の衛士《えじ》〉。安徳天皇の墓守を務めてきた者の子孫や。

――墓守？　安徳天皇はここで亡くなったの？

ああ、と言って涼磨は、蝶《ちょう》の透かし彫りを施した欄間を見上げた。

――ここは高板山《こうのいたやま》のふもと。安徳天皇はこの地で亡くなったと伝えられちょる。

屋島から四国山中深くに逃れ、各所を転々としたあと、この地に行在所《あんざいしょ》を築いて住むことになったのだという。だが、安徳帝は元から虚弱の身。過酷な逃避行と環境の変化に耐えられず、徐々に弱り、ついには急死したと伝えられている。

同行した平家一門の者たちは、この地に陵墓を築いて埋葬した。そして安徳帝の墓であることを秘すために「御殯大明神」と呼んだという。

――さっきの神棚は帝《みかど》を供養する仏壇のようなもんやき。

――じゃあ、あの花山院というひとは。

――都から安徳帝についてきた公家《くげ》や。他にも平家一門の子孫もおる。

――リョーマの家も、ずっと墓守をしてきたの？

――うちんとこは、ちょっと事情がちがうがよ。話すと長うなるき……。

いいから全部話してくれ、と迫ったが、涼磨は答えを言い淀《よど》んだ。

――今夜は疲れちゅーき、明日改めて話そう。

話はそこで途切れた。本当に疲れていたのか、涼磨は間もなく寝付いてしまったが。

その場で話さなかったのは、いま思えば正解だった。

知りたいことはたくさんあったが、闇雲に涼磨を質問責めしたら、自分がボロを出しかねない。〈揚羽蝶《あげはちょう》の鏡〉をなぜ涼磨が持っているのか、などと迂闊《うかつ》に訊《き》いては、自分が鏡の存在を把握していたことがばれるところだった。花山院はどうやら鎌田家の半月鏡を回収したがっている。無量が持っていることは、口が裂けても言えない。たとえ相手が涼磨でも。

ここまで言われれば、さすがの萌絵も察しがついた。

鎌田家にあった御璽《ぎょじ》。

その存在をこの里の人々は知っていた。

――御璽はこちらに。

貴盛おじさん、と涼磨から呼ばれた中年男性。リョーマのおじさんが、タカモリとは出来過ぎだ、と萌絵はうなりそうになったが、西郷隆盛《さいごうたかもり》とは真逆の「細面の公家顔」はなるほど、京の都から落ち延びてきた者だと言われれば、説得力がある。

――御璽《ぎょじ》に加えて、鏡と印鑰《いんやく》すべてを揃え、偽りの血統を名乗る者たちから、御殯大明神のみもとに、みしるしを取り戻しましょう。

花山院もそんなことを言っていた。

御殯大明神とは、安徳帝のこと。つまり――。

あの御璽は幕末のものなどではなく、安徳帝が四国に持ち込んでいたものではないか。

〝璽之儀、全て調い申し候。玉意を以て事をなさんとす。梅〟

〝璽之儀、しかと受け取り申し候。道之助〟

あのふたつの書状。

それらが指す御璽というのは、安徳帝の御璽。

かつて、この赤牛の里に持ち込まれた源平時代の御璽なのではないか。

それを幕末の志士たちが利用しようと企《たくら》んだ？

涼磨はこれらの書状をフィールドワーク中に見つけたと言っていたが、たぶん、ちがう。本当は元々、この里か桜間家にあったものだろう。

鎌田家から御璽《ぎょじ》がなくなったことは、萌絵も無量のメールで知っていた。無量たちはいま、それを必死で捜しているはずだ。

その御璽の在処《ありか》は、花山院たちが知っている。早くこのことを無量たちに伝えないと、と焦るが、この家にいては連絡もままならない。

探り出せるのは、萌絵だけだ。

「でも、どうやったら……」

水道の前で立ち尽くしていると、垣根の向こうから、鋭い声が聞こえてきた。カンカンカンと拍子木を打つような音に時々、叱責《しっせき》するような男の声が混じる。

なにをしているんだろう？　萌絵は垣根に近づいて、葉の隙間から向こうを覗《のぞ》いた。

誰かが剣の稽古《けいこ》をしている。

若者と中年男が木刀を握って、しきりに剣を交え合っている。

「……貴盛……氏だ」

スポーツウェア姿で、若者に剣の稽古をつけている。所謂《いわゆる》、剣道の所作とも違う。木刀を流れるように交え合い、果てしなく打ち合う。これは剣道というより剣術だ。

「うまい……」

萌絵が知る剣は、もっぱら中国拳法《けんぽう》における剣なので、日本の剣術はよくわからない。それでも武術家としての目は多少ある。この流れるような剣さばきは拳法にも通じる。よく鍛えた体幹だけが生み出せる滑らかな動きだ。特に貴盛。流体を思わせる美しさと速度を併せ持つ剣さばきに、萌絵は目を奪われた。

若者のほうは、息子だろうか。あまり似ていないが。

十代後半か二十歳そこそこ。

まだ剣の扱いがこなれておらず、動きも直線的で硬い。踏み込みは鋭いので突きが得意なのだろうか。剣術よりも剣道の動作だと萌絵は思ったが。

「……えっ」

その太刀筋が、記憶の中で誰かと重なった。人の顔を覚えるのは苦手な萌絵だが、動きを記憶するのは得意だ。強い癖を持つ者は数瞬見ただけでも忘れない。

「あの子……あのときの」

天誅男《てんちゆう》だ。夜の帯屋町《おびやまち》で萌絵と無量を襲った。

「まちがいない。私たちに斬りかかってきた子……っ」

この里の若者だったのか。襲わせたのは、貴盛の指示？

気配に気づいたのか、若者が一瞬、こちらを見た。萌絵は慌てて首をひっこめた。

「どうした、准《じゆん》。余所見《よそみ》する余裕があるのか」

「いえ……。すみません！　師匠！」

貴盛に叱られ、天誅男は木刀を構え直す。

まずい、と萌絵は思った。彼は、萌絵たちが鎌田家にいたことを知っている。顔バレしたら面倒なことになりそうだ。逃げるように母屋に戻った。

「貴盛おじさん……？　ああ、平野《ひらの》家の筆頭や」

朝食を食べながら、涼磨が教えてくれた。「おじさん」と呼んでいるのは、父親のいとこだからだ。

「〈御陵衛士〉という役職で、御殯大明神を代々守ってきた。平維盛《これもり》の直系と言われて、平野の男には必ず名前に『盛』がついちゅう」

そういえば、清盛を筆頭に平家の男たちにはみんな「盛」がついていたな、と萌絵は思い出した。

「つまり、清盛の子孫ってこと？　すごいな」

「古武術の達人なんよ。すごかったやろ。若い頃から、めっちゃ稽古しよった」

「いっしょにいたのは、息子さん？」

は？　と涼磨は怪訝《けげん》な顔をした。

「いや？　貴盛さんは独身や。少し前に離婚して、確か子供はおらんかったと」

いたとしても、二十歳ということはない、という。地元の若者だろうか。

萌絵は外に注意を払いながら、小声で言った。

「リョーマ。訊《き》きたいことがたくさんある。どこか安心して話せるところはない？」

涼磨はすぐに意を汲《く》んだ。

「ちょうどええ。連れていきたいところがあるがよ」

＊

登山道には人の気配もないので、かえって話しやすかった。

鬱蒼《うっそう》とした広葉樹林帯を縫うように、細い道が高板山《こうのいたやま》の尾根へと続いている。

かつてはこの山道にも番所がいくつもあって、よそ者の侵入を妨げていたという。源氏の追っ手は執拗《しつよう》だったらしい。平家の落人《おちゅうど》は見つかれば、殺される。命がけだ。

「壇ノ浦で死んだのが替え玉やったいうことも、源氏にばれちょったかもわからん。安徳帝は〈三種の神器〉を持ち出しちょったき。取り返すために必死やったはず。平家の落人たちは幾手にも分かれて、追っ手の目をくらます囮《おとり》になった」

「囮？　……もしかして、昨日行った剣神社も」

そうや、と涼磨は答えた。

「あれも源氏の目をくらます、囮神社のひとつ」

「剣神社の剣、というのは、まさか」

「そう。草薙剣《くさなぎのつるぎ》。〈三種の神器〉のひとつや」

萌絵は目から鱗《うろこ》が落ちた気がした。そういう意味だったとは！

「剣山《つるぎさん》の名前の由来も、一説には平家が隠した草薙剣やと言われちゅう。尤《もっと》も、それも囮じゃ。あちこちに剣と名のつく山や神社を置いて、源氏の目を攪乱《かくらん》したと」

剣山の山頂は、名前に反してなだらかになっていて「平家の馬場」とも呼ばれる。落人はそうやって、四国の山奥の方々に囮を置いたのだ。

「さあ、着いたで」

ようやく高板山の頂上が見えてきた。

木々に覆われて眺望があるような場所ではないが、陵墓があるとされる付近のみ、木がなく、剝《む》き出しになった石が幾重にも重なっている。石室のようにも見える。

「ここが御殯大明神。安徳帝の陵墓や」

ゴツゴツとした剝き出しの石が、荒々しい。萌絵が想像していた宮内庁の陵墓とは、かけはなれた光景だ。

「ここに安徳帝が……」

「御殯大明神の〝御殯〟とは『殯宮《もがりのみや》』の意味らしい」

天皇の崩御後、遺体を安置した部屋のことだ。

「それがそのまま墓になった。石組の上部は盛り土されちょった可能性がある。土が流れて石組が剝き出しになったがやろう。発掘できれば、いろんなことがわかるはずやが……」

「でも確か四国にある安徳天皇の陵墓参考地は、宮内庁が……」

「ああ。それは横倉山《よこぐらやま》のことや」

横倉山？　と萌絵が訊き返した。涼磨は供え物を置きながら、

「ここから西のほう。仁淀《によど》川沿いの越知《おち》町いうところにある。横倉山には宮内庁ら認定した陵墓参考地があって、そこのはここと違うて、だいぶ整備されちゅうな」

「ひとつじゃないの？」

「ひとつやない。複数あるのは『影人天皇』――すなわち帝《みかど》の替え玉の墓だとも言われちゅう。囮墓という説もある」

宮内庁が認定した安徳天皇の陵墓は、下関《しものせき》の赤間《あかま》神宮にある阿弥陀寺《あみだじ》陵《のみささぎ》だ。だが、その他に複数の参考地があり、西国各地に存在する。真実はどこだったのか。

「俺はここだと信じちゅうがな。〈御陵衛士《えじ》〉もおるくらいやき」

線香に火をつけて、涼磨は手を合わせた。萌絵も倣った。

「この高板山の名の由来は〝皇のいた山〟。つまり〝天皇がいた山〟だ。昔から信仰の山やった。囮となって散らばった落人たちはこの山を仰いで、帝を偲《しの》んだがよ」

日も差さない山中にひっそりとある陵墓は、里の者以外は滅多にひとも近づかず、悲運の帝の人生を表しているようで、どこか物悲しい。

伝わる生涯には虚実入り交じり、真実はどこにあるのだろう。

「実は、桜間家はもともと、横倉山におったがよ」

「横倉山に？」

「ああ。越知横倉山の安徳帝伝説。あっちには安徳帝に付き従った八十人以上の平家一門の墓もある」

横倉山は元々、修験場だった。修験者たちに堅く守られた安徳帝とその一行は、山中に行在所《あんざいしょ》（御所）を築き、帝は二十三歳まで生きたという。

「えーっ。そんなに？」

蹴鞠《けまり》をしたと伝わる広場が、陵墓になっている。

「桜間家は横倉山にいた頃〈御璽《ぎょじ》の衛士〉――〈御璽衛士〉をしていたそうだ」

「御璽の……衛士？」

「あっちには都から持ち出された天皇御璽があったらしい。その護衛をしよった」

涼磨は苔《こけ》むした石室に向き合うように、手頃な石に腰掛けた。

壇ノ浦から落ち延びた桜間の先祖は、仁淀川の流れを見下ろしながら、横倉山に身を潜め、暮らし、子が産まれ、代々根付いて、いつしか時は流れ、時代は移った。

追っ手だった源氏も滅び、身を潜める理由がなくなった後も、その地で生きた。

やがて四国は長宗我部《ちょうそかべ》が統一し、その長宗我部も滅び、土佐は山内《やまうち》家の治めるところとなった。

「……太平の世が二百年続いた後、この土佐の山奥にも動乱の地響きが伝わった。佐川《さかわ》にある郷校《ごうこう》・名教館《めいこうかん》が西土佐の若者を育てた。それはあたかも東土佐の田野《たの》学館が、中岡慎太郎《なかおかしんたろう》や清岡道之助を育てたように」

尊皇攘夷《じょうい》思想は平家の子孫たちのもとにもやってきた。国の行く末を憂い、熱い思想に感化されて、勤王の志士となった若者たちの中に、桜間家の者もいた。

「それが、桜間梅三郎《うめざぶろう》や」

「梅三郎……梅！　あの書状の？」

〝璽之儀、全て調い申し候。玉意を以て事をなさんとす。梅〟

あの書状を清岡道之助に書いたのは、涼磨の先祖・梅三郎だったのだ。

「梅三郎は土佐勤王党の一員になった」

「もしかして、御璽《ぎょじ》を持ってきたのは……」

「そう。桜間梅三郎。うちの先祖や」

清岡道之助らと共謀し、投獄された武市《たけち》半平太《はんぺいた》を助けるために、安徳帝から伝わる御璽を利用しようとした。横倉山から持ち出した張本人だったのだ。

「でも、源平時代の御璽なんでしょ？　全然、印影がちがうんじゃ……」

「それがな。幕末に使われちょった御璽の印影は、安徳帝の時代のもんとそっくりやったがよ」

それが判明したのも、時代の流れだ。

土佐勤王党員は武市を筆頭に、当時、京の公家《くげ》とも密に接していた。勅書を目にする機会もあっただろうし、公式令《くしきりょう》の文書に捺《お》された内印も見ただろう。

「ひょんなことから、それが横倉山の御璽とよう似ちゅうことがわかった。勤王党員に勅書偽造計画が持ち上がったんは、そのときや。偽の勅書で、藩を動かそうとした」

勤王党幹部の指示を受けて、桜間梅三郎が動いた。

〈御璽《ぎょじ》衛士〉だったことを利用して〈黄蓮《おうれん》の厨子《ずし》〉の中から御璽と〈揚羽蝶《あげはちょう》の鏡〉を持ち出したのだ。

「だが、持ち出しが発覚してすぐに追っ手がかかった。梅三郎が駆け込んだのが、この赤牛の里やった」

横倉山に帰れなくなった梅三郎は、花山院たちにかくまわれて、その後もここに暮らすことになった。

「阿波《あわ》ルートから四国入りした落人には昔からネットワークがあってな。御殯大明神がある物部村のもんは、北川《きたがわ》村の剣神社とも繋《つな》がっちょって、剣神社を通じて清岡道之助とも繋がっちょった。花山院と清岡を引き合わせたのは梅三郎や。花山院は、元は公家。勅書偽造のため、京にいる本物の花山院になりすますことに手を貸した」

「本物だけど贋物《にせもの》の御璽と……本物だけど贋物の公家……」

「そう。この土佐の山奥には、もうひとつの、小さな御所があるようなもんやった」

ひっそりとその身を隠しながら、血筋を繋げてきたのだ。

「というのも、越知横倉山伝説では、安徳帝は二十三歳まで生きて妻と子供もいた。その末裔《まつえい》が越知にはおる」

「妻と子……。幼帝も立派になったんだねぇ」

「平家の末裔たちは『主上《しゅしょう》家』と呼んで、何百年も仕えてきた」

「それってつまり……」

「そう。いわば、もうひとつの天皇家や」

萌絵は、ぞわっとした。

平家の落人によって、山中深くに隠されていた、秘密の「天皇家」。

世に知られざる皇統が四国に存在していたことになる。

「安徳天皇が京を離れた後、後白河《ごしらかわ》法皇の後ろ盾で後鳥羽《ごとば》天皇が即位したが、神器のない即位だった。天皇が生きちゅうにもかかわらず、別の天皇が両立した状態だとして、横倉のもんらは決して認めんかった。後に南朝と北朝が両立したように。いつしか自らを土佐朝と名乗るようになった」

「つまり、土佐が都になったのね……」

「実は桜間の家もその血筋を引いちょる。主上家の娘を嫁にもらったらしい」

「じゃ、ゆうべ花山院さんが言ってた『貴《たっと》き血統』ってのは」

「安徳帝の血を引くという意味やろ」

「でも赤牛のひとたちは、ここが本物の安徳帝のお墓だって信じてるんでしょ？」

リョーマが安徳帝の血を引いてるってことになると、このお墓が贋物ってことになっちゃわないかな」

「そうやき、ここの人らは横倉の墓は、安徳帝の妹の墓だと言いゆう」

妹が「影人天皇」（天皇の身代わり）となり、横倉山で生き延びて結婚し、子々孫々につながった。直系ではないが、血に連なるものだ、と。

「赤牛の里に逃れた桜間梅三郎は、桜間宮を名乗り、花山院家の娘を嫁にとったそうや」

桜間家の者がこの里で特別扱いを受けるのは「御璽《ぎょじ》と〈揚羽蝶の鏡〉を里に持ち込んだ宮様」だったからだ。

「でも、梅三郎が勝手に持ち出した御璽は、ちゃんと使われたの？」

「いや。結局、武市を救うためには使えんかったらしい。その代わり、中岡慎太郎に託された」

「中岡慎太郎！　でもその時、長州にいたはずでしょ？　三田尻《みたじり》に……」

そこまで言って、萌絵は息を呑《の》んだ。まさか。

「御璽を長州が利用しようと……」

「……。したがやろな。それだけやない。長州は起死回生のため、土佐朝の子孫を担ぎ出そうとまで考えた」

「安徳帝の子孫を？」

「錦の御旗《みはた》にしたてようとしたんやな。土佐朝擁立の密謀。長州征伐の勅命が降りた時、彼らは生き残るため、賊軍ではなく官軍になる決意をした。三条実美《さんじょうさねとみ》らが新帝を擁立して、新たな朝廷を三田尻に築こうとした」

萌絵は茫然《ぼうぜん》とした。

荒唐無稽《こうとうむけい》すぎる、と思ったが、全くありえないとも言いきれない。

何が起きても不思議ではない、そういう時局だった。

しかし桜間家と土佐勤王党が、まさかそんな関係にあったとは。

「それって証拠はあるの？」

「擁立を持ちかけた三条と中岡慎太郎の書状が、この里のどこかに隠されちゅうらしい。それをずっと捜したかった。死んだ親父から伝え聞いた話が本当かどうか、それを証明したかった。俺が幕末史を研究してきた、本当の理由よ」

密謀が存在したことを証明すること。

安徳帝の御璽《ぎょじ》が実在することが証明できれば、その密謀にも信憑《しんぴょう》性が出てくる。涼磨もまた御璽を探し、それが見つかる日を待っていたのだ。

「御璽のことは、私と西原くんの話を聞いて、確信したの……？」

「おまえさんら、やたら偽勅にこだわっちょったし、西原くんもぺろっと口滑らしたし。奈半利《なはり》の話でカマかけた」

「うっ。それでここまで？」

「桜間宮の名前を使えば、密謀の書状も捜しだしやすいと思ったがよ。だが」

涼磨は重苦しい顔つきになって、組んだ手に力をこめた。

「そのためには桜間宮を継がなくてはならない。俺はこんな因縁深い宮家の名なんぞ名乗りとうはなかったき。親父が死んだ後もなんやかんや理由をつけて、赤牛には近寄らんかった。親父と離婚しちょった母親も高知市内におったきね。だが、いつかは向き合わんといかんかった。桜間家の因縁と」

――覚悟が決まったき、ここに来たがやろ？

小松《こまつ》サトも言っていた。剣神社の神官・小松家は、やはり落人《おちゆうど》の末裔《まつえい》で、桜間家から嫁入りした者もおり、長く親戚《しんせき》づきあいをしていたという。サトは父・静磨の信頼も厚く、涼磨の後見人でよき相談相手でもあった。

「親父からずっと預かっちょったものがある、とサトさんから聞いていた。向き合う覚悟ができたら、取りに来いと。いつかは赤牛に行かねばならんかった。モエヤンと再会して、今しかない、と腹を括《くく》った」

研究者としての下心もあった。桜間宮としての特権を手に入れれば、中岡たちの密謀を証明する書状もゲットできる。そう考えたのだ。

「それで私と結婚したなんて嘘ついたの？」

「すまん。だましたみたいになって」

「ひどいよ。いくら口実がいるからって」

「口実のつもりはない。モエヤンさえよければ、俺は……。俺はずっと！」

萌絵は固まった。目線と目線がかち合った。

涼磨のやけに真剣な顔つきを目の当たりにして、次の瞬間、自分が何を言われたか気づいた萌絵は、頭が爆発しそうになった。

「あの……ええと……その……」

重い沈黙がやってきた。甲高く鳴き交わす鳥の声が山林に響いている。梢《こずえ》の隙間から細く陽が差し込んできた。

「か……花山院さんはどうして御璽《ぎょじ》と鏡を手に入れようとしているの？」

やっとの思いで訊《たず》ねると、涼磨も我に返って、

「わからん。ただ昔から、花山院様は横倉のもんに対して妙に対抗心があるというか、赤牛の陵墓こそ本物だって証明したがっちょったき」

御璽と鏡を揃えて、自分たちこそが正統な「土佐朝を継ぐ者」であるとしたかったのか。

「……もしくは……」

その先を涼磨は口にしなかったが。

「モエヤン。花山院様と貴盛おじさんは『御璽を手に入れた』なんて言いよったけど、あれはどういうことやろ。モエヤンらあが見た銅印のことを言いゆうが？」

「うん、たぶん」

「話してや」

萌絵は腹を括って、高知に来た経緯《いきさつ》を話した。鎌田家から出土したこと、その鎌田家から銅印が消えたこと。萌絵たちを襲った天誅《てんちゅう》男のこと、その天誅男がついさっき貴盛と剣の稽古《けいこ》をしていたことまで。

「うそやろ……。貴盛おじさんが盗んだゆうが？　そんな脅しみたいな真似して」

「少なくとも鎌田家のひとの許可を得た感じじゃないみたい」

「なに考えちゅうが！　貴盛おじさんも花山院様も」

何も知らされていなかったらしい。正義漢の涼磨は憤慨している。

「理由はどうあれ、鎌田さんに返した方がいいと思うの。涼磨から貴盛さんたちを説得できないかな」

「説得は難しいかもわからん。こっちが怪しまれる」

「なら、在処《ありか》を聞き出せないかな」

涼磨は真顔になった。

「盗み返すがか」

「事によっては」

涼磨は考えこんでいたが、ひとつ大きく息をつくと、膝《ひざ》に手をあてて立ち上がった。

「わかった。なんとかバレんように探りを入れちゃろ」

第六章　桜間と栗賀

無量《むりよう》と忍《しのぶ》は、窮地に陥っていた。

時間は前夜に戻る。

鎌田《かまた》家から帰る途中、夜食をとるため立ち寄ったラーメン屋の駐車場。

そこでふたりは五人の〈刺客〉に囲まれた。

「こっちは丸腰だぞ……」

相手は全員、木刀を手にしている。マスクと帽子で顔を隠している。忍は無量を背中でかばい、

「おまえたちが〈土佐勤王党《とさきんのうとう》〉か。僕らに何の用だ」

「鏡と鍵《かぎ》はどこよ」

黒いウェアに身を包んだ男が声を発した。

「もう見つけちゅうはずや。黙って引き渡しや」

「なんのことですかねえ。そんなもん、どこにも――」

答えを待たずに襲いかかってくる。無量と忍は左右に分かれて逃げた。〈刺客〉たち

は剣の心得があるようで、ただ闇雲に振り回しているだけではない。駐車場に車は少なく、隠れる場もなく、無量はかわすので精一杯だ。

「あぶね！　やめろって……！」

忍が果敢に攻撃をかいくぐり、ひとりの懐に飛び込んだ。木刀を握る手を摑《つか》んだ瞬間、ばりっ、と忍の手元で火花が散り、〈刺客〉が「ぎゃ！」と悲鳴をあげた。忍の手には護身用スタンガンがある。落ちた木刀を素早く拾い上げて、間合いをとり、構えた。

「忍！」

「これ持って下がってろ、無量！」

スタンガンを投げてよこす。無量はだが、ろくに使い方もわからない。

「俺が相手だ。無量には指一本触れさせない！」

忍には剣道の心得がある。が、手練《てだ》れを相手にできる腕はない。四人が次々と踏み込んできた。忍は応戦した。木刀同士がぶつかり合う甲高い音が夜の駐車場に響く。善戦したが、数に負けていくらももたない。

「忍！」

防ぎきれなかった一撃をまともに肩口にくらった。からん！　と木刀が落ち、続けざま、背中と腰を打たれてしまう。

「やめろ！」

無量が突進した。ひとりにタックルをかましたが、もつれあった拍子にスタンガンを落としてしまう。振り上げた木刀が無量の額を狙っている。打たれる！　と思った時だった。

悲鳴をあげたのは〈刺客〉のほうだった。

気がつくと、〈刺客〉はアスファルトに転がっている。無量と忍は振り返った。みると、そこに立っていたのは、トレンチコートを羽織った男だ。メガネをかけている。手には白い手袋。無量は目を疑った。

「あんた……宮内庁の……っ」

降旗《ふるはた》だった。なぜこんなところに、と思う間もなく――。

見境なく襲いかかってくる〈刺客〉たちの木刀を、降旗は次々とかわしながら、見事なステップワークで倒していく。丸腰ながら鮮やかな身のこなしで、〈刺客〉たちの攻撃を一撃で確実に封じる様は格闘家も顔負けだ。たまらず逃げに転じた〈刺客〉たちのひとりを捕まえ、地面に押さえ込んで、喉元《のどもと》を腕でロックしながら、

「誰の指図だ。言え。言わんと首をへし折るぞ」

「ひ……っ、やめ……」

あと少しで口を割らせかけた時だ。不意に背後に殺気を感じて、降旗は振り返りもせずに身をかわした。同時に暗がりで何かが一閃《いっせん》した。車の陰から新たにもうひとり、躍りかかってきた者がいる。

真剣を握っている。

かわした拍子に、降旗の腕から男がすり抜け、脱兎《だっと》のごとく逃げ出した。

「待て！」

第六の〈刺客〉はかまわず降旗に斬りかかる。メガネが飛んだ。凄《すさ》まじい攻防だ。

舌打ちした無量が木刀を拾い上げ、後ろから加勢した。真剣使いは大きく飛び退きざま、風車のごとく剣を振り回して無量を払いのけると、逃走に転じた。

「あいつ……っ」

そこにワゴン車が急ハンドルで飛び込んできた、〈刺客〉たちは次々と飛び乗り、ドアが閉まるのももどかしいとばかりに急発進で走り去っていった。

「立てるか。相良《さがら》忍」

降旗がひざまずいて訊ねた。忍は痛みを堪《こら》えて「ああ」と答える。肩を押さえている。

木刀で打たれた部位を、降旗が医者のように触診した。

「打撲だな。骨を砕くほどの威力でもなかったようだ」

「あなた、本当に宮内庁のひとですか。皇宮警察のまちがいじゃ」

「若い頃、マーシャルアーツをたしなんだ」

「なんで、ここに」

「栗賀早紀《くりがさき》は連中にマークされてたはずだ。当然、君らにも狙いをつけるだろうよ」

「連中が来ると踏んで、僕らを見張ってたんですか。こんな遅くまで」

「サービス残業というやつだ。立てるか」

忍を支えて立ち上がる。降旗はトレンチコートの埃《ほこり》を払いながら、

「逃げた車は藤原《ふじわら》に追わせている。おのずと首謀者のもとに連れていってくれるだろう」

「なんであんた、さっき、俺が〈揚羽蝶《あげはちょう》の鏡〉持ってることに気づいたんすか」

――鏡はまだ隠しておけ。いいな。

無量は警戒心を剝《む》き出しにしている。

「図星だったか？」

「早紀さんにはまだ言うなって。どういう意味？　そもそも、なんで早紀さんがあいつらに脅されてること知ってるんすか。鏡を要求してることまで」

「鎌田さんから聞いたんだよ」

と落ちたメガネを拾い上げてかけながら、降旗は答える。忍は疑わしそうに、

「それはいつ？」

「電話をもらった。栗賀さんの事情もその時に聞いた。脅迫のことも。あの御璽《ぎょじ》は仁安《にんあん》二年の印影。平安時代末期のものだろう。〈揚羽蝶の鏡〉は平家《へいけ》の証《あかし》だ。理由はわからんが、あの銅印は安徳《あんとく》帝の時代のもの。ちがうか？」

ずばずばと言い当てられて、舌を巻いた。さすが宮内庁書陵部。とっくにお見通しだったらしい。

「だとしたら、君がポケットに隠してるものは立派な文化財だ。こんなくだらん取引で

やりとりしていいもんじゃない」

隠し場所まで見抜かれて、無量は肝が冷えた。

「俺が見つけてたの何でわかったんすか」鎌田さんには口止めしてたのに。

「こいつが教えてくれるんだよ」

と白手袋をはめた手をひらひらと振る。自称〈悪魔の手〉だ。

「強い熱源がある。そこに」

「……っ。ひとを小馬鹿にしてるんすか」

「そのつもりはないよ。それより御璽《ぎょじ》を盗んだのは栗賀早紀の弟だというのは、本当か。人質に取られたと」

「たぶん。でも人質というのは、どうだか」

どういう意味だ？　と忍が問いかけた。無量は苦々しく、

「六人目の〈刺客〉。あいつ、あの時の天誅《てんちゅう》男だ」

「なんだって！」

忍は車が走り去った方角を思わず振り返った。

「栗賀准《じゅん》。あれが早紀さんの弟だったっていうのか」

無量の観察力は精度が高い。背格好もよく似ていたし、なにより、ちらりと見えた大きな栗色の瞳《ひとみ》は早紀とそっくりだった。

「まさか狂言？」

「わからない。無理強いされてるのかも」

いずれにしても栗賀准は〈土佐勤王党〉と行動を共にしている。

「……降旗サンでしたっけ。あいつらの居場所摑んだらどうすんすか？　警察に知らせるんすか？」

「いや。そのつもりはない」

意外な返事に驚いた。

「こっちは御璽《ぎょじ》を返してさえもらえれば、それでいい」

「だったら、敵の本拠地に乗り込みますか。いっしょに」

「どうかな。君たちが足手まといにならないと約束するならね」

珍しく忍が対抗心を剝き出しにしている。冷たい火花が見えるようだ。

ふと無量がスマホの通知に気づいた。乱闘にかまけている間に留守電が入っていたようだ。非通知だ。すぐに聞いて「ああっ？」と奇声をあげた。

「桜間《さくらま》の親戚《しんせき》んちに泊まるーっ？　このクソ大変な時に、なに考えてんの？」

萌《も》絵《え》からだった。

しかもスマホからではないところが、怪しい。

途端に無量の機嫌は悪くなった。いくら遅くなるからって、ホテルも取ってあるのに親戚宅に泊まるとか、ちょっと距離感がおかしくないか？

「公認彼女かよ」

「きっとなにか事情があるんだろう。今日はもう遅いから、永倉《ながくら》さんには明日《あした》の朝、連絡をとってみよう。……奴らの居場所がわかったら連絡ください。降旗さん」

忍は牽制《けんせい》を忘れない。

「隠し事はなしですよ」

「君らこそな」

挑発するような物言いが、いちいち忍の神経を逆撫《さかな》でする。なんなのだ、この男。

萌絵とのすれ違いが続く中、降旗との共同作戦が決まり、御璽《ぎょじ》奪還は明朝に繰り越された。

*

赤牛《あかぎゅう》の里の人々は皆、ほがらかで優しい。

花山院《かざんいん》の家に、畑でとれた新鮮な野菜や果物を持ってきてくれる。

「あんたが涼磨《りょうま》さんのお嫁さんかね。お似合いやねえ」

にこにこしながら、話しかけてくれる。萌絵は顔がひきつりっぱなしだ。

人なつっこく世話焼きなひとたちだが、この中の何人かはゆうべの席にいたはずだ。白い袋をかぶり、目だけを出して、品定めするようにじろじろと見ていた。わかるだけに、萌絵は気が抜けない。

「明乃《あきの》おばさまはどこで」

ごぼうを洗い終えた涼磨が、ざるを抱えてやってきた。花山院のことだ。

ふだんは「花山院様」ではなく、本名の「花山明乃《はなやま》」のほうで呼ばれているらしい。

「さっき貴《たか》さんと帰ってきて、今は婦人会の会合に出ちゅうよ」

貴さんとは貴盛《たかもり》氏のことだ。ぴん、ときた。御璽《ぎょじ》を引き取って戻ってきたのだろう。

「ところで、今朝、貴盛おじさんといっしょにおった若いのは誰なが？」

涼磨がさりげなく、訊《たず》ねた。里人は顔を見合わせ、

「……ああ。剣術の弟子らしいで。なんでも東京から泊まり込みで来ちょるそうや」

ふーん、と涼磨はうなずき、萌絵と目配せしあった。

天誅男は「弟子」……か。

この時点で、まだ無量たちとはまともに連絡がとれていない。

携帯電話の使えるところまで行きたかったが、なんやかんやと里の者に引き留められて、外に出られずにいる。だから、まだ「天誅男」の名も知らない。

そもそも、ふたりは〈土佐勤王党〉の脅迫騒動もまだ知らない。

「そのお弟子はどこにおるが？」

「貴盛さんとさっき車で出かけていったよ」

花山院も貴盛も天誅男も、不在。「鎌田家の御璽」を捜すなら、今しかない。

涼磨と萌絵は、行動を開始した。問題はあの世話係の老人だ。が、そこは涼磨が機転

を利かせ、町の中心にある大きな郵便局まで用事を頼んだので、小一時間は戻らないだろう。

「よし、一斉捜索じゃ」

手当たり次第、捜した。神棚を中心にくまなく捜した。

が、見つからない。

「ないよ。リョーマ」

「よーく捜し。隠し戸棚があるかもしれんき」

空き巣の気持ちになって、大事なものを隠しそうなところを手当たり次第捜す。

神棚の下に潜り込んだり、天袋の中まで覗《のぞ》き込んだが、それらしきものはない。

「蔵かな。でもふたりとも蔵には入っちょらんかったし」

「金庫とかはないの？」

右往左往しながら必死に捜しまわっていた、その時だった。

「……お捜しのものは、ハンコ？」

「！」

背後から声をかけられ、ふたりはギョッとして振り返った。

広間の入口に、若い男が立っている。

ゆるいパーマのかかった茶髪の若者だ。大きな瞳は色素が薄く、背はあまり高くない。

丸メガネをかけ、柱にもたれるようにして、こちらを見つめている。

萌絵は思わず後ずさった。今朝、貴盛と剣の稽古をしていた若者だ。……天誅男だ。

「そこのお姉さん。鎌田さんちにいたひとでしょ。なんでここにいるの？」

天誅男——こと栗賀准は、冷ややかに言った。

貴盛といっしょに車で出かけていたのではなかったのか。

「それはこっちの台詞《せりふ》でしょ。天誅男。カマかけたつもり？」

「御璽《ぎょじ》がここにあると知って、来たの？　なんでわかったの？」

「君は誰なが？」

問いかけたのは、涼磨だった。

「貴盛おじさんの弟子、とか言うたな。帯屋町《おびやまち》で彼女と西原《さいばら》くんを襲ったがは君やったそうやないか。おじさんの差し金かえ」

「桜間涼磨……って言ったっけ。裏切り者・桜間の子孫」

なに、と涼磨が気色ばんだ。准は薄笑いを浮かべて、

「横倉《よこぐら》の主上家《しゅじょうけ》から御璽を盗んだ桜間梅三郎《うめざぶろう》があんたの先祖なんだよね。この赤牛の里に逃げ込んで、宮様気取りでいたんだとか……」

あからさまな敵意に、涼磨は驚いた。

「なんでそんなこと知っちゅうがで。貴盛おじさんが言うたが？」

「桜間家は〈御璽衛士《えじ》〉だった。だが同じ〈御璽衛士〉だった栗賀義三兼良《よしぞうかねよし》を刺し殺して、〈黄蓮《おうれん》の厨子《ずし》〉から御璽と〈揚羽蝶《あげはちょう》の鏡〉を持ち出した」

「なんでそんなことまで知っちゅう！」

「オレがその栗賀義三の子孫だからだよ！」

涼磨は息を呑《の》み、萌絵も「えっ」と言葉を詰まらせた。

准は柱からゆらりと離れると、ゆっくりと近づいてきた。

「オレの名前は栗賀准。桜間家と共に越知《おち》横倉で〈御璽《ぎょじ》衛士〉を務めてきた栗賀家の人間だ。おまえの先祖が御璽を持ち出したせいで、栗賀のものは山の御所を追い出され、御璽を捜して放浪するはめになったんだ」

「……栗賀……。君が」

「オレは桜間を許さない」

目に怒りを溢《あふ》れさせて、准は食い入るように涼磨を睨《にら》んだ。

「〈黄蓮の厨子〉の鍵《かぎ》を最後に開けたのは、桜間だ。つまり、鍵は桜間が持っていたはず。どこにある。〈黄蓮の厨子〉の鍵は」

不穏な空気をまとい、床のきしむ音も立てず、蒼《あお》い炎のように近づいてくる。

剣術家というよりも暗殺者のような殺気だ。

「師匠たちの手元には、ない。だったら桜間が持ってるはず。どこに隠した」

「知らん」

「知らないはずないだろ。どこに隠した！」

よせ、と別の声が背後からあがった。

振り向くと、そこにいたのは平野《ひらの》貴盛だ。

「おじさん！」「師匠……っ」

「桜間は鍵を伝えちょらん。たぶん、横倉山においていったがやろう。もしくは鎌田家から出てくるはずだ」

「貴盛おじさん、その茶髪くんはなんですか。栗賀の子孫というのは本当ですか」

「本当だ。桜間家と同じ横倉の元〈御璽《ぎょじ》衛士〉」

萌絵はふたりを交互に見てしまう。

幕末に御璽を盗んだ桜間、盗まれた栗賀、かくまった花山院。

それがどういう因縁で、今ここに揃っているのか。

「萌絵さんと言ったかな。涼磨と結婚してるなんて嘘だろう。御璽を取り返すために乗り込んできたのか？　なぜ御璽がここにあるとわかった。涼磨は知らなかったはずだ」

「ええ。まさか、鎌田さん家にあるはずの御璽が、こちらにあるとは」

「では偶然か？　そんなはずはなかろう」

「俺が無理矢理つれてきたがです。おじさん」

涼磨がかばうように言った。

「モエヤンとは昔なじみで、たまたま御璽の件を調べてて再会した。俺は中岡《なかおか》の密謀書をどうしても手に入れとうて、戻ってきたがです」

「本当にそれだけか？」

「それより、貴盛おじさん、あなたです。出土した鎌田家から御璽を盗んだんですか。なんを企《たくら》んじゅうがです！」

「盗んだのはそっちだろう、桜間！」

准がすぐに言い返した。

「栗賀の人間は百五十年間、盗まれた御璽《ぎょじ》を捜させられてきた。オレは取り返しただけだ！」

「人様の家にあったものを勝手に？　それは泥棒っていうんだよ」

萌絵の言葉に准は一瞬詰まったが、ふてぶてしそうに薄笑いを浮かべた。

「あいつらは御璽を土の中に埋めてたんだろ？　あっては具合の悪いものだから隠した。それをタダで引き取ってやったんだ。何が悪い」

「へりくつはやめ……っ」

准がサッと腰から抜いたのは、小太刀だ。喉元《のどもと》につきつけられ、萌絵は固まった。

「このひとたち、どうしますか。師匠」

「今は下手に騒がれては困る。鍵が手に入るまで」

「蔵にでも閉じ込めますか」

准は無感動な目つきで言い捨てた。

「姉さんはともかく、この女の連れだった男にはオレを人質にするより使えるかも」

萌絵は聞き逃さなかった。

「どういうこと？　西原くんたちになにしたの！」

問いを封じるように、准が刃《やいば》を萌絵の鼻下に突きつけた。

「少し黙っててよ。これはオレたちの問題なんだから」

「すまんが、涼磨。お嬢さんも。タイミングが悪かったと思って、あきらめてくれ。しばらく我々に従ってもらう」

というと、貴盛も手にした小太刀を抜いて、ふたりにつきつけた。

貴盛はかなりの使い手だ。その腕は萌絵も朝、充分見た。だが、ここで抵抗しないわけにはいかない。せめてどうにか涼磨だけでも逃がさないと……と退路を探った時。

涼磨が突然、諸手《もろて》をあげた。

「あーあ。わかったわかった。言うとおりにしちゃる」

萌絵は出端《でばな》を挫《くじ》かれた。涼磨はおどけて、

「しちゃるき、そこにいる栗賀の坊ちゃんと少し話をさせてもらえんろうか」

脅されているのに笑っている。その神経の太さにおののいている准へと、涼磨はニッと笑いかけた。

「人間、何事も話をしてみんとわからん。ちがうか」

ええやろ、と貴盛は刀を収めた。

「私が許可するまで、蔵の中でしばらく蟄居《ちっきょ》していてもらおうか。桜間宮殿」

＊

「弟の准は、実は叔母《おば》の子……いとこなんです」

早紀の告白に、助手席にいた忍は驚いて、思わずその横顔を見た。

〈土佐勤王党〉を名乗る一団が向かったと思われる香美《かみ》市物部《ものべ》町（旧物部村）へと向かう車中で、早紀が打ち明け話をした。早紀の車には忍が同乗し、無量たちのレンタカーは降旗が運転して、それぞれ目的地に向かっている。

物部川沿いの国道を走りながら、早紀は続けた。

「叔母はシングルマザーで若くして亡くなり、十歳の時、父が養子に迎えました。私は実の弟のように可愛がりました」

忍は幼い頃の無量を重ねた。

「でも思春期になった頃から、ひどく荒れてしまって。書家の子なので幼い頃から厳しく手習いをさせられてきたんですが、夜遊びをしたり、何日も帰らなかったり」

「手のかかる弟だったわけだ。何か荒れるきっかけでも？」

「弟は書が嫌いだったんです。たぶん、いつも私と比べられてたから」

ハンドルを握る早紀は、溜息《ためいき》をついた。

「だったら御璽《ぎょじ》を見つけろ、見つけられたら書家にならなくてもいい、と父に言われ、意地になってたんだと思います」

「栗賀家のひとは皆、書家に？」

「はい。昔から書に精通した家やったようです。栗賀安馬《やすま》という人物が幕末に、御璽《ぎょじ》を追ってクニを離れ、三田尻《みたじり》や太宰府《だざいふ》に赴き、志士らに書を教えて生計を立てたとか」

三田尻、太宰府……。いずれも幕末に三条実美《さんじょうさねとみ》ら公卿《くぎょう》がいた場所だ。

「御璽を持ち出そうと計画したのは、やはり武市《たけち》らのいた土佐勤王党？」

「私は、そうだったのだと思います」

だが、栗賀安馬は取り返せなかったのだろう。そのままクニには戻らず、安馬は京都に移り、書家として名を上げた。栗賀家は安馬を初代として流派を築き、今も多くの弟子が全国にいる。父は准を跡取りにすべく、殊更厳しく叩《たた》き込んだが、早紀のように物心ついたときから筆を握っていたわけではない准は、反発ばかりが募ったのだろう。

「弟が、ある剣術の流派の先生に出会ったのはその頃です。子供の頃、剣道をしていたし、性に合ってたんでしょうね。めきめきと力をつけて」

──姉さん！　試合みにきてよ！

やっと書以外に打ち込めるものを見つけて、一番生き生きとしていた。

「そのうち、弟子になると言い出したんです。そしたら、なぜか父が大反対して。准は反発して家出してしまいました。そうこうしているうちに父が亡くなり」

「病気ですか」

「ガンでした。父は最期まで准のことを気に懸けてましたが……」

葬式にも出られなかった准は、報《しら》せを聞いて駆けつけた仏壇の前で何時間も茫然《ぼうぜん》としていたという。

「それから急に御璽《ぎょじ》のことを調べ始めて。高知や京都にまで足繁く。ほとんど躍起になっていました。まるで父への罪滅ぼしのように」

鎌田家から御璽が出土したのは、それからしばらくしてのことだった。

「弟の執念が呼んだのかもしれません。土の中にいた御璽に届いたんやわ」

忍は物部川の渓谷を眺め、しばらく考え込んだ。そして、

「早紀さん。栗賀家は平家の落人《おちゅうど》だったんじゃないですか」

ハンドルを握る早紀の手が、一瞬こわばった。

「……あなたがたの主上は、安徳天皇。横倉山の安徳天皇なのではありませんか」

早紀は沈黙して、答えない。

そうだ、とも、ちがう、とも言わなかった。かわりに、

「……。栗賀家は越知の庄屋《しょうや》やったんです」

「庄屋」

「仁淀《によど》川の舟運を用いた製材業で潤っていました。土佐藩の御用達《ごようたし》材木商とも取引があって、かつてはとても裕福やったと聞いています。でも御璽紛失の責めを負って、所有していた山も主上家に取り上げられてしまいました」

「山を取られたんですか」

「御璽《ぎょじ》を無事に持ち帰れば、山は返すと約束していたそうです。証文も当家にあったようです」

「あるんですね」

「父が収集した書画といっしょに保管していたのではないかと。確認はしてませんが」

忍は腕組みをして考えを巡らせた。

「一族の者の中には、主上家が自分たちから山を取り上げるために、わざと御璽を紛失させたんじゃないか、なんて恨みがましく言う者もおったようです。百年以上前の話なので、今はもう」

「そうですか。山林をね……」

少しだが、事情が読めてきた気がする。忍は忙しく思考を働かせ、

「ちなみに、御璽を盗んだほうの〈衛士〉については、何か」

「桜間家のことですか。桜間梅三郎」

桜間？　と忍が思わず声を高くした。早紀が怪訝《けげん》な顔で「なにか？」と返す。いや、と忍は取り繕うように缶コーヒーを一口、含んだ。

「桜間家は家格では栗賀より高かったんですが、徐々に家運が衰えて。栗賀に借金などもしていたようです。梅三郎が御璽を盗んで出奔した後は、一家離散したと」

借金も踏み倒したということか。どうも切実な事情が透けて見える。

「そういえば、数年前に〈黄蓮《おうれん》の厨子《ずし》〉について訊《たず》ねに来た男性がいたと言ってましたが、そのひとについて何か他にお母さんから聞いてることは？」

「父とは面識のある方やったようです。書画を扱う骨董《こっとう》商やったかもしれません」

忍は頭のメモに書き付けた。それが〈土佐勤王党〉を名乗っている者と何か関係あるかもしれない。

「それより、准がゆうべ、相良さんたちをまた襲ったって本当ですか。人質にとられてたんじゃなかったんですか」

「わかりません。これから行く場所に答えがあるはず。油断しないように」

忍は前を走る車を見やった。先導するミニバンに乗っているのは、無量だ。運転しているのは降旗だった。

助手席の無量はどうも落ち着きがない。

降旗の左手を、ちらちらと見ている。

「この手が気になるか？」

降旗に言われ、無量はどきりとした。白手袋をはめた、左手。

「君は火が怖かったりしないか」

「……。え？」

「私は怖い。だからガスコンロも家に置かない。ライターの火を見ただけで体が強《こわ》ばる」

無量も同じだった。

手を焼かれる痛みと恐怖は、手を焼かれた者にしかわからない。同じ傷病者同士だけが我が事のように理解できる。何年も続くあの痛みとわずらわしさ、この男も同じように戦ってきたとわかる。同族の近しさをいやでも感じている。

「……。俺がヤケドしたいきさつ、どこで知ったんすか」

「狭い業界だ。噂はすぐ耳に入る。西原瑛一朗《えいいちろう》の捏造《ねつぞう》が関係者に遺《のこ》したトラウマは深かったからな。この国の考古学者に〝神の手〟アレルギーを引き起こしたくらいには」

無量は押し黙っている。

なにを言われても動じないよう、身構えている。

「だが、君のお祖父《じい》さんが本当に焼きたかったのは、君の手ではなく、自分の手だったのではないのかな……」

無量ははっとした。降旗の横顔は、意外なほど真摯《しんし》だった。

「相良悦史《えつし》の息子は、まるで罪滅ぼしみたいに君に尽くしているじゃないか」

「忍のことすか。……そんなんじゃない」

「君は、彼を利用してるね」

心外な一言だった。無量は勢いこんで、

「なに言ってんすか。なんで俺が」

「君は今も祖父が怖いんだろう。手を焼かれた君が、今日まで表に出せずにいる祖父への怒りや恨みを、相良の後ろめたさをあおることで慰撫《いぶ》している。ちがうか」

「そんなことしてない！」

「本来、君に謝罪すべき祖父の代わりを相良くんがしているようだ。罪滅ぼしと名のついた無償の奉仕によって、君は君の淋《さび》しい心までも満たしてるんだろうが、君たちがいっしょにいる限り、相良はいつまでも西原瑛一朗の代理を生き続けることになるんだよ。君が彼から離れてやることが、相良を代理謝罪者の立場から解放してやることになるとは思わないか」

無量は絶句してしまっている。

「……なに……いって……」

「自分がこうむった理不尽を、無意識に他のなにかで埋めようとして、共依存に陥る。私にも覚えがある。もっとも――」

降旗は淡々とハンドルを握り、

「蓋《ふた》をした感情が、君の手を、特別な〈鬼の手《オーガ・ハンド》〉にしているのかもしれないが」

「…………」

無量は革手袋をはめた手を見つめ、降旗を見た。

「あんたはなんでヤケドを？」

「私のは過失だ。実験中に薬品をかぶった。肘《ひじ》までヤケドした」

受傷範囲が無量以上だ。

「皮膚移植、容易じゃなかったでしょ」

「時間はかかったがね。だが、誰のせいにもできなかった。孤独だったよ」

そんな語句を発する男とは思わなかったので、無量は驚いた。

降旗はどこか淋しそうな目をしている。

「君はやっと見つけた同族だ。わかりあえると思うがね」

車はようやく目的地についた。

降り立ったのは、大きな製材工場だ。後から追いついた忍と早紀も、車から降りてきて、門の前に立った。

「ハナヤマ製材株式会社……？」

伐《き》りだしてきたばかりのヒノキの原木がピラミッド状に高く積み重なっている。このあたりにしては大きな製材工場だ。鉄骨平屋の工場建屋は見るからに新しい。

先に到着していた宮内庁の藤原がやってきた。

「昨日、逃走した車ですが、こちらの工場で見つかりました。社用車だったようですね」

「ここの従業員が関わっているということか」

「ハナヤマ製材。代表取締役社長は、花山明乃。社員数は三百。高性能の最新機械を導入して、生産から加工・流通・販売まで一手に引き受けている総合製材会社です。所有者の高齢化で未管理状態になっていた山林を、所有者から委託もしくは買い取って、近年、業務拡大したと。地元の社員も多いようです」

だが、社員が〈土佐勤王党〉に加わっているという証拠はない。車だけなら盗まれた可能性もある。

表情を曇らせたのは、早紀だった。理由を聞くと、

「この近くに赤牛という地区があると思います。実はそこ、幕末の頃、山の御所から御璽《ぎょじ》を持ち出した桜間梅三郎をかくまったと言われるところなんです」

「かくまった……？ なんでこんなところで？」

「旧物部《もののべ》村《そん》の高板山《こうのいたやま》には、安徳帝の陵墓だと言われる御殯《ごひん》大明神がある」

と言ったのは、降旗だった。忍が「ここが？」と首を曲げ、

「四国で宮内庁が管理している陵墓参考地は、確か越知町の横倉山では」

「他にもいくつかあるんだよ。高板山のものは、宮内庁の認定こそないが、古くから隠し陵墓として、平家の落人《おちゅうど》の子孫が守り抜いていたはずだ」

そのことはもちろん、早紀も知っていた。

「まさか、赤牛のひとたちが……」

どうするんすか、と横から無量が訊ねた。

「社員とひとりひとり、会ってみるとか？」

「あいにく今日は休業日だ。社員全員、雁首《がんくび》揃えて確認するのは難しい」

では、どうするのか。

タブレットを操って調べものをしていた忍が「早紀さん、ちょっと」と言って、画面を見せた。

「この男の名前に見覚えは？」

〝平野貴盛〟

ハナヤマ製材の取締役のひとりだ。その名前で検索すると〝物部五菱《ごりょう》流剣術師範〟という語句が出てくる。それを見た早紀が「五菱流」と声を跳ね上げた。

「これは……。弟が習っていた剣術の流派です！」

「やはり、そうですか」

忍は耳慣れないその流派のことも検索した。

「物部発祥の地方流派。その起源は古く鎌倉時代に遡《さかのぼ》る、とある。おそらく五菱とは、御陵。平家の子孫が伝えてきた古武術がもとになっているようだな」

「赤牛のひとが弟の師匠？　まさか弟をさらったのも……？」

「〈土佐勤王党〉を名乗っているのは、このひとたちかもしれない」

幕末に御璽《ぎょじ》を盗んだ桜間が逃げ込んだ村。その村の剣術道場。その師範が、当時、東京にいた栗賀准と出会ったのは、偶然か？　それとも横倉の〈御璽衛士〉の子孫だとわかっていて接触してきたのか？

混乱する早紀を尻目《しりめ》に、無量が言った。

「そいつんち、どこにあるか、わかるか」

「自宅はわからないが、剣術道場の本部が物部町にあるようだ。行ってみるか？」

異論はない。早紀は今すぐにでも会って真意を知りたかったのだろう。

「そこに弟もいるかもしれない。行きましょう」

「では我々は、ハナヤマ製材の社員をあたる」

降旗は別行動を申し出た。

「ハナヤマの社員であり、剣術道場に所属している者。ゆうべの〈土佐勤王党〉どもは、つまり、そういうことじゃないか？」

そのとおりだ。降旗と藤原、忍と無量と早紀は二手に分かれることにした。

無量たちが向かったのは、物部町の中心部。

役場から車で五分ほど行ったところに、物部五菱流剣術道場はある。

今日は土曜で、子供たちが稽古《けいこ》に励んでいる。剣道のような防具はつけない。そば殻をつめた革刀を素振りする子供たちの可愛らしい素足が、板敷きの床を踏み鳴らしている。寺を思わせる建て構えの道場には元気な声が響いている。

「ごめんください。こちらに平野師範はいらっしゃいますか」

「どちらさまでしょうか」

師範代らしき者が応対した。ここで名乗るべきかどうか、忍は迷ったが、

「亀石《かめいし》コミュニティ新聞の記者で、相良といいます。道場の取材で来ました」

取り次ぎを待っている間、無量はやけに真剣に稽古中の門弟たちを見ている。子供たちを教えている大人は三人。

「西原さん？　どこ行かはるん？」

早紀の制止も聞かず、無量がずんずん道場の中に入っていった。そして休んでいる男児から革刀を借りると、奥で素振り指導している中年男のもとに近づいていった。

「ねえ、そこのあんた」

いきなり声をかけた。中年男は振り返ると、あからさまにぎょっとした。

「……俺と手合わせしてくんない？」

居合わせたものたちが、ざわ、とした。突然の道場破りだ。

「お……おまえ……っ」

「あれ？　どっかでお会いしましたっけ？」

無量はすっとぼけるが、目つきは確信に満ちている。ゆうべ、無量たちを襲ってきた〈刺客〉の中に、ひどい猫背の男がいた。それが構え癖なのか、突きを狙って首を前に突き出す姿勢がやたらと目立っていた。

中年男はそれとそっくりな構え方だったのだ。

途端に、相手が剣を向けてきた。やはりだ。癖の強い構え。この男に間違いない。

無量をここで再び叩《たた》きのめす気か。だが無量に剣の心得など、ない。

「よせ！　無量！」

忍の制止も聞かず無量はおかまいなしに片手で革刀を握り、先端を男に向けた。口元に手をあてて、まるでバッターボックスに立つ打者だ。

「昨日はよくも忍をボコッてくれたな。〈土佐勤王党〉」

「な、なんのことだか」

「栗賀淮はどこ？　あんたら居場所知ってんだろ？」

子供たちは何が起きるのかと、ワクワク見守っている。ばつが悪いのか、男は焦って、かぶりを振り、

「しらんしらん。言いがかりはよせ」

「じゅん先生なら昨日きちょったよー。平野先生とー」

子供のひとりが無邪気に言ったのを早紀は聞き逃さなかった。

「淮を知ってるの？　ここに来たん？」

「うん。夕方の稽古みてくれた」

「ここにきたのね！」

やはり淮が拉致《らち》された、というのは狂言か？　芝居を打ったのか？

「どういうことなのか。教えてもらいましょうか」

忍が不穏な足取りで〈刺客〉に近づいていく。〈刺客〉は後ずさり、逃げようとしたが、子供たちに囲まれていて退路がない。

「し……しらん。なんも知らん」

「別に取って食ったりしませんよ」

というと、忍はいきなり〈刺客〉の肩に手を回して抱き、顔を近づけた。

「お茶でもしながら、ゆっくり話しましょうよ。ね？」

＊

桜間宮の蟄居《ちっきょ》。歴史の教科書に載るとしたら、そんなところだろうか。

涼磨は呑気《のんき》そうに大の字に寝て、蔵の天井を見上げている。

花山家で御璽《ぎょじ》の捜索をしていたところ、貴盛と准に見つかり、監禁されてしまった桜間涼磨と萌絵だった。

「蟄居というか、ここ蔵だけど……」

「まあ、晩年の龍馬《りょうま》の気分を味わえゆう思えば」

「近江《おうみ》屋の蔵に隠れてた時の？　やめて。不吉すぎる」

龍馬の場合は、蔵から出て近江屋の座敷に移ったところで刺客に踏み込まれ、中岡慎《しん》太郎《たろう》とともに暗殺されてしまった。確かに不吉だ。

がたがた、と階下で扉が開く音がした。入ってきたのは栗賀准だった。

「おお、待っちょったよ。准くん、やったか？　まあ、座り」

「別にあんたとする話なんて、なんにもないんだけど」

貴盛に言われて、仕方なく応じた准だ。つづらに腰掛けさせると、涼磨は茶でもてなした。萌絵はハラハラ見守っている。

すると、涼磨はきちんと正座をして居住まいを正した。

「栗賀くん。うちの先祖が、本当に迷惑をかけた。すまんかった」

と言い、深々と頭を下げたではないか。これには准もぽかんとした。

「なんのつもり？」

「謝罪しゆう。先祖の桜間梅三郎が横倉山から御璽《ぎょじ》を持ち出したせいで、栗賀の方々は村を追い出されたがやろ？　先祖に代わって、謝る。栗賀義三殿を殺《あや》めた件も」

萌絵も呆気《あっけ》にとられた。謝ると言っても、百五十年も前の話だ。涼磨はその先祖の顔も見たことがない。だが律儀な涼磨は、どこかで落とし前をつけなければならないと思っていたのだろう。

「御璽を返せ、ゆうがはもっともな話や。ただ御璽は桜間のもとにもない。桜間は土佐勤王党の清岡道之助《きよおかみちのすけ》に渡した。めぐりめぐって、今は鎌田家に」

「知ってるよ。だから返してもらったんじゃないか」

「無断で？」

萌絵に意地悪く問われ、准はばつが悪そうに目をそらした。

「なにが悪いんだよ。ほんとの持ち主のもとに返すためだろ？」

「そうやな。なら百歩譲って、君が正しく取り返したとする。けんど、なんで横倉の主《しゅ》上家《しょうけ》に持っていかんと、赤牛に持ってきたが？　花山院様たちに頼まれたがか？」

「師匠に頼まれたんだよ」

「貴盛おじさんか」

「そうだよ」

「なんで」

「知らないよ。御璽《ぎょじ》を借りたいって言われたんだよ」

萌絵と涼磨は顔を見合わせた。

手に入れたい、ではなく、借りたい？　借りるだけ？　それは、つまり――。

「ごちゃごちゃうるさいな。なんか聞き出すつもりなら、もう帰るよ」

「待ちや。准くん、君はいつ貴盛おじさんと知り合ったが？　君はその時、貴盛おじさんが赤牛の人だってわかって……」

「ああ、もう。はっきり言ったらいいだろ！」

准がいきなり声を荒らげた。

「オレの本当の父親は、あんたの父親だって！」

え……、と固まった涼磨は、次の瞬間、「はあ？」と叫んだ。

「な、なに言うが！　おまえが俺の腹違いの弟やゆーがか！」

「……。本当に知らなかったのか？」

涼磨は茫然《ぼうぜん》としてしまう。萌絵もあっけにとられている。

准は目に被《かぶ》さる前髪をかきあげて、苛立《いらだ》たしげに言った。

「あんたの父親・桜間静磨《しずま》が母さんに産ませた子供が、オレなんだよ……」

「待て……。そんな話……聞いちゃあせんで」

「母さんはオレが九歳の時死んじゃって、オレは伯父《おじ》さんの養子になったんだ」

いよいよ雲行きがおかしくなってきた。萌絵もうろたえて、

「待って。でも桜間家と栗賀家は……」

「あんたの父親とオレの父さんは友人だったんだ。二十年前、安徳天皇の研究者が集まるシンポジウムで偶然知り合った。桜間静磨は陵墓の研究、父さん……栗賀義彦《よしひこ》は書の研究をしてた。桜間と栗賀には因縁があったけど、研究者として意気投合した親父たちは、お互い先祖の過去は水に流して、いっしょに御璽《ぎょじ》を捜そうって約束したんだ」

——過去は過去、今は今だから。

ふたりはたびたび会うようになり、安徳天皇の研究も順調に進んだ。

お互いアマチュア歴史家だったが、先祖が同じ「平家の落人《おちゅうど》」という共通点が、ふたりの心を近しいものにしたのだろう。

そんな中、両家を往き来するうちに、桜間静磨は栗賀義彦の妹・美紀《みき》といつしか心を通わせて、密《ひそ》かに愛を育《はぐく》むようになったという。

涼磨は愕然《がくぜん》とした。

「親父が不倫しよった……ゆうがか？」

「そうだよ。それがバレて離婚したんだろ？」

涼磨はショックのあまり、頭が真っ白になっている。確かに両親は離婚していたが、不倫が原因だったなどという話は、今はじめて聞いた。

「オレが生まれても桜間は責任をとらなかった。母さんはひとりでオレを育てたんだ」

「まさか准くん、あなたが桜間家を許さないって言ってたのも、そういう……？」

准は恨みを剝《む》き出しにして睨《にら》んでいる。

栗賀代々の恨みなどではなく、母をひとりにした実の父親への怒りだったのだ。涼磨は動揺している。先祖の所行を謝ったようには、素直には謝れない。それはそうだ。涼磨自身、ショックを受けている。

「養父《とう》さんはオレにはずっとよそよそしかった。腫《は》れ物に触るみたいに。親戚《しんせき》の中にはオレをあからさまに嫌って『栗賀の先祖に顔向けできない』とか泣いてるやつもいた。母さんが事故で死んだのも『桜間の子なんか作って先祖のバチがあたったんだ』なんていってるやつもいた。ふざけやがって！　栗賀の人間に忌み嫌われてたオレを、心から気遣ってくれたのは師匠だけだった」

「貴盛さんとは、いつ知り合ったの？」

「十四の時。オレの本当の父親が死んだ、と教えにきてくれたのが、師匠だったんだ。その後も何度か様子を見に来てくれて。荒れてるオレに剣を教えてくれた。五菱流の剣術を」

平野貴盛は桜間静磨のいとこにあたる。准のことで栗賀家と桜間家が昔以上にこじれてしまう中、貴盛が准の心に寄り添った。剣術を通して、いつしか准は貴盛にだけ心を開くようになった。

「師匠だけなんだ。オレをわかってくれたのは……」

萌絵もさすがに同情してしまう。涼磨はうなだれつつも心中を察して、

「……そら、つらかったのう」

「あんたに何がわかる。桜間の人間なんて、ろくでなしばかりだ。人殺しで泥棒で……無責任なひとでなし……！」

「そうや。桜間が悪い」

「わかってたまるか！　あんたなんかにわかられて……っ」

涼磨が准を抱きしめた。これには萌絵も驚いた。

准が一番びっくりしている。

涼磨は大きな体で華奢《きゃしゃ》な准を目一杯抱きしめながら、何度もうなずいた。

「桜間が悪い。俺は自分に弟がいたことすら知らなかった。全部親父が悪い」

「そうだよ……だから……はなせよ！」

「すまんのう。すまんのう」

繰り返されるうちに、准もだんだん抵抗できなくなってきて、突き放そうとしていた手も、だらりと下がった。されるがままになっている准に、涼磨はまだ繰り返す。

肉厚の胸に押しつけられているうちに、准は子供のように黙り込んでしまった。

「もういいよ。もう……」

「ええのか」

「よくないけど、いいよ。あんたに謝られても。つか別にあんた関係ないし」

ようやく涼磨を引き剝《は》がした准に、萌絵が訊《たず》ねた。

〈黄蓮《おうれん》の厨子《ずし》〉の鍵《かぎ》を捜してるって言ってたよね。あれはどういうこと？」

「オレ、いま、さらわれたことになってんだ。オレの身柄と引き替えに〈黄蓮の厨子〉の鍵を見つけろって、姉さんに要求したって。師匠が」

「それって狂言誘拐ってことじゃ」

「あんたの連れも姉さんに協力してるみたい」

「西原くんが？　君のお姉さんといっしょに鍵を捜してるの？　君を助けるために？」

うん、とバツが悪そうに准は頭をかいた。貴盛に言われるまま「人質役」を買って出たという。

「なんでそんなことしたの！　お姉さんを騙《だま》したの？」

「仕方ないだろ。だって師匠が」

「お姉さん、今頃どれだけ心配してることか！　いくら本当のお姉さんじゃないからって、そこまでしていいわけない。すぐに連絡をとりなさいよ！」

萌絵の剣幕に准は恐れをなしたが、すぐにひねくれた薄笑いを浮かべ、

「姉さんはどうせ本気にしやしないよ。御璽《ぎょじ》のことだって、どうでもいいと思ってんだ。そんなもん捜す義理もないし、美人で才能あって人気者で、みんなにちやほやされてる売れっ子書家だし、書の才能もないオレみたいなやつ、別にいなくなっても」

「甘ったれるな！」

萌絵の一喝に、准はびくっとした。

「なに卑屈になってんの？　あんたね、そんなのお姉さんの愛情を試してるだけでしょ。甘えてるんだよ。本当の弟じゃないけど愛してくれてるかどうか、試したかっただけでしょ？」

「そんなんじゃねーよ」

「お父さん、亡くなってるんでしょ？　あなたがお姉さん支えてあげなくてどうすんの！」

准はどんぐり眼を丸くしてしまう。

家では腫れ物を触るように扱われ、女性からこんなにまともに叱り飛ばされたことはしばらくなかったのだろう。

「こんな意味不明の狂言誘拐にのっかってないで、すぐにお姉さんのところに帰るの。無事だよって電話して。全部本当のこと話して、謝っ……」

がたん、と大きな音がした。扉のほうだ。

振り返ると、入口の戸が閉まっている。外から鍵までかけられてしまっていた。

驚いたのは准だ。すぐに扉を開けようとし、何度も叩《たた》いた。

「ちょっと！　ここ開けてくれよ！　まだオレがいるのに……なんで閉めるんだよ！　おいってば！」

「あらら。どうやら本当の人質にすることにしたみたいだね」

准は真っ青になってしまう。萌絵は呆《あき》れ、涼磨は溜息《ためいき》をついた。

「こうなったら桜間も栗賀もないが。花山院様はどうやら本気らしい。御璽《ぎょじ》と鏡と鍵を集めて、土佐朝の女帝にでもなる気か」

萌絵も険しい顔になっている。無量と忍の顔を思い浮かべている。

どうにかふたりに連絡をとらなければ。自分は大丈夫だ、言いなりになんてなるな、と伝えなければ。

だが、スマホは依然、圏外だ。……一体、どうしたら。

＊

「永倉と桜間さんが〈土佐勤王党〉に捕まった⁉」

無量が叫んだ。それは早紀のもとにかかってきた一本の電話だった。〈土佐勤王党〉を名乗る者から第二の指示が下ったのだ。

「うそだろ……っ。なんで永倉たちまで……！」

五菱流剣術の道場に押しかけた無量たちは、先手を打たれた形だ。准に加えて萌絵と桜間まで身柄拘束されてしまった。ふたりが写っている画像まで送られてきたから、間違いない。

「何かで連中と接触して、御璽《ぎょじ》を取り返そうとして勇み足を踏んだのかもな」

交換条件は〈揚羽蝶《あげはちょう》の鏡〉と〈黄蓮の厨子〉の鍵だ。用意できたら三人を解放する、と〈土佐勤王党〉は要求してきた。

「どこにあるのかなんて、まったく見当がつきません。用意しろと言われても、お手上げです」

道場の裏手で、早紀が泣きつかんばかりに言った。忍は思案している。無量は苛立《いらだ》って、

「だったら、こっちも仲間人質にとってるとでも言ってやれば」

「いや、それじゃただの泥仕合になる。必要なのは交渉だ。一番有効な」

幸い先ほどの〈刺客〉はまだ道場にいる。名は戸川《とがわ》と言った。

准の居場所を聞きだすため、口を割らせようとしたが〈土佐勤王党〉を名乗るだけあって腹が据わっている。なかなか吐かない。

吉田東洋《よしだとうよう》の暗殺首謀者を決して吐かなかった幕末の勤王党員は、土佐藩からひどい拷問を受けたが、それを再現するわけにもいかない。

——なら。

と忍がとった策は、スマホを取り上げることだ。スマホの中身をざっと確認した忍は、悪魔のようなことを言い出した。

――何が何でも答えないつもりなら、ここに入ってる個人情報あらかた使って、SNSで炎上させる。

これには戸川だけでなく、無量たちもギョッとした。

――うんと馬鹿っぽい投稿がいいな。どういうのがお好みですか。回転寿司の食材で男体盛り？　アイスのケースに入ってみる？　会社に損害があるほうがいいな。製材所に積まれた丸太全部崩して裸で丸太乗りに興じる動画なんて、どうです？

――おい、やめろ！

――ああ、特殊詐欺グループに個人情報をばらまく手もあるな。君のだけでなく、アドレス帳にのってる全員分の。

――やめろ、やめてくれ！

楽しそうだが、目だけはゾッするほど冷たい。これは新手の拷問だ。脅しが脅しに聞こえず、戸川はとうとう屈した。萌絵たちの居場所をついに打ち明けた。

赤牛にある花山家。ハナヤマ製材の取締役社長の家だ。

准もいま、そこにいる可能性が高い。

「問題は、彼らが御璽と鏡と鍵を手に入れて、いったい何をしようとしてるのかだ。目的が見えれば、交渉の余地も出てくるんだが」

〈三種の神器〉のように、ただそれを所有していることが、何かの地位についた証明になるということもあるが……。

「主上家《しゅしょうけ》に成り代わろうとでもしているのでしょうか」

「成り代わったとして、彼らが得る利益とはなんだろう」

「やっぱ土地とか？　隠し財宝とか？」

安徳帝の隠し財宝は夢があるが、落人《おちゅうど》の里で金銀財宝がざくざく出てくるほど財宝があったなら、安徳帝もあんなに質素な暮らしはしていない。

四国に逃げてきた安徳帝は粗末な仮御所で、慎ましく過ごしたと伝わる。慎ましいというよりは窮乏に近い状態で、それゆえに短命になってしまったともいう。

「御璽《ぎょじ》は文書に捺《お》すもの。鏡は映すもの。鍵《かぎ》はあけるもの……か」

無量はイメージしてみる。

桜間の先祖は〈黄蓮の厨子〉の鍵を手に入れて開き、中にあった御璽と鏡を持ち出した。厨子の中身は空っぽになったわけだから、鍵はもう必要ないはず。

なのにそれを欲するのは、まだ中に何かが入っているからだろう。

その何かがわからない。

「どうする？　忍」

「手に入れたいのが厨子の中身なら、中身を先に手に入れた方が、交渉で優位に立つわけだ」

「じゃあ、やっぱ鍵か」

「………。桜間さんに話を聞く必要があるな」

忍は顔をあげると早紀を振り返った。

「いつかTVのインタビュー番組で、早紀さんの特技は、筆跡を似せることだと言ってましたよね」

「え？　……はい。子供の頃から、父に中国の書家の手を真似る訓練をさせられました」

「栗賀家には幕末時代に作成した山の証文が残っているんですよね」

早紀は怪訝《けげん》そうな顔をしていたが、はい、と答えた。

「母に頼めば、金庫から出してもらえると思いますが」

「その画像をメールで送ってもらってください。無量、おまえは筆と墨を用意してくれ」

「いいけど。なにすんの？」

忍には考えがある。その目が鋭く光った。

「今から偽勅を作る」

第七章　西の天皇

剣山《つるぎさん》の南麓《なんろく》にあたる物部《ものべ》町は、標高が高いので、南国土佐《とさ》といえど、秋が去るのも早い。初冬を迎える山々は、紅葉もすでに盛りを過ぎ、少しずつ色褪《いろあ》せはじめている。

林業が盛んなこの地域は、杉と檜《ひのき》の植林が多い。杉は谷、檜は尾根という植林の法則があり、針葉樹林は常緑の森でもある。雨上がりの山は、檜のかぐわしい香りに包まれる。古くから神社仏閣に用いられた高級建材だった檜は、木材として使えるようになるまでには五、六十年もかかるという。

赤牛《あかぎゅう》の里にある家並みはどれも、檜を用いた立派なものだった。

花山《はなやま》家の屋敷は、柱や梁《はり》の美しい木目が自慢でもあった。

「こちらが御璽《ぎょじ》にございます。花山院様《かざんいんさま》」

平野貴盛《ひらのたかもり》が差し出したのは、紫の巾着《きんちゃく》だった。

抹茶茶碗《ちゃわん》ほどの大きさで、ずしり、と重い。銅印の鈕《ちゅう》の部分が大きいので、余計に重量があるのだ。

花山院こと花山明乃《あきの》は丁重に巾着を開いて、中に入っていた銅印を検《あらた》めた。

「土佐勤王党に預けて以来、行方知れずやった御璽《ぎょじ》。ここに戻ってくるまで百五十年もかかってしまいましたね」

花山院は安徳《あんとく》帝を祀《まつ》る神棚に御璽を奉納し、拝礼した。

御神鏡の前には〈揚羽蝶《あげはちょう》の鏡〉の半分が供えられている。そのかたわらに、御璽を載せる。ふたりは感慨深げだった。

「幻の土佐王朝をこの四国に花咲かせる……。美しい夢でした」

土佐朝の名の下、日本を東西まっぷたつにして、ふたつの天皇家が両立する。

「密謀という名の夢、ですね」

背後から貴盛が言った。

「存亡の危機に追い込まれた長州《ちょうしゅう》藩を救うための。だが、この御璽がなければ、この国には明治維新すら起こらず、幕府打倒も成らんかったがですろう」

「ええ。土佐朝樹立の密謀。〝かの御物《ぎょぶつ》〟さえ見つかっていたならば、実現しちょったかもわからんけれど……」

夢想するように遠い目をして、花山院はふいに現実に戻った。

「〈揚羽蝶の鏡〉の片割れは、見つかりそうですか」

貴盛は「それが」と眉間《みけん》を曇らせた。

「鎌田《かまた》家にいた若い男がすでに発見しちゅうと思われますが、いまだ回収はできず……。ですが、ご安心ください。萌絵《もえ》という娘との交換には、必ず応じるかと」

「あの鏡には〝かの御物〟の在処《ありか》が記されているのです。それゆえ、割鏡《われかがみ》の片割れを持つことが、主上《しゅしょう》の証《あかし》となった」

「……。本当に我々が見つけてもええがですか」

「これは一族の罪をあがなうためでもある。幼き主上をこんな都から遠く離れた土地の山中で死に至らしめたのは、我ら平家《へいけ》の罪」

花山院は神棚に捧《ささ》げた御璽《ぎょじ》と桐の文箱《ふばこ》をおろしてきて、緋毛氈《ひもうせん》に置いた。

「さあ。なすべきこと、いたしましょう」

蓋《ふた》を開くと、一通の古い書状が入っている。それを広げた。

「貴盛。印泥を」

「はっ」

花山院は御璽を取りだすと、練り朱肉の入った銀の器の蓋を開いた。おもむろに御璽の鈕を手に取り、朱肉に載せようとした時だった。

ごめんください、と玄関のほうから声があがった。

花山院は手を止めた。一旦《いったん》、御璽を元に戻す。応対に出ていった貴盛が、しばしの間のあと、足早に戻ってきた。

「大変です。宮内庁の書陵部を名乗る者が」

「なんですって」

花山院はすぐに書状を畳み、御璽とともに神棚の引き出しにしまった。

現れたのは、降旗《ふるはた》と藤原《ふじわら》だった。ふたりは洋間の応接室に通された。革張りのソファーに腰掛けて待っていると、ほどなく花山院が現れた。

「はじめまして。宮内庁書陵部の降旗と申します」

名刺を差し出された花山院と貴盛は、見るからに顔が強《こわ》ばっている。

「どのようなご用件でしょう」

「高板山《こうのいたやま》の墳墓と思われる遺構について調査をしております。市の教育委員会に訊《たず》ねたところ、花山さんのご先祖が代々、管理に関わってこられたと聞きまして」

花山院は当惑したのか、しきりに貴盛と顔を見合わせた。

「はい。集落の方々とともに月に何度かは山にあがって清掃活動などしておりますが」

「安徳天皇のものとの言い伝えがあると聞きました。今後、陵墓参考地のひとつとして取り上げるかどうか、要検討案件となっております。少しお話を伺えますか」

「陵墓参考地？　宮内庁の、ですか」

「はい。安徳帝の陵墓参考地は現在、五ヵ所あります。四国では横倉山《よこぐらやま》がすでに指定されていますが、高板山のものも参考地指定して宮内庁の管理下にとの意見が……」

花山院は色めきたったものの、源氏《げんじ》から御陵を隠すという先祖の使命が頭をよぎったのか、諸手《もろて》をあげて賛成、とはいかなかった。横倉山とはちがい、赤牛の平家は、絶対秘匿を誓ってきた。明治時代に宮内庁が調査した時も、頑《かたく》なに表沙汰にはしなかったほどだ。

だが、時代は変わった。安徳帝の陵墓参考地と宮内庁に認められることは、花山院家にとって悲願でもある。

「わかりました。お話ししましょう」

宮内庁の調査、という名目だったためか、花山院は質問によく答えた。

自分たちの先祖は、壇《だん》ノ浦《うら》ではなく、屋島《やしま》のほうから安徳帝をつれて逃れてきたこと。阿波《あわ》から入った落人《おちゅうど》は、源氏の目を逃れるために、いくつもの囮《おとり》を立てたこと。本物の陵墓はここであると主張した。

「私たち、御陵衛士《ごりょうえじ》が遺《のこ》されたことが証拠です。ここが本当の陵墓です」

「何か遺品のようなものは伝わっていますか」

「ございます」

「見せていただくことは」

花山院は貴盛と顔を見合わせた。

「当家には、安徳天皇の御衣《おんぞ》と平家本陣の五色錦《ごしきにしき》の赤旗、先祖が使用した鞍《くら》と鐙《あぶみ》が残されております」

「蔵の中ですか。見せていただくことは」

「本日は取り込んでおりまして、今すぐというわけには」

蔵には萌絵たちが閉じ込められている。降旗はあっさりと引き、

「……そうですか。ならば後日改めて。実は、先日、高知市内のほうで、天皇御璽《ぎょじ》と思

われる銅印が出土したのですが、ご存知ですか」

花山院たちは冷静だった。

「いえ。存じ上げません」

「印影から平安末期のものと思われるのですが、安徳天皇と平家一門が京から持ち込んでいたものである可能性はあるでしょうか」

「可能性でしたら、ございます。平家一門は安徳天皇とともに西国に新たな御所を築くつもりでいたでしょうから、神器はもちろん、御璽《ぎょじ》は政務に欠かせないもの。実際、屋島の行宮《あんぐう》におられた時、一門の者への叙位・除目《じもく》を行っております。叙位を書面に表す際に、御璽は欠かせません。この土佐にあること自体は不思議ではありません」

「なるほど。ただ、出土した屋敷の家人の話では、レプリカではないかと」

花山院の表情が見るからに険しくなった。

「贋物《にせもの》だと仰《おっしゃ》るんですか」

「はい。栗賀《くりが》という書家が近年模刻したものではないかと言うのです」

「そんなはずはありません！」

花山院が思わず語気を強めた。

「模刻であるわけがない。あの御璽には言い伝え通り、鈕に三筋の傷がある。栗賀の者は知らぬはず。本物です！」

「〝あの御璽〟……？　見たことがおありですか」

花山院は口を押さえた。

「……いえ、本物ならば、という話です……」

「実は、その銅印がいま行方不明になっていましてね」

降旗はさりげなく訊ねた。

「誰かがそれをこちらに持ち込んだりしてはいないかと思ったのですが、心当たりは」

途端に花山院の表情がスッと冷たくなった。

「そのような不届き者、当家にはございません」

「……………。そうですか」

降旗はスマホを取りだした。

「その御璽《ぎょじ》が出土した家なのですがね、とある理由で蔵の中を捜索したところ、このような古文書が出てきまして」

画像には、くたびれた和紙に数行の崩し文字が記されている。

「〝栗賀安馬《やすま》〟あての証文です。……何かご存知では？」

＊

降旗たちが花山院と応接間でやりとりしている頃、無量《むりょう》と早紀《さき》は、石垣の陰から屋敷の様子をじっと窺《うかが》っていた。

「西原《さいばら》さん、どうしました？」

無量は何に気を取られているのか。先ほどから家ではなく山のほうばかりを見つめている。

「この山って……なにかありますか。遺跡とか、古墳とか」

「確か高板山です。安徳天皇の御陵だという御殯《ごひん》大明神が祀《まつ》られている」

「この山に」

無量は、力がある場所を感じ取れる。幼い頃、化石に呼ばれたと感じたように、この山にも感じる。地下に高密度の物体が埋まっているところは重力値が高まるというが、無量にはそれが感じられる。尤《もっと》も、感じているのは物理的な力ではない。物理では説明のつかない、時を重ねた人工物の気配だ。

「西原さん、誰か来ます」

我に返った無量は、早紀とともに石垣に隠れた。

蔵の周りに見張りがいる。ということは、やはりあの中に萌絵たちはいるのか。

「見張りが邪魔だな」

「私が気を引きます。時間を稼ぎますから、西原さんは蔵に」

というと、早紀はささっと髪を結び、バッグを袈裟《けさ》懸けにして、帽子をかぶった。地図を手にすると観光客にみえる。大胆にも見張りに声をかけにいった。

「すみません、高板山の登り口はこちらであってますか。道に迷ってしまったようで」

早紀は機転がきく。うまく誘導して、登り口まで案内させることに成功した。無量はすかさず蔵の入口に近づいた。が、引き戸には鍵《かぎ》がかかっている。

見回すと、壁にはまるでフリルのように短い庇《ひさし》が三段ほどついている。水切瓦《みずきりがわら》という土佐東部特有の蔵にみられるものだ。幸いなことに窓は二階にもあった。

無量は下段の水切瓦に飛びつくと、どうにかよじのぼり、蔵の窓に近づいた。

「永倉《ながくら》。そこにいるか、永倉」

窓の扉は開いている。中にいた萌絵にはすぐに伝わった。この声は……！

窓に駆け寄り、木箱を踏み台にして、金網の張った窓の外を覗《のぞ》いた。

「西原くん……！」

「しっ。大丈夫か。怪我は」

「助けに来てくれたの？」

無量は金網越しに萌絵の無事を確認した。

「そこに桜間《さくらま》さんと栗賀准《じゅん》もいる？」

気づいた二人も、窓の下にやってきた。准は無量を見ると、ばつが悪そうに隠れてしまう。

「おーい、元気そうだな、天誅《てんちゆう》男。お姉さんが心配してるぞ」

「な、なんであんたがここにいんだよ」

「おまえの狂言のおかげで、こんなめんどくさいことになってんだぞ。反省しろよ」

「西原くん、ごめんね。御璽《ぎょじ》はここにあるのに取り返せなかった」

「つか驚くわ。なんであんたがここにいんの」

「それは俺から説明するき。西原くん」

涼磨《りょうま》が経緯を語った。栗賀家因縁の相手が、萌絵の同級生だったとは思いもしなかったので、理解が追いつくのに時間を要した無量だが――。

「でも、だからって……、いくら偽装嫁が必要だったからって、永倉を巻き込むことないでしょ！　こんな目に遭わせて、なにやってんすか！」

「すまん。反省しちゅうき許してや。そっちはどうなっちゅうが」

無量は状況を簡潔に説明した。

「〈黄蓮《おうれん》の厨子《ずし》〉にはまだ何かが入ってるんだと思うんすよ。厨子の中身について何か伝え聞いてないすか。〈土佐勤王党《きんのうとう》〉はそれを手に入れようとしてるんだと思います。先にそいつを手に入れて、御璽《ぎょじ》を返すよう向こうと交渉します」

准が「あっ」と驚き、ふたりに割って入ろうとしたが、涼磨が手で制止した。

「先祖・桜間梅三郎《うめざぶろう》によれば、厨子の中には古文書が一通入っていたと」

「な……っ」

准のほうが反応して何か言いかけたが、今度は無量の言葉に遮られた。

「古文書？　それはどういう」

「おそらく――勅書や」

「勅書?」

「宸筆《しんぴつ》と伝わっちゅう」

宸筆とは「天皇の直筆」を意味する。天皇自らが記した書のことだ。

「それは何天皇の? まさか……っ」

しっと口元に指を立てて、涼磨は殊更、声を低くした。

「その勅書は横倉山にいた落人《おちゅうど》たちが何が何でも隠し通さないかんもんやった。それが存在するだけで落人たちの身を危うくさせるものだったと聞いちゅう」

「身を危うくさせる勅書って……一体」

「あまりにも危なかったき、明治政府が躍起になって捜しにきたほどやと聞いちょる。花山院家はそれを手に入れようとしちょるかもわからん。西原くん。〈土佐勤王党〉を……いや、花山院様と貴盛おじさんを止めてくれ。あのひとたちは嘘の史実を上書きするつもりかもしれん」

無量は目を瞠《みは》った。

「どういうこと?」

庭の奥から「そこで何しゆう!」と声があがった。戸川《とがわ》を通して報《しら》せを受けた〈土佐勤王党〉――貴盛の門弟たちが駆けつけてきたらしい。涼磨は急いでジャケットからメモ帳を取りだすと、ボールペンでさらさらと何か書き、金網越しに無量に渡した。

「〝89536２〟……? なに? この数字」

「これが〈黄蓮の厨子〉の鍵だ」

無量は驚き、萌絵と准も耳を疑った。

「どういうことなの、リョーマ！」

だが答えを述べている時間はない。昨日の〈刺客〉たちが無量を捕らえようと追いかけてくる。涼磨は金網に顔を押しつけるようにして、

「あとは栗賀さんに聞け。きっとわかる」

無量はメモを掌《てのひら》に握りしめ、

「わかった。あとはまかせろ。……永倉、あと少し辛抱な」

と言うと、窓から無量の姿が忽然《こつぜん》と消えた。萌絵は気が気でない。

「気をつけて、西原くん！」

こっちだ！　いたぞ！　と庭からしきりに声があがって、遠ざかっていく。無量を追いかけていったのだろう。どうにか逃げおおせるのを祈るしかない。

「桜間の兄さん、今の数字が鍵って、どういう意味？」

准が訊《たず》ねてくる。涼磨は内ポケットから封書を取りだして、見せた。

それは剣《つるぎ》神社で小松《こまつ》サトから受け取った手紙ではないか。

「まさか、鍵って……その手紙のことだったの⁉」

「死んだ親父がサトさんに預けちょったもんや」

涼磨は書面の筆跡を懐かしむように見つめ、

「俺への親父の遺言やった。『桜間宮を継ぐなら、これと向き合う覚悟をせえ』と」

便せんには「八」「九」「五」「三」「六」「二」という数字のみが並んでいる。

涼磨は木箱に腰掛けると、天井をあおいで、ふーと息をついた。

「あとは西原くんに任せて、俺らは俺らの仕事をするか。おまえらも手伝うて」

＊

屋敷から辛くも逃げだした無量は、車で待機していた忍《しのぶ》に拾われた。すでに早紀も車に戻っている。すぐに走り出した。車中で、蔵に幽閉されている萌絵と准の無事を伝え、涼磨から聞いた話を伝えると、早紀は顔を強《こわ》ばらせた。

「……そうですか。御璽《ぎょじ》をここに持ち込んだのは准やったんですね」

無事が確認できても、早紀の表情は晴れない。

「准は、桜間の息子と会ってしまったんですね」

桜間と栗賀の間に生まれた准にとって、涼磨は腹違いの兄ということになる。准が赤牛側に与《くみ》したと知って、早紀はショックを受けている。弟のわだかまりをどうにか解こうと心を砕いていただけに、届かなかったことが悲しいのだろう。

「いや、准くんは利用されただけです。お母さんのことで揺れる気持ちにつけこまれたんでしょう。早紀さんのせいじゃない」

忍の慰めにも、早紀はか細い声で「いえ」と答えた。

「私がもっと准の気持ちに寄り添ってあげていれば、つけこまれることもなかったんです。御璽《ぎょじ》を見つければ許す、だなんて条件をつけたりしないで、栗賀のことなんていいから、好きに生きてええよって言うてあげればよかったんや」

「そんなんじゃないっすよ……」

無量の意見はもっと准よりだった。

「ほんとに自由に生きたいなら、とっくに独り立ちしてる。甘えてんです。早紀さんに。甘ったれのガキなんすよ」

「西原さん……」

「俺もガキだから、よくわかる」

それより、と無量は涼磨から渡されたメモを差し出した。

「この数字の意味はなんですか。これが厨子の鍵《かぎ》だって、桜間さんが」

早紀は一目見て、理解したのだろう。覚悟を決めるような硬い顔つきになった。

「……そういうことですか」

「早紀さん」

「あの時、うちに厨子の在処《ありか》を聞きに来たひとは……」

案内します、と早紀は言った。

「横倉山に向かってください」

＊

仁淀《によど》川は清流で知られている。

高知県西部を流れる川で、石鎚山《いしづちさん》を水源とする。かつて「日本一の清流」と謳《うた》われた四万十《しまんと》川よりも透明度が高く、その美しさは「仁淀ブルー」と呼ばれるほどだ。

越知《おち》町はその中流域にあたる。

仁淀川に沿って走る国道からの眺めは、このあたりにくるとだいぶ山深くなってくる。驚くほど広い河原をみれば、降雨でどれほどの水が山から一気に集まってくるかがわかる。ゆったりと蛇行する川の向こうには山の稜線《りょうせん》が重なり、彼方《かなた》には千メートル級の山が背比べをしているようだ。車窓からは高知名物の沈下《ちんか》橋も見られた。

道路が発達する以前は、舟運が盛んだった。現在は国道となっている松山《まつやま》街道の要衝で、ひとも荷も舟で往き来したという。「三つ尾の渡し」と呼ばれる渡し場は、材木の筏《いかだ》流しの発着場として栄え、舟宿も多く、物資の集散地としてにぎわった。

横倉山は、その越知のシンボルだ。

ぐっと盛り上がった頂が頭ひとつ飛び出していて、町のどこからでもよく見える。

「あれが横倉山……」

無量には感じ取れる。高板山と同じ空気だ。高密度の何かが埋まっている感じ。

山頂付近には、宮内庁も参考地として認めた安徳天皇の御陵がある。昔から修験の山だった。横倉山に逃れた平家一門は八十人以上いたという。それだけの人数でも受け容《い》れられるほど、あまたの堂宇があったのだろう。祖谷《いや》や赤牛とちがうのは、おそらくここには元々、天皇一行を受け止めるだけのマンパワーがあったところだ。

町の入口には「安徳天皇伝説の地」という看板が掲げられている。

麓《ふもと》の集落にたどり着いた頃には、陽も山陰《やまかげ》に沈んでいた。

早紀は車で一軒一軒をめぐるよう、忍に指示した。家の前で止まっては何かを確認し、ここではない、とわかれば、次に進む。

「何を見て判断してるんすか」

「破風瓦《はふがわら》」

左右の屋根が交わるところに置かれる、装飾瓦だ。寺などでは鬼瓦《おにがわら》が載ったりもする。この集落のものは、動物のようなものが刻まれている。

「ここのは猪。さっきのところは猿やった。捜してるのは、蛇が描かれてる家」

「もしかして干支《えと》っすか」

その年の干支にあたる破風瓦を持つ家を捜しているようだ。

「昔は十二軒ありました。栗賀と桜間が抜けたから、残り十軒。それも全部は残ってないという話です」

集落を廻《めぐ》り、ようやく蛇の破風瓦を持つ家を捜し当てた。

表札には「藤内」とある。

農家の庭先はすでに明かりがついている。何度か声をかけると、奥から初老の男性が現れた。

「ごめんください」

「はい。どなた様ですか」

「お忙しいところ、恐れ入ります。栗賀早紀と申します」

というと、バッグから取りだしたのは、桐箱だ。開けると、中に入っていたのは、掌に載るほどの銅鏡だった。刻まれているのは、ねずみの文様だ。

見た途端、男性の顔色が変わった。

「ねずみ。栗賀……っ。栗賀のお嬢様ですか！」

「はい。藤内《ふじうち》のご主人でいらっしゃいますね」

そう呼ばれた男は慌てふためいたように、家内を呼び、早紀たちを家にあげた。

つまり、こういうことだった。

彼らは落人《おちゅうど》となった平家一門の子孫にあたる。〈御璽の衛士《ぎょじのえじ》〉だ。横倉山の麓に十二家あった。それぞれ十二支の家紋があてがわれ、その年の干支にあたる家が一年間〈黄《おう》蓮《れん》の厨子《ずし》〉の番人をする。〈黄蓮の厨子〉は十二年に一度の持ち回りで、落人の家を巡る。

一カ所に留《とど》めおくことをしないのは、源氏の目を逃れるための知恵だった。それが伝統になった。〈御璽《ぎょじ》衛士〉たちの家を一年ごとに移動して、何百年もの間、守られ続けたのだ。

そして御璽が失われた今も〈黄蓮の厨子〉のみが、家を巡って守られている。

尤《もっと》も、今はもう十二家全ては残っていないので、ひとつの家で、数年受け持つこともあるという。

今年の受け持ちは藤内家。藤内一族もまた源平《げんぺい》時代、安徳天皇とともに横倉山に入った人々だった。

いまの当主、藤内真一《しんいち》は早紀の父・義彦《よしひこ》とは顔見知りだった。

「書の師匠です。年に何度か来てくださって、手習いをさせてもらいました」

栗賀家と横倉山は、実は「書」を通じてその縁を保ち続けていた。

一時は追放の憂き目にあった栗賀家だが、早紀の祖父の時代から「書の指導」を名目に越知をたびたび訪れていたという。藤内は郷土史研究家であり、栗賀義彦とともに安徳帝研究をする在野の歴史家仲間でもあった。

「御璽が盗まれた元治《げんじ》元年（一八六四年）は子《ね》年。厨子は栗賀家にありました。そのため、盗まれた責めを負って追放されたのです。〈黄蓮の厨子〉はいま、こちらで番をされているのですよね。拝見することはできますか」

すると、藤内は弱った顔をした。

「お見せしたいのはやまやまですが、できんがです」

「できない？　なぜ」

「物理的に、と申しましょうか。外観だけでもご覧になりますか」

藤内の案内で、奥の部屋へと連れていかれた。家の中で唯一、窓のない部屋は、仏間になっている。仏壇の床にある留め具を持ち上げると、仏壇がハマっている壁がぐるりとまわったではないか。

その後ろから出てきたのは、古い簞笥《たんす》だ。艶《つや》加工された木目の美しい欅《けやき》と、繊細な彫金が施された金具、中央に大きな扉がついていて、周りの引き出しには漢数字が一から十まで刻まれている。

からくり簞笥と呼ばれるものだった。

「もしかして〈黄蓮の厨子〉はこの中に？」

「お見せできるがは、ここまでです。扉が開かんがです」

途方にくれた表情で藤内は言った。

「引き出しに見える部分がからくりになっちょって、ある一定の順序で外していかんと開かんがです」

「開け方は伝わっていないのですか」

はい、と藤内はうなだれた。

「御璽《ぎょじ》が盗まれた後、このからくりつきの車簞笥に入れて集落を回すようになったがですけんど、開け方を知る者が次々と亡くなり、今はもう箪笥を壊す以外、取りだす方法がないゆう有様です」

無量がおもむろにメモを差し出した。

桜間涼磨から受け取ったメモだ。

「これで開きませんか」

藤内は半信半疑でそれを見て、目をぱちくりした。すぐに試そうと思い、数字の引き出しを順番に開けては内部の留め具を外していく。

〝八〟〝九〟〝五〟〝三〟〝六〟〝一〟。

箪笥の奥で何かが外れる音がした。

扉の把手《とって》を引く。

「開いた！」

箪笥の扉が開いた。藤内はびっくりして、

「この暗号を一体どこで」

「桜間梅三郎の子孫です。御璽《ぎょじ》を持ち出した」

藤内は驚いた。このからくり箪笥は御璽が盗まれた後に作られたものだ。なのに——。

「なんで、桜間家のもんが」

扉の奥には、黒い物体が鎮座している。

藤内が慎重に取りだした。無量たちも固唾《かたず》を呑《の》んで見守った。

「これが〈黄蓮の厨子〉……」

黒々と光る漆塗りの厨子だ。施された螺鈿《らでん》は蓮の花。繊細な彫金はそんじょそこらのものとも見えず、超一流の職人によって作られた工芸品以外のなにものでもない。

「これだけでも国宝になりそうだな……」

目の肥えた忍は感心しきりだ。宮中から持ち出してきたものと見て間違いない。

「この中に御璽《ぎょじ》が入っていたのか」

「錠が」

早紀が呟《つぶや》いた。

「かかってる」

厨子の扉には、鉄製の錠前がついている。細長い五角形の形が海老《えび》に似ていることから、海老錠《じょう》と呼ばれる古式錠だ。奈良・平安時代にも使われていた。遺跡から出土することもある。

「この錠を最後に閉めたのは」

「最後にここを開けた桜間梅三郎では？」

「いや。この厨子の扉が開いていたから、中身がなくなっているのが発覚したはずです」

忍の指摘は正しかった。扉が開いていて中を確認できたから、御璽と鏡がなくなっていたことがわかったはずだ。なのに錠は再び閉まっている。

「もしかして合鍵がありますか」

「いえ。鍵は主上家《しゅしょうけ》にあると」

「その主上家とは」

「主上家は、もうないがです」

忍と無量は、目を瞠《みは》った。

「ない？」

早紀も驚いて藤内を見た。藤内はうなずいた。

「この横倉にはもうないがです。最後の主上は、元治元年、厨子の鍵を持って、三田尻《みたじり》に行きました。三条実美《さんじょうさねとみ》の招きに応《こた》えて長州に向こうたがです。それきり帰ってきませんでした」

「死んだってことですか。長州で」

「密謀があったと聞いちょります」

藤内は極秘の計画を知る志士のような顔つきになり、押し殺した声で打ち明けた。

「孝明《こうめい》天皇を暗殺し、安徳帝の末裔《まつえい》を担ぎ上げて三田尻に御所を作り、そこを新たな都として新天皇を践祚《せんそ》し、これをもって新政府を作り上げようとする密謀があったと」

無量たちは息を呑んだ。

「なんすか……それ……」

「〈揚羽の密謀〉と名付けられたものです。孝明天皇暗殺の密勅が、安徳帝の御璽《ぎょじ》によってひそかに作られ、実際に決行されたと」

待ってください、と忍が言葉を挟んだ。

「孝明天皇を暗殺したんですか!? 確かに暗殺説はありましたけど、天然痘で崩御したというのが事実では」

「本当のところは私にもなんともいえません。ただ密謀があったのは事実のようです」

禁門の変で敗れた長州藩には、長州征伐の勅命が下り、存亡の危機にあった。藩庁内でも尊攘派は力を失い、すでに佐幕派（俗論派）がコントロールを握って恭順の意を示していたが、潜伏した尊攘派はなおも天皇からの許しを乞う道を探っていた。藩主親子は官位を剝奪《はくだつ》されていたが、これを取り戻すことを望み、官位復活の勅書を喉《のど》から手が出るほど求めていたはずだ。

安徳帝の末裔が呼ばれたのはそんな時局だった。だが、実行に至る前に幕府は撤兵し、中岡慎太郎《なかおかしんたろう》らは長州と薩摩《さつま》の和解に向けて大きく動き出していく。横倉山の御璽《ぎょじ》はいざという時の隠し球となり、実際に使われたのは皮肉にも孝明帝暗殺の時だったようだ。

「……孝明天皇の周囲は当時、有力な公家が次々と処分され、弱体化を余儀なくされていたそうです。孝明帝の崩御で、それらが復活した」

結果として、それが王政復古の流れに繫《つな》がり、長州は復権し、〈揚羽の密謀〉はそれ自体がなかったこととされ、歴史の闇に葬られた。

「我らが主上は、防府《ほうふ》で亡うなったと聞いちょります。おそらく長州に利用され、亡き者にされたがででしょう」

「そんな……」

「主上が自らを安徳帝の末裔と証明するために持っちょったのが〈揚羽蝶《あげはちょう》の鏡〉と〈黄蓮《おうれん》の厨子《ずし》〉の『鍵』です。〈揚羽蝶の鏡〉はふたつに割られており、月になぞらえて〈上弦の鏡〉と呼ばれるほうを御璽《ぎょじ》と共に厨子の中に。〈下弦の鏡〉と呼ばれるほうを主上が肌身離さず身につけていました。そのふたつの鏡が揃った時のみ、御璽は使用できたがです」

「〈下弦の鏡〉を持つ者が、安徳帝の末裔……」

「厨子を開ける資格があるんは、主上家の者だけながです。私たちには開けられません。たとえ鍵があっても、開けることは」

　つまり……、と忍は真率な表情になった。

「御璽とセットになっているのが、〈上弦の鏡〉。無量が掘り当てたのは、それだ……」

無量は小声で忍に言った。

「もうひとつの半月鏡はいま、花山院が持ってるって」

長州に招かれた安徳帝の末裔から手に入れたということか。

「つまり、いま厨子を開ける資格があるのは、赤牛のひとたち」

四人は沈黙してしまう。ふと無量が、からくり箪笥の中を覗《のぞ》いて、気がついた。

「待って。まだなんか、ある」

覗き込んだ無量は、そこに収められていた一通の封書に気づいた。

「これは」

そのときだ。玄関の呼び鈴が鳴った。

話はそこで中断した。少しお待ちください、と言って、藤内は応対するため出ていった。無量はその間に手紙の中身を確認した。

「なんだこれ。……達筆すぎて読めない」

貸して、と横から早紀に奪われた。くずし字でこう記してある。

「〝鍵は、ようじん塚に有り〟」

三人は顔を見合わせた。これはまさか……。

玄関のほうが騒がしくなってきた。藤内が何か叫んでいる。忍が襖《ふすま》の隙間から玄関のほうを見た。

「まずい。〈土佐勤王党〉の連中だ。俺たちを追ってきたらしい」

「まじか」

「すぐに厨子を戻して。急いで！」

厨子を箪笥《たんす》に押し込み、どんでん返しを元通りにした直後だった。襖が開け放たれた。

そこに仁王立ちしていたのは、平野貴盛と門弟の戸川だ。

「これはこれは……。栗賀のお嬢さん。久しぶりですね」

「平野さん……っ」

早紀は、准の師匠だった貴盛と何度か会ったこともある。三人の車を追ってきたのか。もしくははじめから厨子の場所を知っていたのか。

「そこに〈黄蓮の厨子〉があるがですか？」

貴盛が近づいてきて、どんでん返しに触れようとしたので、忍が立ちはだかり、一喝した。

「厨子は安徳帝の末裔のもの！　部外者は近づかないでくれますか」

「そう。つまり私が部外者でなければいいわけだ」

貴盛がおもむろに懐から取りだしたのは、半月鏡だ。

桜間家が保管していた〈揚羽蝶の鏡〉の片割れだった。

無量と忍は内心、しまった、と思った。

〈下弦の鏡〉。安徳帝の末裔が肌身離さず持っていた鏡だ。

「まさか、あなたが主上のご子孫……」

藤内は、信じられない、という顔だ。横倉の〈御璽衛士《ぎょじえじ》〉たちも、もう何年も主上一族とはまみえていないとみえる。

「これを持っている者が〈黄蓮の厨子〉の主《あるじ》。……ですよね。厨子をこちらに引き渡してもらえますか」

貴盛は鏡を藤内に差し出した。確認させるためだ。

藤内はおそるおそる貴盛の半月鏡を覗き込んだ。が——。

ん？　という顔を、藤内は、した。

「これは、〈下弦の鏡〉じゃないき」

「え」

「〈上弦の鏡〉です。御璽《ぎょじ》とセットになっているほうの」

居合わせた一同は意表を突かれた。

「見てください。この鏡には揚羽蝶の頭部と肢《あし》が描かれちゅう。鏡の下半分ですき。主上が持っていたのは、鏡の上半分。揚羽蝶の羽の部分です。これは主上がお持ちになられたものではない」

どういうことだ、と貴盛は狼狽《ろうばい》した。

「これは防府で主上の手ずから託された鏡のはず……どこですり替わった！」

別々に保管されていた鏡が、出会う場があったとすれば、それはひとつしかない。清岡から中岡に託され海を渡った御璽と、三条実美に招かれて海を渡った安徳帝の末裔。

両者が出会ったのは、――三田尻だ。

故意にすり替えたのか。それとも単なる手違いか。

いずれにせよ、御璽といっしょに出てきた鏡のほうこそ、主上の証《あかし》だ。

安徳帝の末裔――横倉氏が、自らの身分証明として持っていた〈下弦の鏡〉。

「藤内さん。そのひとはちがいます。赤牛の平家一門。御璽を盗んだ桜間梅三郎を、かくまったほうの人間です」

「なんですって！　赤牛の」

「本当の末裔は」

忍が無量に目で合図した。無量は、半月鏡を取りだし、差し出した。

あっ！　と藤内は息を呑《の》んだ。

「これは！　……〈下弦の鏡〉！」

「西原さん、どこでこれを！」

早紀と藤内は度肝を抜かれ、貴盛は目に見えて青ざめた。

「……。おまえら……やはり見つけていたんだな」

「なんのことですか。それよりも主上の御前ですよ。頭《ず》が高い。控えられてはどうですか」

忍がどこかで聞いたような台詞《せりふ》をふてぶてしく言い放つと、空気を読んだ藤内と早紀がサッとひざまずいた。まだ茫然《ぼうぜん》と立ち尽くしている貴盛とその門弟に、無量は〈下弦の鏡〉をこれみよがしに突きつけた。

「頭が高い。だってさ」

「……お……おまんら……っ」

ギリギリと歯ぎしりした貴盛は、屈辱を噛《か》みしめながら、不本意そうに膝《ひざ》を折った。

その時だ。無量の目の前で何かが一閃《いっせん》した。貴盛が低い姿勢からいきなり脇差しで斬りかかってきたのだ。

「く！」

無量は咄嗟《とっさ》に飛び退いた。と同時に貴盛はぐるりと前転して早紀の背後へと飛び込み、羽交い締めして、その白い喉《のど》に刃《やいば》を突きつける。一連の動作が流れるように鮮やかで、忍も何もできなかった。

「早紀さん……！」

「喉笛切り裂かれたくなければ、その鏡をこちらによこせ」

早紀は恐怖のあまり固まってしまっている。無量はそこでようやく、自分の右肩の袖《そで》口《ぐち》がすぱりと切れていることに気づいて、ぞっとした。たちまち体がすくんだ。忍もそれを見て、ギョッとするとそのまま身動きがとれなくなってしまった。

貴盛は冷然と、早紀の顎先《あごさき》に刀をなお押しつける。

「早《はよ》せえ。わしは気ぃが短いき」

「……。土佐勤王党っつーのは人斬りでしか物事動かせないヤカラかよ」

「口の減らん。お望みなら、おまんらの血で畳を赤《あこ》う染めちゃろか」

抜き差しならない睨《にら》み合いになった。はったりと言い切ることができない。貴盛の目の奥にぞっとするような殺気を感じる。幕末志士の狂気にも似た目の色をしている。この男、ひとを殺したことがあるのでは、と無量が一瞬疑ったほどだ。

目で忍に問いかけたが、忍は苦しげに首を横に振る。追い詰めるのは、まずい。やむをえない。

無量は仕方なく半月鏡を差し出した。戸川が横からかっさらうように奪った。

「早紀さんを放せ！」

「まだじゃ。厨子《ずし》を引き渡せ。そうすれば、解放する」

だめ！　と早紀が叫んだ。

「渡さないで！　絶対に渡さないで！」

喉元には刃がある。出方に迷った、そのときだった。

家中に大音量の警報音が響き渡った。

藤内の妻が警備装置を作動させたらしい。ここぞ、と藤内が威嚇し、

「お嬢さんを放し！　すぐに警備員が駆けつけるがぞ！」

貴盛がチィッと舌打ちをした。手に入れるには時間がかかると判断したのだろう。

「明日《あした》の夜十一時。高知《こうち》新港《しんこう》客船ターミナル」

なに、と無量は訊《き》き返した。

貴盛は早紀を羽交い締めしたまま、じりじりと玄関へと向かっていく。

「鍵《かぎ》はもうええき。厨子を持ってこい。そこで人質と交換じゃ」

「おいふざけんな……っ」

「応じなければ、人質は三人とも、車ごと浦戸《うらど》湾に沈める。ええな」

言うと、早紀を無量たちのほうへと突き飛ばし、貴盛たちは玄関から脱兎《だっと》のごとく逃げ出した。待て！　と追いすがったが、ふたりを乗せた車は目の前で急発進し、逃げら

れてしまった。

「早紀さん、大丈夫ですか」

「はい。でも鏡が」

これで〈揚羽蝶《あげはちよう》の鏡〉は二枚とも貴盛たちの手に渡ってしまった。向こうには御璽《ぎよじ》もある。

無量たちのもとに残っているのは、厨子だけだ。だが鍵はない。

「あいつら……っ」

このままでは萌絵たちの身が危ない。平野貴盛という男、ただならぬ目つきをしていた。思っていた以上に危険な状況かもしれない。悠長にはしていられない。

陽はもうすでに横倉山の向こうに落ちた。

仁淀川の碧《あお》き清流も、夜の闇に沈もうとしている。

＊

つまり、こういうことのようだった。

鎌田家で無量が発見した半月鏡は、〈揚羽蝶の鏡〉の下弦部分で、本来ならば、安徳の末裔《まつえい》が身につけていたものだった。

だが〈揚羽の密謀〉は不発に終わり、孝明天皇暗殺計画にも関わったとされる安徳の末裔は、証拠隠滅のためにその存在を闇に葬むられたのだろう。ふたつの鏡と御璽《ぎょじ》も証拠隠滅させられるところだったのを、おそらく、元・土佐勤王党員だった赤牛の者と鎌田家の者が引き受けて、土佐へと持ち帰った。

だが長州で主上が命を落としたと知られれば、横倉山の人間が黙っていない。返すことも捨てることもできず、鎌田家に埋めた。そういう経緯《いきさつ》だったようだ。

「やりきれない話だな……」

無量は溜息《ためいき》をついた。ホームセンターに飛び込んで買いそろえてきた園芸用の移植ゴテの先端を、ぐいぐいとコンクリートに押しつけて角度をつけながら、

「天皇を暗殺して新しい皇統を立ち上げようなんて……。いくらなんでもやりすぎだろ」

「いや、幕末だからこそ成立したかもしれない」

忍は地図にコンパスで距離を書き込んでいる。

「過激な尊攘《そんじょう》の志士は、手段を選ばなかったし、天皇も公家《くげ》も右往左往して、正しい状況判断が誰もできないような情勢だった。……じゃなかったら、あんなにいたずらに人が殺されたりしなかったよ」

地図にある「横倉山」の文字を見下ろして、忍は同情気味に言った。

「気の毒なのは安徳帝の末裔だ。今までずっと静かに暮らしていたのに、そんな形で担ぎ上げられて、挙げ句の果てに命を落とすなんて」

「でもさ。なら、厨子の鍵はどうして御璽といっしょになかったんだろう」

「わからない」

忍は標高線に書き込みをした。

「もしかしたら厨子に入ってたと桜間梅三郎が証言した〝明治政府も恐れた勅書〟というやつを、隠し通すためだったかもしれない」

からくり箪笥《だんす》に入っていた封書には、鍵の在処《ありか》が記してあった。


〝鍵は、ようじん塚に有り〟


横倉山にある塚のことではないか、と藤内は言った。

郷土史家である藤内は長年のフィールドワークで、山中にある平家一門の墓や祠《ほこら》を把握しているという。

無量と忍は、夜が明けるのを待って、横倉山に登ることにした。

〈黄蓮《おうれん》の厨子〉の「鍵」を見つけるためだ。

――仕方ない。厨子は、赤牛に引き渡す。

貴盛の要求を呑《の》むことにした。人質を助けるためだ。

――だが、その前に中身を手に入れる。そのためには厨子を開ける「鍵」が必要だ。

見つけるしかない。

早紀を藤内家に残し、無量と忍と藤内の三人で未明の国道を横倉山に向かった。

車一台通るのがやっとの林道を、ひたすらうねうねとあがっていく。早朝だけあって対向車がないためか、藤内は結構なスピードで突っ込むようにあがっていくので、ふたりはひやひやした。

到着したのは第三駐車場だ。横倉山では一番広い平坦場《へいたんば》だ。

「ここが横倉山……」

東の空が朝焼けに染まり、紫色の雲がたなびいて美しい。ひんやりとした空気が首筋をわななかせ、無量は立て襟のファスナーを一番上まであげた。

「いくか」

登り口には鳥居が立っている。

そのそばに、人影を見つけた。

登山ウェアに身を包んだ長身の男だ。どこかで見た顔だと思ったら——。

「宮内庁の降旗！　なんでここに？」

スーツ姿ではないので、すっかり見違えてしまった。

「横倉山を掘る、と聞いた。ならば宮内庁の人間が同行しないとまずいからな」

ここには宮内庁が指定した陵墓参考地がある。相変わらず居丈高な物言いに、無量は嫌みをこめて、

「助かるよ。書陵部のひとがいっしょなら堂々と掘りまくれるわ」

「勘違いするな。いらんところまで荒らさないか見張りにきただけだ」

「それより降旗さん。花山さんのほう、首尾はどうでしたか」

忍の問いに、降旗はメガネを指で押し上げて、

「花山明乃は栗賀家に土地の証文が残されていると聞いて、いたく動揺していた。やはりそのあたりに何か動機がありそうだ」

忍が早紀の手を借りて作らせた、証文の写しだ。栗賀家が御璽《ぎょじ》とともに帰還したあかつきには、山の権利を返す、という。しかも、そこに一文を足した。

〝御璽盗みに手を貸した家は、官位剝奪《はくだつ》の上、所有する全ての財産を没収する〟

これに横倉山の「主上《しゅしょう》」の名を記し、勅書となした。

つまり「偽勅」を作成したのだ。

「花山家にとっては、あってはならない勅書だな」

「その花山家については、いま、藤原に調査させている。……それより、ここに厨子の鍵が隠されているというのは本当か？」

無量はからくり箪笥に入っていたメッセージを見せた。

「厨子の鍵は閉まってた。このメッセージは閉めた奴が残したらしい。まあ、信じるしかないっしょ」

「まったく。回りくどいことを」

ぼやく降旗を加えて四人になった無量たちは、早朝の横倉山を歩き始めた。

鳥の声が響いている。

あちらこちらから、鳴き交わす。さえずりのシャワーを浴びるようだ。

木々は鬱蒼《うっそう》としているが、登山道自体は整備され、歩きにくさはない。梢《こずえ》の間から差し込む光が、吐く息の白さに溶けていくようだ。そびえ立つ杉木立には、うっすらと靄《もや》がたなびき、伝説の地らしく幻想的だ。落ち葉に霜が降りて滑りやすくなっており、無量たちも何度か足をとられた。

山に入ると、無量は昨日遠望した時よりも強い気配をひしひしと感じる。

右手が鉛のようだ。疼《うず》きはしないが、重い。

降旗も黙々とついてくる。白手袋をはめた手が、やけに目を惹《ひ》く。

この男も感じているのだろうか、と無量は思った。この手の重さを。

かたや忍は、無量以上に降旗を警戒している。御璽《ぎょじ》をめぐって一旦《いったん》は協力しているが、神出鬼没の行動がひっかかる。なにを考えているか読めない。

登山道には観光用ののぼり旗がはためいている。

「なんか急に平家色が強くなってきたな」

途中には、神社や祠がそこここにある。説明札には平家一門の名が見られる。

登山道脇の小高い丘には社が建っている。平家之宮とある。

「安徳帝とともに逃れてきた従臣たちを祀《まつ》っちゅうがです。山のあちこちに祀られていたんですが、いまはここで一ヵ所にまとめて」

「名前が載ってる」

登り口にある手書き看板には、達筆な墨文字で、判明している従臣七十八名の名が記されていた。平知盛《ともも り》・経盛《つねもり》の名もある。

「〝桜間之助能遠《のすけよしとお》〟〝栗賀道仙《どうせん》〟〝藤内左衛門尉信康《さえもんのじようのぶやす》〟……これって、もしかして」

「はい。私たちの祖先です」

桜間、栗賀、藤内……。彼らの墓や社は今も山中にあるという。

「〝花山院中納言兼政《かねまさ》〟……これが花山家の先祖？」

いや、と降旗が言った。

「記録に残る花山院四代・兼雅《かねまさ》は〝まさ〟の字が違う。清盛《きよもり》の娘を娶《めと》った男だが、平氏追討を命じた後白河《ごしらかわ》法皇の信任を受け、最後には左大臣にまで上り詰めている。別人だ」

「安徳帝についてきた兄弟とか親戚《しんせき》がいた、とか？」

「なんともいえん。言い伝えにどこまで信憑性《しんぴようせい》があるかも不明だからな」

史実か伝説か、それすら定かでない。

でも、と忍が言った。

「これだけディテールの細かい言い伝えを残すくらいだから、そこそこ名のある人たちがいたのかもしれませんね」

「陵墓はこの先です」

勾配《こうばい》のきつい坂を、藤内が指さした。

途中には安徳天皇を祀る横倉宮という神社がある。社が建つ坂のてっぺんは急峻《きゅうしゅん》な岩場になっており「馬鹿試し」と呼ばれている。修験場の名残だ。

横倉宮の鳥居を左に見て、さらに登っていくと、杉木立の中に苔《こけ》むした広い石段が現れる。ひたすらまっすぐ陵墓まで続いている。あがりきったところは平坦な広場だ。四人はとうとうたどり着いた。

「これが安徳天皇の陵墓……」

「──の、参考地だ」

「わかってるって」

石垣の上は石柵《せきさく》に囲われ、正面中央に鳥居が立ち、格子で仕切られている。宮内庁の管理下にある陵墓は皆、このスタイルで統一されているので、ここが指定地（参考地）であるのは一目瞭然《りょうぜん》だ。柵の中には大きな杉が数本そびえ立ち、中央には白石を敷き詰めた一角がある。

「地元では『鞠《まり》ヶ《が》奈《な》呂《ろ》陵墓』ち呼ばれちょります。安徳帝は二十三歳まで生き、側近たちとこのあたりの広場で蹴鞠《けまり》をしたと」

「宮内庁さん、整備しすぎなんじゃない？　こんなに立派に陵墓陵墓されてると、来た人みんな、参考地じゃなくて本物だと思いこんじゃうんじゃ」

かつてはこんなに立派ではなかっただろう。

宮内庁から指定を受けていない高板山の御殯大明神のような姿だったにちがいない。

四人は頭を下げ、手を合わせた。

「三歳で即位して、八歳で四国に来て、二十三歳までここで過ごした……か。どんな気持ちだったんだろうな」

その伝説が真実か否かは、わからない。

遠い遠いその名残くらいは、土に染みこんでいるのだろうか。

ようじん塚、という塚は、藤内によれば、横倉山には見当たらないという。

ただ名前のない塚らしきものが、山内には数ヵ所あり、そのどれかにあるかもしれない。ただ手がかりはない。

「君のお手並み拝見といこうか。宝物発掘師《トレジャー・ディガー》」

「ひとをあてにしないで、あんたも見てくださいよ」

一ヵ所目は、陵墓から少し西に降りた斜面にあった。獣道を降りていったところに、ぽっこりと盛り上がっているところがある。

無量はその下にしゃがみこんで、しばし、あたりを凝視した。下草が多く、地形は判別しにくい。

「どうだ。無量」

「うん……。塚じゃない。岩だな。突き出た岩を土が覆ってる」

これには降旗も驚いた。地形を見ただけで、人工的な盛り土なのか否か、見分けることができるとは。

二ヵ所目と三ヵ所目も同様だった。墳墓にみえるところの正体は、隠れ岩のようだ。

四ヵ所目に来た時、無量ははじめて腰に差した移植ゴテを手に取った。土に突き刺して、感触を見ている。

「どうだ？」

「これは……盛り土。ひとの手で盛られてる」

石などの目印は、ない。だが、無量にはその土饅頭《どまんじゅう》が人工物だとわかった。

「ここの斜面だけ、平らに削られてる。そこに何かを埋めて、土を盛ってる」

「どうしてわかる」

「土質がちがう。削平後の平坦地《テラス》に何かを埋めた時、より深い土層が盛られて出てくる」

土葬された塚の場合、中に埋められたものが腐敗して崩れれば、自《おの》ずと土饅頭も崩れて次第に平らになる。それがないのは内部に石棺などの空間がある証拠だ。

「これが〝ようじん塚〟……？　ようじん……どういう意味だろう」

「おそらく影人。替え玉のことだ」

と答えたのは降旗だった。

「安徳帝には何人も替え玉がいたという。そのひとりの墓かもしれない」

「源氏の目をそらすための影武者のようなものがいたってことですか？」

「おそらく」

無量は寡黙になった。しゃがみこんで、じっと塚を見ている。

動いたのは、それからゆうに五分は経った頃だった。

「忍。ここの下草苅《か》るの、手伝ってもらえる？」

「掘るのか？」

ああ、と無量はうなずいた。

「ここが怪しい。やってみる」

第八章　その想いは土の中に

西原無量《さいばらむりょう》が「宝物発掘師《トレジャー・ディガー》」の異名をとる腕利きだということは、降旗《ふるはた》も知っていた。大した当たり屋だという評判は、彼の祖父が起こした捏造《ねつぞう》事件を想起させるので鼻白む者もいたが、まっとうな信頼を寄せている者も少なくなかった。

だから、この目で確かめてやろう、という思いもあった。

果たして、降旗は「西原無量の発掘」を目の当たりにすることになる。

「……ん……？」

ふと気づくと、降旗の左手がぶるぶると勝手に震えている。

左手だけが震えている。

「なんだ、これは」

無量は、というと、下草刈りを終えると、地に這《は》いつくばって土を見始めていた。色と粒子の大きさを見、固さと粘度を確かめる。時々、土を削り、また同じ姿勢になることを繰り返す。

無量の顔つきが変わった。鋭利な刃物のような目になった。

と、同時に降旗の左手にも変化が起きた。

降旗は左手を凝視する。震えをコントロールできない。指先が熱く、やけに過敏になってきた。何にも触れていないのに土に触れている感触がする。ざらっとして湿った感触だ。まるで無量の感覚がそのまま伝わってきているかのように。

なんだ。なにが起きている。左手が、無量の右手の動きをなぞるように、勝手に動く。つられているのか。シンクロしている？　勝手に手が。感覚が神経が。

降旗はぞっとした。無量の右手が〈鬼の手《オーガ・ハンド》〉と呼ばれていることを思い出したのだ。

これは、いったい……。

土饅頭の周囲を這いつくばっていた無量が、まるで何かを嗅《か》ぎつけた猟犬のように前のめりになり、移植ゴテを刺した。表土を剝《は》ぎはじめた。

一心不乱に掘り始める。凄《すさ》まじい集中力だ。目線は一点に据えられ、ほとんど瞬《まばた》きもしていない。何か強烈な確信をもって掘っているのがわかる。

両腕に収まるほどの範囲だ。無量は土の色の違いから、そこにピットがあることに気がついた。穴の痕《あと》だ。土色の違うところのみを見定めて、掘り下げていく。

忍《しのぶ》は腕組みをして、黙って見つめている。無量が一度こうなったら、もう誰も手がつけられない。子供の頃からそうだった。外れる気もしない。

三十センチほど掘り下げたところで、コッ、と移植ゴテの先が、なにか硬いものに触れた。

「……これは……」

出てきたのは、ブリキ缶だ。

想像と違う埋蔵物に、忍たちも意表をつかれた。銀色の四角いブリキ缶はところどころメッキが剝げて赤サビが出ていたが、蓋《ふた》はしっかり閉まっている。

取り上げた。

缶を振ると、中には何か硬いものが入っている。蓋が錆《さ》びて開けにくかったが、十徳ナイフの先をくいこませ、テコの原理でこじあけると、蓋がメリッと外れた。

「開けるよ」

中に入っていたのは細長い桐箱だ。

蓋には十六弁菊花紋が刻まれている。

「忍、開けて」

軍手をはめている無量の代わりに、忍が蓋を開けた。

中に入っていたのは、黒々とした、長さ十センチほどの細長い鉄の棒だ。先端がHの形になっていて、柄には蔦《つた》らしき線刻が施され、紫色のふさがくくりつけられている。

「……これか。〈黄蓮《おうれん》の厨子《ずし》〉の鍵《かぎ》」

「厨子についてた錠前と色も線刻もよく似てる。まちがいなさそうだな」

降旗と藤内《ふじうち》は、棒立ちしている。半ば、あっけにとられている。

ほんとうに見つけやがった……。そんな顔だ。

どんなに経験を積んだ発掘屋でもここまでピンポイントで当てるのは容易なことではない。呆然としている降旗を尻目に、無量と忍は平常心だ。あたかも、特別な技能を特別と感じていない職人のように。

「しかし、誰がここに埋めたんだろう」

忍は深い山中を見回した。

「三田尻《みたじり》に招かれた安徳《あんとく》帝の末裔《まつえい》が、この鍵をもっていたはずだ。そのひとは帰らず、亡くなった。なら、誰が。元勤王党員《きんのうとう》？」

手がかりはない。このブリキ缶の他は。

蓋の表面にプレスされているのは、高知の乾物屋の店名だ。昭和初期あたりのものにみえるが。

「とにかく鍵は見つけた。これで厨子は開けられる。用事は済んだな。戻ろう」

「……………。いや、待って」

無量はまだ土の上にしゃがみこんでいる。

「もうちょっと掘っていい？」

「なんだ？　何か気になることでも？」

ほんの少しだけど、と無量は指先で土の粒をつまみ、

「土に、赤錆《あかさび》が……」

「ブリキの錆じゃなく？」

「いや。これはちがう」

断言すると、無量は藤内からスコップを借り、その場所を猛然と掘り始めた。それまで茫然《ぼうぜん》と眺めていた降旗が我に返り、忍からジョレンをひったくると、いっしょになって土を掻《か》き出しはじめる。急に目の色が変わった降旗に、忍は気圧《けお》されるものを感じた。

「降旗さん……？」

「きた」

土の色が赤くなったのを見て、無量は手ガリに持ち替えた。穴に潜り込むようにして、無量は土を削りはじめる。やがて、

「……これは」

鳥の声がやんだ。

奇妙な静寂が訪れた。

降旗と忍も、穴の底を覗《のぞ》き込んだ。うっすらと何か茶褐色の物体が顔を覗かせている。

「……鉄……？」

源平《げんぺい》時代の遺物を思い浮かべて、降旗は「あぶみか？」と口走った。この地の歴史を考えれば、馬具や武具が出てくる可能性は高い。だが土をのけていくにつれ、それは馬具ではなく、何か棒状の物体だということがわかってきた。

「剣……？　刀剣じゃないか？　平家《へいけ》一門の武具では？」

何かに駆られでもしているように、無量は一心不乱に掘り進める。

忍も降旗も固唾《かたず》を呑《の》んで見つめていたが……。

「……いや……湾刀じゃ、ない」

反りのある刀のことだ。

「直刀《ちょくとう》だ……」

降旗がうめくように言った。それが何を意味するのか、忍もすぐに飲み込んだ。

「藤内さん、この山には古墳はありますか」

こう表現した場合、ただの墓ではない。三世紀後半から七世紀、古墳時代のものをさす。

「いえ。横倉山《よこぐらやま》では聞いたことはないです……」

「では奈良時代の遺物が出たことは」

「いえ。それも」

横倉山にあるのは平安末期の修験道遺跡だけだという。経筒《きょうづつ》や懸仏《かけぼとけ》などは出土しているが、それより古いものは、ない。

降旗と忍は顔を見合わせた。お互い、頬がこわばっていると感じた。無量の手は休むことなく遺物の全貌《ぜんぼう》をあらわにしていく。まちがいなかった。

出てきたのは直刀だ。上古刀とも言う。

古墳から出土したり、正倉院《しょうそういん》に収められていたりする類《たぐい》の鉄剣だ。

「まさか、これは……」

呆然《ぼうぜん》とする忍の横で、降旗が物も言わず写真を撮り始めた。出土状況を記録に残すためだ。忍も慌ててムービーを撮り始める。位置情報を記録した後で、降旗が、

「すぐに埋めろ。こんな形で出していいものじゃない。発掘調査が必要だ。一旦《いったん》埋めて、現状保存するんだ。早く！」

その声に突き飛ばされたように無量も我に返り、うっす！　と答えると一度掘った土を錆びた鉄剣にかぶせる。鉄製品は空気に触れると一気に酸化が進む。それを防ぐためだ。どうにか元通りに埋め終えた。

「なんてところだ……。ここは」

出るはずのない遺物だ。埋めてしまうと、幻でも見たのではないかと思うほどだ。強い熱を感じた。あの半月鏡のような。

無量は土を払って、やっと立ち上がった。

「どう思う。忍……」

「ああ。まさかとは思うが」

ここは横倉山。安徳天皇の伝説が残る山だ。

無量は斜面の向こうを見た。遥《はる》か眼下に仁淀《によど》川の流れが望める。初冬の山に靄《もや》が漂って、幻の中にでもいるようだ。

ふと背後に気配を感じて、無量は陵墓のあるほうを振り返った。

馬にまたがる若武者の姿が、一瞬、靄の向こうに見えた気がした。

だが、それはすぐにかき消え、清らかな朝の光の中へと溶けていった。

＊

無量が掘り当てた「鍵」は、思った通り、〈黄蓮の厨子〉に取り付けてある海老錠《えびじょう》のものだった。

藤内家に戻ってきた無量たちは、帰りを待っていた早紀《さき》とともに、さっそく厨子にかかった海老錠の解錠にとりかかった。

鍵を本体である牝《めす》金具の鍵穴に差し込むと、かちり、と手応《てごた》えがしてL字型の牡《おす》金具が外れた。ふたつの金具が厨子から外れ、ついに扉が開いた。

厨子の中に入っていたのは、古い書状だ。

「桜間《さくらま》さんの言った通りだな……」

ひとつちがう点は、厨子の中には二通入っていたことだ。

「一通は、だいぶ古い……。もう一通は比較的新しいが」

黄ばんだ和紙は保存状態が比較的よかったとみえて、傷みは少ないようだった。二通を並べて、降旗も神妙な顔をしている。

「明治政府も恐れた書状……とは」

「ここはやっぱり宮内庁書陵部の方に開けてもらうのがいいんじゃないでしょうか」

忍が水を向けると、当然だろう、とばかりにうなずいて、降旗が手に取った。

まずは新しいほうの書状だ。

端裏書《はしうらが》きがある。

「起請文《きしょうもん》？」

表には牛王法印《ごおうほういん》という呪符《じゅふ》が刷られてあり、裏に約束事を記したものだ。宛先は「仁《に》井《い》田《だ》又《また》右《う》衛《え》門《もん》殿」とある。日付は、慶応《けいおう》三年九月。

「証文、ですか？」

と早紀が問う。いや、これは、と書面を読み解いた降旗が答えた。

「譲り状……というよりも、遺言状だな」

「遺言状？」

「ああ。これは君たちが主上と呼んでいた者がしたためた、遺言状だ」

無量たちは顔を見合わせた。ただならぬ予感がして、全容を促した。

「〝向後 長州《ちょうしゅう》より帰還能《あた》わざれば、屹度《きっと》約条果たし候え〟……どうやらこれは、横倉氏――安徳帝の末裔《まつえい》が、三田尻で記して送ったものだ」

「三田尻から？」

「自分がもし生きて帰らなかったその時は、仁井田又右衛門という人物に、ここに記したことを責任をもって実行してもらうようにと」

「いったい、なにを……」

箇条書きにしてある。くずし字が読める早紀と忍も書面を覗き込んだ。読めない無量だけがやきもきしていると、忍はひどく納得した表情になり、

「……そうか。花山さんたちはここに書かれていることが自分たちには不都合だと知ってたんだ。御璽《ぎょじ》が見つかったと知って、いっしょに鍵《かぎ》まで出てきたら、この厨子《ずし》を開けられてしまう。それを止めようとして、あんな無茶なことを」

だが、遺言状はあくまでも横倉に住む平家の末裔たちにあてた実務的な内容で「明治政府が恐れる」ような内容では、ない。

「じゃあ、このもう一通のほうが」

「そのようだな」

降旗はかばんから真新しい白手袋を取りだした。状態を見て安易に触るのは憚《はばか》られたとみえる。書陵部の職員らしく、貴重な古文書や遺物に触れる時は必ずはめる。

「拝見します」

封を解いて、ゆっくりと広げる。目を瞠《みは》った。

黒々とした墨文字で記されたその文書には、真ん中になんと、手形が捺《お》されている。

大人の男の右手と思われる朱の手形だ。

四隅には、天皇御璽《ぎょじ》の朱印が四ヵ所もくっきりと捺されている。

書面から発せられるあまりの迫力に、全員圧倒された。

「これは……っ」

無量も思わず息をつめて、降旗の言葉を待った。忍も書面を覗《のぞ》き込む。その表情が、さーっと青ざめ、そのまま、しばらく絶句した。

「…………。なるほど。これは危険すぎる」

「おい、なんだよ。なんて書いてあるんだよ」

「これはおそらく……安徳天皇の宸筆《しんぴつ》」

「！」

ばかな、と言って無量も覗き込んだ。宸筆とは天皇直筆の書のことだ。

文章はたった三行。

その中央に朱で手形が、四隅には御璽《ぎょじ》が、力強く捺されているのを見れば、これがどれほどの一念をこめて作った書であるかが、いやでも伝わってくる。

「安徳天皇が自分で書いたっていうのか……？　これを？」

「〝言仁《ときひと》〟と署名がある」

安徳天皇の諱《いみな》だ。

「この文面……。確かに明治政府はこんなものを見過ごすわけにはいかないな」

ほんの数行の短い文章だが、使われようによってはとんでもないことになる。

降旗は深く息をつくと、見てはいけないものを見たというように、書状をそっと畳んだ。

「これは書陵部で引き受ける。だから君たちは君たちの落とし前をつけろ」

「ああ、もちろん」

忍は交渉人の目になっている。これで切り札は得た。

「きっちり片をつけて、御璽を取り返そう」
＊

真夜中の高知新港《こうちしんこう》は冷たい海風が吹いていた。

オレンジ色の街灯が照らす埠頭《ふとう》には、今夜は停泊している客船もいない。黒い波が岸壁に打ち寄せるだけだ。

南国土佐《とさ》といえど、夜風は冷たい。沖をいく船の明かりが海上で瞬く。約束の時間だった。埠頭に止めた車から降りた無量と忍、そして早紀は、先に駐《と》まっていた黒いワゴン車に近づいていった。

ドアが開いて、降りてきたのは、平野貴盛《ひらのたかもり》だ。

「厨子は持ってきたか」

「車に積んである。そちらこそ、永倉《ながくら》さんたちは連れてきたんでしょうね」

忍が言うと、遅れてもう一台ワゴン車がやってきて、貴盛たちの車に横付けした。扉は開かなかったが、窓が開いて、萌絵《もえ》と涼磨《りょうま》が顔を覗かせた。

「西原くん！」

「おう。無事だな。もうちょっと待っとけ」

「准《じゅん》は？　准はいますか！」

　と早紀が声をかけた。准は顔を出さない。代わりに萌絵が答えた。

「准くん、お姉さんにちょっと顔向けしづらいそうです。でも元気です」

　確認しあったところで、忍が貴盛に近づいていった。

「早紀さんから先ほど連絡をさせてもらった通り、物騒なものを振り回されては困るので、お互いボディチェックしませんか」

「……………。いいだろう」

　交互に相手の体に触って、武器の類《たぐい》を持っていないか確認する。貴盛も今度は約束を守って丸腰だった。

「ではまず厨子をお渡しします。ここに置きますので、反対側から永倉さんと桜間さん、そして准さんを解放してください」

　無量がトランクから厨子を梱包《こんぽう》した箱を取りだし、ふたりの間に持っていった。

　ワゴン車からは、萌絵たちが降りてきて、貴盛の門弟に囲まれながら、少し離れたところに立った。

「窮屈な思いをさせて、すまなかったね。涼磨ぼっちゃま」

　と貴盛が言うと、涼磨はせいせいしたとばかりに肩をまわした。

「ええよ。貸しはあとできっちり返してもらうき」

「ここに置くよ」

無量は厨子を置いて、忍のいるところまで戻る。門弟がやってきて、梱包材に包まれた厨子を確認すると、萌絵たちを解放するよう指示した。萌絵と桜間は無量たちのもとに駆け寄ってきたが、准だけはそこを動かない。

「准、もうええから。全部わかったから」

早紀が呼びかけても、准は動こうとしない。どちらにもつけないで立ち尽くしている准を、貴盛は一瞥《いちべつ》して「好きにするといいさ」とばかりに向き直った。

「用件はこれで終わりだ。やむにやまれぬ事情があった。非礼は詫《わ》びる」

「こちらの用件は、まだ終わってませんよ。平野さん」

名を呼ばれて、貴盛は目線を上げた。忍は厨子を指さし、

「中身を確認しなくていいんですか？」

「……………。なに」

厨子には錠がかかっている。鍵はなく、物の出し入れはできない状態のはずだ。

「本当にそうでしょうか」

貴盛の心を読んだ忍の一言に、貴盛ははっと気づいたように、自ら厨子から梱包材を剝《は》ぎ、錠に触れた。すると、がちりとかみ合っているはずの海老錠《えびじよう》の金具が、するり、ととれたではないか。

「開いてる……。なぜ！」

貴盛はすぐに厨子の扉を開けた。

「カラ……だと？」

中身が、ない。貴盛は忍を振り返った。

「おい、どういうことだ！　この錠を開けたのか、どうやって！」

忍がスッと取りだしたのは、海老錠の鍵《かぎ》だ。貴盛は目を瞠った。

「厨子《ずし》の……鍵。見つけていたのか……」

「どこにあったがです。それ……」

涼磨も茫然《ぼうぜん》と呟《つぶや》いた。

「先祖の桜間梅三郎《うめざぶろう》は、厨子を開けた後、鍵を栗賀《くりが》の亡骸《なきがら》に握らせてきたち聞いちょります」

「栗賀の家にはありません。だから、てっきり桜間が持っていたんやと」

早紀が言うと、いや、と割って入ったのは貴盛だった。

「桜間でも栗賀でもない。鍵は主上《しゅしょう》のお手に渡り、三田尻に持っていかれたのだ。だから、御璽《ぎょじ》とともに出てくるはずだった。あったのか、鎌田家に？」

「いえ。これは横倉山で出土したものです」

居合わせた者たちは耳を疑った。——出土、だと……？

「いつ出土した？　教育委員会に問い合わせてもそんなもんは……っ」

「そりゃあ、ないでしょ。だって今朝出したんだから」

「今朝？　あの広い横倉山から掘り当てたがか！　うそじゃ！」

「誰かが隠すために埋めたのか？　いったい誰が」

「わかりません。だが、鍵は本物。そして厨子の中身は、ここに」

忍は「慶応三年の起請文」を取りだした。

「安徳天皇の末裔《まつえい》――横倉維仁《これひと》氏の遺言状です」

貴盛は棒立ちになり、涼磨や萌絵たちも驚いて立ち尽くした。

「これが欲しかったんですよね。平野さん」

「おまんら……っ」

「ここには、自分亡き後の指示が記してありました。〝自分が越知《おち》に帰れなかった時は、計画の失敗を意味するときだから、家族はすみやかに越知を離れよ。幕府か新政府かはわからぬが、おそらく、横倉の皇統を根こそぎ断つために一族の者の命を狙ってくるだろう。横倉家の持つ田畑と山については全て仁井田又右衛門へと譲り、我が息子らの後見もまた仁井田に託すこととする〟」

冷たい夜風が吹く埠頭で、忍は淡々と書状の内容をよみあげた。

「〝この田畑・山に関しては、桜間家から没収したものも含まれる。栗賀をただちに呼び戻し、没収した土地を戻すよう。御璽《ぎょじ》は信頼できるものに託す。もし村に戻ってきても、人目の届かぬところで廃棄して、厨子の中にある先祖の宸翰《しんかん》はただちに焼き捨て、この地に皇統があったことは永遠に秘すべし〟」

重い沈黙が、一同を包んだ。

走り書きとも思える筆跡は、安徳帝の末裔がいかに切迫した状況に置かれていたかを知らせていた。

「このとおり、署名の上に天皇御璽《ぎょじ》が捺《お》してあります」

忍は貴盛たちに見せた。くっきりと、朱印が捺してある。

「桜間梅三郎から清岡道之助《きよおかみちのすけ》に、清岡から中岡慎太郎《なかおかしんたろう》に、中岡慎太郎から三条実美《さんじょうさねとみ》へと渡った御璽は、恐らく三田尻で、長州に招かれた横倉氏の手元に戻った。慶応三年にこの御璽を捺せたのは、横倉氏だけです。これが横倉氏が書いた本物の遺言状である証明です」

本来は、このような使い方をするものでは、勿論《もちろん》、ない。

だが、彼が自分を証明できるものは、この御璽と〈揚羽蝶《あげはちょう》の鏡〉だけだったのだ。

新天皇擁立の計画は頓挫《とんざ》した。首謀者が発覚して逆賊にされないために、すべての罪を横倉氏に押し付けて闇から闇に葬るつもりだったのだろう。

末裔たちの穏やかな暮らしを守るためには、自分たちの存在が新政府に危険視されないよう、皇統の証《あかし》も誇りも捨てる必要があったのだ。

忍は一度、深く息をついて、書状を畳んだ。

「この遺言の宛名は、仁井田又右衛門。横倉山の平家一門を仕切る立場にあった人物です。村では太政大臣《だいじょう》を指す〝陀上〟と呼ばれていた。仁井田家の先祖は、安徳帝の祖母・二位《にい》ノ尼《あま》の縁者だとか。そして、この仁井田家というのは」

「もういい。おやめなさい」

ワゴン車の中から声があがった。

後部座席から降りてきたのは、花山院《かざんいん》こと花山明乃《はなやまあきの》ではないか。

「ひとの家のことを根掘り葉掘り。あなたは探偵さんか何かですか？」

そこにいることがわかっていたのか、首謀者の登場にも、忍は驚かなかった。

「いえ。亀石《かめいし》発掘派遣事務所の相良《さがら》と言います。出土した銅印のことで、鎌田《かまた》さんから相談を持ちかけられました」

「派遣事務所の方が探偵さんの真似事を……？」

「銅印の出所を調べるのが、今回の仕事なんです」

「私の同僚です」

萌絵が進み出た。

「調査を手伝ってくれたんです。それよりさっきの言葉。『横倉山の仁井田家というのは』何なんですか。相良さん」

「仁井田家というのは、ここにいる花山明乃さんのご実家だ」

え！　と萌絵と涼磨が同時に声をあげた。

「花山院様の実家……って。横倉山のひとだったんですか」

「旧姓・仁井田明乃。ご出身は越知町でいらっしゃいましたよね」

花山院は無表情で佇《たたず》んでいる。眉《まゆ》ひとつ動かさない。

宮内庁の藤原《ふじわら》が調べてきた。忍は降旗から転送されてきたメールを見ながら、

「お父様は越知でも指折りの山林所有者だったそうですね。だけど、実家を継いだ弟さんが数年前に病死されたとか。林業を継ぐ者がおらず、山を手放そうとしていたお父様から、いずれ相続することを条件に所有林管理を請け負った。いずれは相続するその土地に、ハナヤマ製材会社の新たな工場を作る計画があると聞きました」

「……………」

「高知県西部の拠点工場。ハナヤマ製材は、最新の大型機器を導入した米国スタイルの新しい製材企業として注目されているそうですね。国道に面した仁井田の土地は、大きな工場を作るのにもってこいだと。でもそこは本来、栗賀家の山だった」

早紀もそれは初耳だった。

忍は証文の話を聞いて、すぐに理解したのだろう。

「仁井田家はその土地が栗賀に返されるべき山だと知りながら、主上の遺言状を人目から隠し、そのまま自分の山とした。厨子が開けられない限り、発覚することはない。安徳帝の末裔——横倉氏が所持していた〈黄蓮《おうれん》の厨子〉の鍵《かぎ》さえ見つからなければ、それがないことを理由に、開けずとも済む」

能面のような花山院の表情を、無量は殊更、凝視している。

貴盛は目を伏せていた。

「栗賀家に証文が存在することは、おそらく、桜間静磨《しずま》氏から聞いたのでしょう。静磨氏は早紀さんのお父さんから聞いたのかもしれない。その証文には『御璽《ぎょじ》を見つけて戻ってきたら山を返す』との約束があった。そこには仁井田又右衛門の判もあった」

「だから、御璽《ぎょじ》が栗賀さんの手に渡るのを、妨害した……。そういうことですか」

訊《たず》ねたのは萌絵だ。

「その証文を盾に、土地の返還を求められると思った。だから御璽を隠したんですか」

花山院は忍へと視線を返した。

「………。よく調べたものですね」

「それだけじゃない。数年前、栗賀家に厨子の在処《ありか》を訊ねにきたひとがいたと聞きました。あれも、花山さんのゆかりの方ですね」

爺《じい》、と呼ばれていた世話係の老人だ。

問題の遺言状を厨子ごと手に入れられないか、と探っていたのだ。

「でもそれより先に、御璽が見つかってしまった。あなたがたはもっとラフな手を使わなければならなくなった。そのためにも御璽が必要となった。それは」

「偽勅を作るため」

忍の眼が鋭く光った。

無量たちは怪訝《けげん》そうに、

「偽勅……なんの？」

「おそらく花山さんたちは主上の遺言状を書き換えようとした。〝土地は永久に仁井田のものである。栗賀家に渡した証文は無効とする。栗賀の者が御璽を持ち帰ったとしても、その証文は無効であるから、土地を返還する義務はない〟……そして、本物の遺言状にそうあったように、最後に御璽《ぎょじ》を捺せば、偽の証文のできあがりだ」

　忍は遺言状を目の高さに掲げた。

「たぶん、この遺言状に最初に目を通した仁井田家の者が、書面を作成していたに違いない。あとは御璽だけ捺せば完成だった。だからあなたは御璽を手に入れようとした。捺印《なついん》さえできれば、あとは返してもいいと考えた。そうですね？」

　花山院は観念したように目を閉じた。何度か首を横に振りながら、

「あの宮内庁職員はあなたがたとグルだったんですね」

「御璽はレプリカ、だとカマをかけたことですか」

「私に見せた『栗賀安馬《やすま》の証文』のことです！　〝御璽盗難に関わった者全てから、官位をとりあげ、財産をとりあげる〟だなんて……。主上の署名付きの〝偽の証文〟を作って、あたかも存在するかのように振る舞って、私たちを牽制《けんせい》した。卑怯《ひきょう》です！」

「お互い様です」

　忍は冷たく言い返した。

「厨子《ずし》の中の遺言状は、栗賀の証文よりも日付が新しい。同一対象物に対して二度以上、譲状の類《たぐい》が作成された時、新しいほうが有効になる。栗賀への、土地の無条件返還を記

した、仁井田には不都合な遺言状だ。それを収めた厨子さえ手に入れてしまえば、あとは鍵《かぎ》などなくともいい。それで焦って、藤内さんの家に押しかけてきたんですね」

「……なにも知らないくせに」

花山院はうめくように言った。

「祖先からの言い伝えを守り続けることが、どれほどの重荷か。私たちはずっと口を閉ざして生きてきたのです」

忍はふと目を見開いた。花山院は重苦しい口調で、

「真実を口にすることもできなかった。大事なものは皆隠して生きることが、当たり前やった。世の中に伝わるのとは違う安徳天皇の姿など、うかつに口にすれば、天皇家への不敬罪に問われる時代もあった。菊の御紋の遺品を隠し続けたのも、見つかれば罪になったき。そうでなくとも帝《みかど》を京の都からさらった一門は、大罪人呼ばわりされてきた。京から連れ出したばかりか、こんな山奥で貧しく死なせてしまった私たちの祖先は、天皇家に対して顔向けができない。ずっとそう思って、息を潜めて生きてきたがよ!」

「……花山さん」

「かと思えば! 自分たちの都合で天皇をすげかえようとする恐れ知らずな人間たちに利用され、その挙げ句に命を奪われて。そのことさえ誰にも言えなかった。主上の無念を晴らすこともできんかった。これでは主上が浮かばれない……」

花山院は唇を噛《か》みしめ、背筋をのばした。

「仁井田のしたことが間違っていたことは認めます。主上の遺言状は……やはり隠すべきではなかった。全て明らかにして、新政府の傲慢《ごうまん》を世に問うべきだった！」

貴盛も門弟たちも、沈痛な顔をしている。

興奮を鎮めるように、花山院はしばらく目を閉じていた。

「……幼い頃、横倉山をよく訪れました」

「あの山を」

「安徳帝は私の主《あるじ》であり、友でした。私はほんとうのことが知りたくなって、四国中にある安徳帝の痕跡《こんせき》をこの足でめぐりました。花山と出会ったのは、その時です」

墓所は高板山《こうのいたやま》だと主張する夫と、横倉山だと主張する明乃は最初はひどく対立したが、そのうちに、どちらも安徳天皇を愛し、敬い、誇りとしていることが伝わった。

真実を明らかにしたいという想いの一方で、真実を暴くのは信じる者の誇りを奪うことになるのではないかと。

「でも、たとえ真実ではなくても、愛着が消えることはないのです。ほんとうではなくても、その言い伝えに連なる自分を愛せばいいのです」

栗賀のお嬢さん、と花山院は呼びかけた。

「いまこの方が述べた通りです。私たちは主上家に仕える身。最後の主上の御言葉に従い、我々は栗賀に土地を返還せねばなりません。その上で、土地の買い取りを」

えっと驚いたのは、当の忍だ。

「待ってください。そうは言っても、百五十年前の」

「土地は」

早紀が毅然《きぜん》と答えた。

「土地の件は、どうか、なかったことに」

皆、意表をつかれた。無量もちょっとびっくりしてしまった。

「え、でも山ひとつもらえるってことでしょ。その権利があるって、花山さんも認め――」

「いえ、いいんです。それは確かに先祖の土地やったかもしれませんが、今の栗賀家には必要ない土地です」

「早紀さん……」

「その土地がなくとも、栗賀は書家として名を遂げ、弟子という名の財を成しました。私はそれでいいと思っています。横倉を離れなければ、先祖は書に道を求め、極めようとはしなかったはず。現在の栗賀流が存在するのは、御璽《ぎょじ》を求めて旅立ったおかげ。私は土地よりも、この形なき技こそが、栗賀の財産やと思っています」

早紀は穏やかな表情で、だが口調はしっかりと、明乃たちに伝えた。

「ですから、なかったことに」

「……なにかっこつけてんだよ」

横から口を挟んできたのは、准だった。

「くれるもんはもらっときゃいいだろ。もともと栗賀のものなんだから。そうなった原因を作ったのは、桜間じゃないか」

「静かにして。准」

「栗賀の先祖は殺され損じゃないか！　たかがハンコ一個のために大騒ぎして。オレからみれば、みんな間抜けだ。どいつもこいつも、天皇ごっこがしたかっただけじゃないか！」

　早紀が厳しい表情になったかと思うと、准のほうにツカツカと近づいていき、突然、その頬を平手打ちした。皆は「あっ」と驚いた。

「謝りなさい。准。その言い方は、私たちだけでなく、あなたをここまで繋《つな》いできた先祖まで貶《おとし》めるものです」

「……………」

「ひとが心から大切にしているものを侮辱することは、そのひとに戦争を仕掛けるのと同じことやと知りなさい。命をかける覚悟もないのなら口にしいひんことや！」

「姉さん」

「あなたの狂言誘拐が、皆の大事な時間を奪ったんよ。みんなに謝りなさい」

「……姉さんはいつも、正しいことしか言わないね」

　准は打《ぶ》たれた頬も押さえず、苦笑いをしてみせる。

「何が栗賀流の跡取りだよ。オレは栗賀と桜間の和解の証《あかし》とか、いくらかっこいいこと言ったって、栗賀からは〝桜間の子〟って嫌がられ、桜間からは〝愛人の子〟って蔑《さげす》まれ……。オレの居場所なんか最初からなくて、結局、大人の都合でいいように振り回されてただけじゃないか。誰が謝るか！」

「どうしてわかってくれへんの？　私はただ……！」

「おいおいおい、待ち」

と割って入ってきたのは、涼磨だった。

「なんだよッ」

「事の経緯はともかく、一番心配しちょったんはお姉さんや。そりゃもう間違いない。みんなの分は後回しでええき、まずお姉さんに謝り。の？」

准は素直になれない。意地を張る准を見て、困った顔をしたのは萌絵だった。

「ほら。さっきまであんなに反省してたじゃない。ちゃんと自分の口から言わないと」

「オレには何もないんだ」

准は目をそらしたまま、気まずそうに言った。

「姉さんみたいな才能もない。根性もない。落ちこぼれだから」

「准……っ」

「父さんの期待に応《こた》えたかったけど、オレには書の才能なんかないんだ！　なのに姉さんは養子のオレに気を遣って、跡継ぎ跡継ぎって一生懸命持ち上げて……。それがしんどかったんだ。でも応えなきゃ、親戚《しんせき》みんなに見下され続ける。姉さんの面目も潰《つぶ》してしまうって。だけどオレは……！」

「なら、いっしょに研究してみんか？」

唐突に涼磨が言った。准は目を丸くした。

「は……？　なに言って」

「研究はええで。おまえの境遇も家族の問題にしちゅううちは当事者やけど、研究対象にしてしまえば、おまえは俯瞰《ふかん》者やき。俺もな、桜間宮とかようわからんこと押しつけられゆううちは腹が立ったが、それをまるっと研究する立場になったら、肩が軽うなった。それどころか、知れば知るほど、本当のことがもっと知りとうなった。研究の源はなんじゃち思う？　好奇心や」

「好奇心」

「そう。好奇心はひとを能動的にさせる。受け身やのうて、自分から突っ込んでいける。このひとたちは背負うだけやったが、好奇心をもっちょれば、自分から過去や歴史に飛び込んでいけるんよ。そうしゆう時、おまんは自分の意志で自由に動けゆうき」

ほら、と涼磨がリュックから取りだして見せたのは、桐箱だ。

巻物が入っている。

「おまえと蔵に閉じ込められちゅう時、宝探ししたやないか。これを見つけたのは、おまえじゃろ」

あわわ、と慌てたのは萌絵だ。実は監禁されている最中、蔵の中を三人であさっていた。巻物は花山家の蔵から無断で持ち出してきたものだ。

「中岡慎太郎の書状や！　ここに書いちゅうことが何を意味するんか、知りとうないか。おまえは書をやっちょるき、解読もできるはずやろ。いっしょに研究せんか！　の！」

准はあっけにとられている。涼磨は空気を読まない。がしっと肩を摑《つか》み、

「おまえは自分自身にでっかい謎を抱えちゅう。誰もが持てるもんとちがう。それを解き明かしたら、それだけで大きな歴史の謎がひとつ解ける。タイトルは『土佐勤王党と安徳天皇の末裔《まつえい》に関する考察』。幕末研究者がひっくりかえるぞ！　こんな面白いテーマ、なかなかない。の？　いっしょにやろう！」

「な……なん……だよ……もう」

「俺は上が強い姉ばっかやったき、おまえみたいな弟がずっと欲しかったがよ。准〜」

「だ、だきつくなよ！」

「准」

呼びかけて、近づいてきたのは、貴盛だった。

「師匠」

「すまなかった。おまえの心につけこむような真似をして」

貴盛は深々と頭を下げた。

「許してくれ」

「………。やめてよ。師匠」

涼磨を引き剝《は》がして、准は言った。

「オレ、師匠の役に立ちたかっただけなんだ。師匠は初めてオレの才能を認めてくれた。栗賀とか桜間とか関係なく、オレを認めてくれた。剣を振ってる時が一番自分らしいって思える。もっと上手《うま》くなりたいんだ。師匠を超えるのが、オレの目標だから」

顔をあげた貴盛は、准のまっすぐな眼差《まなざ》しをじっと受け止めていたが、やがて目元を和らげて准の頭にぽんと掌《てのひら》を置いた。何も言わずにそのくせっ毛をかきまぜると、准の体を早紀に向けさせ、背中を、とん、と押した。

「姉さん……」

「准」

「ごめんなさい。心配かけて、ごめんなさい」

早紀は唇を嚙《か》んでずっと涙を堪《こら》えていたが、小さく「あほ」と言って、准を抱きしめた。准も泣くのを堪えて顔をうずめている。

仲直りを見届けて一安心した後で、無量が「おーい」と声をかけた。

「一件落着みたいな空気だけど、天誅《てんちゅう》かけられたほうには何もなしかよ」

「あ……ごめん」

「ごめんじゃねーよ。あんたもだよ。忍ボコボコにしやがって。ほんとなら傷害罪で訴えてるとこだぞ」

すみませんでした、と戸川《とがわ》が土下座した。

「脅すだけのつもりだったのが、反撃されたので、ついカッとして……」

「ついじゃないでしょ。忍ももっと怒れよ」

「ああ……、まあ、俺はお詫《わ》びに温泉旅館で二泊くらいさせてもらえれば、それで」

「なん……。そういうとこだぞ。忍ちゃん」

ふたりと早紀のもとに花山院がやってきて、深々と頭を下げた。

「大変ご迷惑をおかけいたしました。騒動の責任は全て私にございます。治療代はご請求ください。担当弁護士を通じ、慰謝料と合わせてお支払いを」

「……ああ、そんなのはいいですから、御璽《ぎょじ》をください」

忍はようやく笑みを浮かべた。

「鎌田家から出土した銅印を返してくれれば、充分です」

「それは……もちろん。それだけで本当に？」

「あと、ひとつだけ、教えて欲しいことがあります」

忍は笑みを消して、真顔になった。

「〈揚羽蝶《あげはちょう》の鏡〉のことです。御璽の所有者証明であったことはわかりましたが、なぜ、花山さんたちは二枚揃えようとしたのですか。御璽を手に入れたことはそもそも隠さなきゃいけなかったはずですし、証明の必要も」

無量が見つけた〈下弦の鏡〉まで執拗《しつよう》に手に入れようとした理由が、よくわからなかったのだ。

「もしかして、両方揃えることに他に意味が……」

「上弦と下弦、あれはもともと一枚の鏡でした。……貴盛、明かりを」

車のヘッドライトをつける。花山院はバッグから鏡を取りだした。桜間家が持っていた上弦のほうの鏡だ。花山院は鏡面をライトに向けると、角度をつけて黒い地面に光を反射させた。

「！　……これは！」

半月の形に浮かび上がった反射光は、よくみれば、なにか字が映し出されているようだ。無量たちは息を呑《の》んで、暗いアスファルトに浮かぶ半月を見つめていた。

「魔鏡？　その鏡は、……魔鏡だったんですか？」

「はい。そのとおりです」

反射した光の中に、文字や像などを浮かび上がらせる特殊な加工を施された鏡のことだ。

「何か、文字が記してありますね。これは、なんですか」

「これは」

花山院は厳粛な面持ちになって、答えた。

「神器のありかを記したものだと」

神器？　と無量たちが声を合わせた。

「それって……〈三種の神器〉のことですか。草薙剣《くさなぎのつるぎ》のありか！」

「はい。仁井田家にはそう伝わっております。〈揚羽蝶の鏡〉には草薙剣を隠した場所が記してある。半分に割った鏡をひとつにした時、それは解読できると」

全員が一様に絶句してしまった。だからだったのか。

安徳天皇の子孫が代々、その半分を身につけ、もう半分を御璽とともに置いていたのは、その鏡が草薙剣の隠し場所を伝えるものだったからだ。

安徳天皇と平家一門は京を出る時、〈三種の神器〉を持ち出したと伝わっている。そのうち、八尺瓊勾玉《やさかにのまがたま》と八咫鏡《やたのかがみ》は回収できたが、草薙剣だけがどうしても見つからなかった。

後鳥羽《ごとば》天皇は、仕方なく、神器なしのまま即位したという。

平家一門は神器を隠すため、たくさんの囮《おとり》神社を作って源氏《げんじ》の目を欺いたが、本当の剣のありかはごく一部の者しか知らなかった。ゆえに鏡に刻んだのだ。

「そうか……。でも俺が見つけたほうは」

鎌田家から出た鏡は、錆《さび》が出てしまっていて、ごく一部しか映せない。

「クリーニングしないと解読は無理そうだな。魔鏡の加工が保ててるといいけど」

「この鏡は涼磨さんと鎌田さんにお返しします」

と花山院が言った。

「そして、できるなら、解読してください。いまはもう末裔の誰も、剣のありかを知りません。それが見つかれば、我が主上が本当にこの四国で生き延びていたことが証明されるでしょう。ですから、どうか」

わかりました、と答えたのは涼磨だった。

「鎌田さんにも許可をとって、一旦《いったん》うちの資料館で預かります。しかるべき設備のあるところでクリーニングと保存処理をしましょう」

「鎌田さんへの説明は、私がするよ。リョーマ。あとは任せて」

萌絵が言うと、涼磨は「頼む」とうなずく。そんなふたりのツーカー具合を見て、無量のモヤモヤがまた頭をもたげてきてしまったが。

夜の埠頭《ふとう》からは、闇を融《と》かしたような黒い太平洋が望める。波がキラキラと瞬いている。月はようやく東の空にあがってきたところだった。

「こちらからも、ひとつ、お訊《たず》ねしたいことがございます」

花山院が神妙そうに言った。

「この厨子《ずし》の中には、もう一通。大事なものが入っていたはずです。あなたがたは、それを見ましたね」

はい、と答えたのは忍だった。

「藤内さんに許可をいただき、中を拝見しました。宮内庁の降旗さんとともに」

「その文書は私たちに伝えられてきた通りのものでしたか!?　本当にそうでしたか!?」

忍と無量はうなずきあい、おそらく、と答えた。

「お願いです！　中身を見せてください。その中身を！」

忍はスマホを取りだした。

夜空には、青白いシリウスが瞬いている。

千年前と変わらず、今も鋭い輝きを放っている。

＊

それからまもなく花山院たちによる鎌田家への謝罪訪問も決まり、安徳帝の末裔《まつえい》たちの因縁は一応の解決を見たが、まだいくつかの疑問が残されたままだった。

それを明らかにするべく、翌日、無量と忍と萌絵の三人が訪れたのは、元県議会議員の多治見《たじみ》孝三《こうぞう》のもとだった。

自宅は、先日無量たちが訪れた武市《たけち》半平太《はんぺいた》の生家にほど近いところにある。家を訪ねると、畑に出ているという。わざわざ呼び戻すのも悪いので、三人は畑へと赴いた。高台にある家から少し下ったところにある畑に、農作業着姿の多治見がいた。

「やあ。この間はどうも」

多治見はナスを収穫する手を止めて、三人のほうにやってきた。冬とは言っても陽差しはたっぷりある高知は、農作業に麦わら帽子が欠かせない。日に焼けた顔に笑みを浮かべ、多治見はタオルで首元を拭《ふ》いた。

「お邪魔してすいません。ナスですか」

「うん。今夜は麻婆《マーボー》ナスにしようと思ってね。……そちらは?」

忍を紹介すると「亀石さんトコのひとは皆、若いね」と歯を見せて笑った。

「そういえば、鎌田さんから聞いちょるよ。銅印がなくなって大変やったって。その後、どうなったが?」

「無事見つかりました」

「そうか。それならよかった。結局、銅印はどうすることになった?」

「たぶん、資料館に預けられることになると思います」

多治見の顔から笑みが引いて、真顔になった。

「そうなが。本物やったがかえ?」

「まあ、それを調べるのはこれからみたいっすね」

ふうん、と多治見はそっけなく答えると、収穫したナスをバケツに移しはじめた。

麦わら帽子のほつれを見つめ、忍が問いかけた。

「多治見さんのおうちは、昔、神主をされていたそうですね」

「母方のほうやね。じいさんの代でやめてしもたけんど」

「それはなぜ」

多治見はナスについた埃《ほこり》をタオルで拭《ぬぐ》い始める。

「……さあ。じいさんが出征して、戦地で亡うなったせいやないろうか。息子はまだ小さかったし、跡継ぎが」

「神社の名前は、仁井田神社。祭神は、安徳天皇とその重臣。ちがいますか」

多治見がぎょっとした顔で振り返った。

「君はなぜ、そのことを」

「少し調べさせてもらいました。ご先祖は武市半平太と交流があったとか。土佐勤王党とも」

あからさまに警戒した表情で、多治見は忍を睨《にら》んだ。

「そうやけど……」

「花山明乃さんは母方のいとこだそうですね」

「なにを調べたがで」

「鎌田家から御璽《ぎょじ》が出たことを花山さんに伝えたのは、あなたですね」

多治見はしばらく意図を探ろうとして黙り込んだ。忍の背後で、無量と萌絵も、多治見の反応をじっと観察している。

「栗賀さんに伝えたのも、あなたですね」

「栗賀のお嬢さんが喋《しゃべ》ったがかえ？　一族内の秘密のはずやが」

「いえ。ここにたどり着いたのは、僕たちが勝手に推理した結果です。誰が彼らに伝えたのか。それだけがわからなかった」

十二月の低い陽差しが、畑の畝に沿ってストライプ状の影を落としている。

それを覆うように大根が行儀良く葉を広げている。

「三田尻から、横倉氏の遺言状と御璽を土佐に持ち帰ってきたのは、あなたのご先祖ですね。最初に武市救出のための偽勅作戦を立てたのも、この神社の神官だった仁井田正次郎《じろう》。栗賀家に借金があった桜間梅三郎に御璽を持ち出させ、赤牛《あかぎゅう》の花山家にも働きかけた。三田尻から横倉氏を迎えにきたのも、そして」

「最期を見届けたんも」

多治見はゆっくりと腰を伸ばして、五台山《ごだいさん》のほうを見やった。

「……私は、じいさんの遺言に従って、皆に伝えたまでやき」

「遺言？　御璽《ぎょじ》が見つかったら、一門の皆さんに報《しら》せろ、ということですか」

「あそこに埋めたのは、たぶん、じいさんやきね」

元々は神社で保管していたという。

しかし、時局が厳しくなっていくにつれ、神社にあることすら「危険」だと判断したのだろう。

「天皇陛下は神であり、崇め奉るものである。そがいな時代に御璽を所有しちょるということが、どれだけ危ないことか。ひとに知られれば、不敬罪で真っ先に憲兵に連れて行かれる。安徳帝の末裔だなどとは、間違っても口にできんかった。家族を守るために御璽を埋めねばならんかったがよ」

鎌田家のあの場所は元々、仁井田神社の一部だった。戦後、境内を縮小したときに鎌田家が購入したという。

そこに御璽を埋めたことを知るのは、多治見の祖父だけだ。その祖父も戦死した。

それから七十年以上経って、土の中から出てきたのだ。

「そんな経緯があったんですね……」

——大事なものは、皆隠して生きることが当たり前やった。

花山院の言葉だ。

祖父が言い残した「御璽《ぎょじ》が見つかったら皆に報せろ」というのは、当時ならではのアラートだったのかもしれない。末裔であるとわかるものは皆隠せ。身を守れ、と。

世が世なら誇るべきものも、身の破滅を招く爆弾になる。

そういう時代だったのだ。

多治見は三人を振り返った。

「鎌田さんに亀石くんを紹介したがは、一門とは関係ない者に、先入観なしで公正に、あの御璽を調べて欲しかったがよ。我々は安徳帝のものと思い込んじゅうが、そうではない可能性やってあったわけやきね」

「それで私たちに依頼が」

「うん。めんどくさいことに巻き込んだかもしれんね。すまんね」

確かに多少危険な目にはあったが、多治見を責める気持ちには、三人とも、不思議とならなかった。

「厨子の中身は見れたかえ？」

「そのことも知ってらっしゃったんですか」

「分家とは言え、仁井田の者やきね。そこに何が収まっちゅうかは、伝えられてきちょるよ。どがいやった」

〈黄蓮《おうれん》の厨子《ずし》〉に御璽《ぎょじ》とともに収められていた、紅《あか》い手形の古い書状。

それは「勅書」などではない。「詔書」だ。天皇の命令（勅命）を伝える書だ。

しかも「臨時の大事を伝える」時のみに発布される。

本来は日付の一字のみを宸筆《しんぴつ》（天皇の直筆）で記す。だが、見つかった詔書は型破りだった。真っ赤な手形と執拗《しつよう》なほど捺《お》された御璽。

「様式には則《のっと》っていなかったけれど、それを記した人の怨念《おんねん》を感じる書でした」

「そうか……」

「あきらめではなく、荒々しいくらいの祈りがこもっていました」

「………。そのかたは、その書でなんと宣《のたま》っておられた」

無量は忍と顔を見合わせてうなずきあう。口にするだけでも心胆を揺さぶる。そんな強い文言だった。

多治見は固唾《かたず》をのんで、その言葉を待っている。

忍は姿勢を正すと、そのひとならばそう言ったであろう、という語調そのままに、力強く告げた。

「〝朕より神璽を承継せざる皇朝は、ことごとく滅ぼすべし〟」

多治見は震えが走ったのか。背筋を針金で貫かれたように、直立不動になった。

「……〝言仁《ときひと》〟」

安徳天皇の諱《いみな》だ。たったそれだけの短い文章。

その中央に自らの手形を捺し、四隅に御璽《ぎょじ》をこれでもかと捺している。

異様なほどの執念が書面から伝わってくる。

「〝この私から〈三種の神器〉を受け取らなかった天皇と朝廷は、全て滅ぼせ〟。そういう意味です。おそらく、後鳥羽天皇と後白河《ごしらかわ》法皇を呪った言葉、だと思いますが、とりようによっては、この自分から神器を受け継がなかった皇統は、全て滅ぼしていいよ、という意味に聞こえる。つまり——」

「後鳥羽帝以降の皇朝すべてに通用するということか」

「だから、明治政府も恐れた。……そういうことっすね」

これが新政府に敵対する集団の手に渡れば、これぞ錦の御旗《みはた》とばかり、皇統自体を滅ぼす口実にされかねない。

そんなばかな、とも言えない。これが安徳天皇の宸筆ならば、それ以降の全ての天皇にあてはまってしまう。

永久に有効でおしまいがない。天皇家がなくなるまで。

そんな凄《すさ》まじい文書なのだ。

「長州はこの安徳帝の詔書が横倉山にあることを知っていた。知っていて、一時はそれを利用しようとも考えた。だが、孝明天皇《こうめい》が崩御して、流れが変わった」

薩長《さっちょう》同盟が結ばれ、討幕へと動きだし、やがて自らが新政府を立ち上げる側となったとき、この宸筆の勅命は、自らに返る呪いとなったのだ。

「それで……明治政府は横倉山のひとたちを」

萌絵が気の毒そうに言うと、忍が「ああ」と答えた。

「だから、全てを捨てなくてはならなかった。鍵《かぎ》を埋めたのも、そういうことだろう」

「鍵を見つけたがかね！」

多治見は驚いた。

「埋めたんは、本家の人間や。見つかったんかね！」

「ええ。ようじん塚から」

そのまま多治見は絶句してしまった。忍たちは怪訝《けげん》に思い、

「ようじん塚には、なにがあるのですか」

「ようじん塚は、……ほんとうの帝《みかど》が葬られた塚だと伝わっている」

「なんですって！　陵墓に埋葬されたのではないんですか！」

「陵墓に葬られている者こそ、影人やき。替え玉よ。源氏に御遺骸《いがい》が掘り返されないようにと……。本当の陵墓は、あのなにもない、しるべすらない、影人とされる墓ながよ」

無量も忍も萌絵も、愕然《がくぜん》と立ち尽くす。

なんということだ。

「……じゃあ……あの鉄剣は……」

終章

桂浜《かつらはま》には穏やかな陽光が降り注いでいる。

師走《しわす》とあってか、観光客の姿もまばらで、繁忙期には記念撮影がひっきりなしになる坂本龍馬《さかもとりょうま》像の下も、のんびりとしたものだ。

階段をあがってきた無量《むりょう》と萌絵《もえ》は、浜辺のほうから響く波の音を聞いて、わあ、と声をあげ、破顔した。

「おお、いい眺め」

「やっとこれたあ。桂浜。やっぱり高知に来たら、ここに来ないとね」

「これが有名な龍馬像かー。でけー」

ふたりは子供のようにはしゃいでいる。遅れてあがってきた忍《しのぶ》も、龍馬像を見上げ、眩《まぶ》しそうに手をかざした。

「久しぶりに見たなあ。太平洋」

「ゆうべも見ましたけど。港で」

「ああ、でも夜だったから」

桂浜は高知の名所だ。よさこい節でも「月の名所は桂浜」と謳《うた》われている。砂で覆われた浜辺がゆるく弧を描き、その向こうには「龍王岬《りゅうおうみさき》」と呼ばれる岩場が見える。松のシルエットが美しい。

「あれ？でも桂浜って砂浜だったっけ。もっと石がゴロゴロしてたイメージだけど」

「昔は五色石の浜で有名だったけど、砂の堆積《たいせき》が進んでるみたいだ」

浜辺の景観は変わっても、打ち寄せる波の音は変わらない。

「あと時々、水族館のアシカが吠《ほ》えるのも」

「はは……」

浜に下りて波打ち際ではしゃぐのも、お約束だ。童心に返って波と戯れる無量と萌絵を、忍はベンチに腰掛けて父親のように見守っている。のどかな風景に和んでいると、スピーカーから「時々高波がくるから波打ち際で遊ばないように」と注意されてしまい、ふたりはすごすごとベンチに戻ってきた。

「濡《ぬ》れなかった？」

「濡れましたー。パンプスびちゃびちゃ」

「はは。海はいいね。何時間でもぼーっとしてられる」

「俺はすぐ飽きちゃうけどね」

三人で並んでベンチに腰掛けると、潮風が心地いい。

ざあん、ざあん、と波が砕けるのを見つめ、それぞれに物思いに耽《ふけ》った。

「……なんか、えらい休暇だったなあ」

無量はしみじみと言った。飛び込みの案件がまさかこんな事件に発展するとは。

「そういえば、相良《さがら》さん。降旗《ふるはた》さんって宮内庁の方から、その後、連絡は？」

例の「安徳《あんとく》帝の宸筆詔書」の件だ。藤内《ふじうち》からの依頼という形をとって、書陵部が預かることになった。

「さっき連絡があって正式に鑑定することになったそうだ。特にあの手形の部分。少し黒かったろ？　血液がまざってるんじゃないかって」

「血液！　まじか」

「起請文なんかでたまに見られるんだけど」

宣誓書のことだよ、と萌絵が補足した。

「そこに捺《お》す手形に本人の血を混ぜることがある。血判書なんかもそうだけど、どれだけ本気かを表すため、命がけという意味もある」

この自分から神器を受け継がなかった者は全て滅ぼせ、という衝撃的な文書だった。黒々とした墨と筆跡にも異様な迫力があり、見る者を圧倒した。

「恨みもたまるかもなあ。四国の山奥にずっと息を潜めてたんだもん」

「小さい頃は、都で華やかに暮らしてただろうから、尚更《なおさら》、みじめな気持ちになったかもしれないね」

とはいえ、と忍はサングラスを外して、襟元にひっかけた。

「……あの詔書を書いたのが、本当に安徳帝だったかはわからない。臣下の者が書いたのかもしれないし、後世の誰かが書いたのかもしれない」

「ですよね。赤牛《あかぎゅう》では十歳で亡くなったと伝わっているし」

「そもそも、壇《だん》ノ浦《うら》で死んじゃったのが本当かもしれないし」

波打ち際に下りてきたカモメを見つめて、無量は遠い目をした。

「……鉄剣のほうは？」

「ああ、そっちも藤内さんが越知《おち》町の教育委員会に報告を入れたそうだから、そのうち、調査が入るんじゃないかな」

埋蔵遺物を発見したら、すぐに自治体に連絡する。それが鉄則だ。

「あの鉄剣、よく古墳なんかから出てくるやつにそっくりだった。少なくとも、鎌倉時代なんかのじゃない。安徳帝の形見だったんだとしたら、やっぱあれって――」

「うん。まあ、なんとも、だけど」

忍も言葉を濁して、はっきりとは言わなかった。

「〈揚羽蝶《あげはちょう》の鏡〉には草薙剣《くさなぎのつるぎ》の在処《ありか》が記されてるんだろ？　それと答え合わせ、ってことになるんじゃないかな」

「西原《さいばら》くん……、私が蔵にいる間に、またすごいもの当てちゃってたんだね」

「そっちこそ、なんかお宝見つけたんだろ？　中岡慎太郎《なかおかしんたろう》の書状だっけ？」

桜間涼磨《さくらまりょうま》はもともと、その書状を捜すために、花山《はなやま》家に赴いたのだ。

「うん。孝明《こうめい》帝暗殺計画と土佐《とさ》朝樹立作戦。そのことずばりは書いてなかったみたいだし、本当に実行されたのかは不明だけど、手がかりのひとつにはなるって、リョーマが」

「シンタロウとかリョーマとか、なんか、こんごらがる……。てか、桜間氏はなんで御《ぎょ》璽《じ》セットの方の鏡、持ってたの？　確かに厨子《ずし》を開けたのは桜間梅三郎《うめざぶろう》だったけど」

「それがね。桜間家に伝わってる話によると、梅三郎はその後、勤王党《きんのうとう》の鎌田《かまた》氏と一緒に長州《ちょうしゅう》に行って横倉《よこぐら》氏と面会してたみたいなの」

無量も忍も、驚いた。

「よく許可したね。人ひとり殺されてるのに」

「それがどうも横倉氏が亡くなる直前だったようで。主上《しゅしょう》が殺されるかもしれない、と仲間から聞いて、救い出そうとして駆けつけたみたいなんだけど」

盗人《ぬすっと》がどの面下げて、と栗賀《くりが》なら言うだろう。時代の熱に浮かされて罪を犯した梅三郎なりの、罪滅ぼしだったかもしれない。

横倉は会った。過ちを悔い、ただただ伏し泣いて謝罪する梅三郎を見つめる彼は、この時すでに自分たちの運命について、ある種の諦念《ていねん》に至っていたのだろう。

梅三郎を許した。そして彼には〈上弦の鏡〉を、同行した仁井田正二郎には御璽と〈下弦の鏡〉、そして仁井田《にいだ》本家宛の遺言状と厨子の鍵を託した。なぜ、そこで御璽とペアになる鏡を替えたのかは、わからない。

「ただ、歴代主上が肌身離さず持っていた〈下弦の鏡〉は、安徳帝の魂のようなものだから、その魂と御璽《ぎょじ》とをずっと一緒に置いて欲しかったんじゃないかって」

だとすると、あれは墓だったのだ。と萌絵は思う。

鎌田家の庭にひっそりと埋まっていたのは、彼らの八百年を埋めた墓なのだ。

「〈上弦の鏡〉のほうは京の都のどこかに埋めてくれ、と言ったそう。故郷に帰れなかった安徳帝の代わりにって」

梅三郎は主上の遺言をいつか果たそうと思っていたが、機会を得られず、そのまま桜間家が預かっていたようだ。話を聞いて、無量と忍もしんみりとなった。

「でも……ふたつの鏡は一時でも、横倉さんのもとでひとつになったんだよな。もしかしたら、横倉氏は草薙剣の在処を知ったかもしれない」

魔鏡に記された在処。それを胸に刻みながら、逝ったのかもしれない安徳帝の末裔《まつえい》を、無量は想った。

怒濤《どとう》のごとき時代の変わり目に、その潮流の底で、遥《はる》か千年を超える命を持つ、まだ見ぬ鉄剣を、胸に抱きながら。

潮騒が聞こえる。波の砕ける音を聞きながら、無量は蒼《あお》く滲《にじ》む水平線を見つめた。

「……浪の下にも都はあります、か」

御璽のほうは？　と無量が訊《き》いた。

「それも桜間さんのほうで鑑定だそうだ」

「宮内庁は？」

「今回は譲ったみたいだ。一応、出土遺物は地元自治体が引き受けるのがセオリーだからね。まあ、国が口を出してくるかも知れないけど、いろいろの経緯は降旗《ふるはた》さんも把握してるし、これだけ関係者も多いから、ごり押しはしないんじゃないかな」

ただ、多少の疑義もある。

御璽《ぎょじ》の年代だ。

この御璽の印影は「仁安《にんあん》二年」の書状から出てきたが、実はその五年後の「承安《じょうあん》二年」の書状からは、全く別の印影が見つかっている。

「え？　たった五年後？」

忍がスマホを出して、画像を見せた。確かに、ふたつは全くちがう。

「承安二年といえば、高倉《たかくら》天皇の御代《みよ》。安徳天皇の父親だ。その間に改鋳したのかもしれない。つまり、鎌田家の銅印は、安徳天皇の御代にはもう使われてなかった御璽ということになる。とすると、考えられるのは、ふたつ。ひとつは、新しい御璽を持ち出せず旧御璽を持ち出すしかなかった。もうひとつは、安徳帝に御璽を持ち出されて困った後鳥羽《ごとば》帝が、後から作った御璽で年号を捏造《ねつぞう》した文書を残したか。そのどちらかだ」

「うーん……うーん……」

萌絵と無量は、理解するのに必死だ。

「そんな面倒なことするかなあ……」

「もうひとつ。ずっと引っかかっていた、この御璽が江戸時代のとそっくりだという点だ。ほら。このとおり、承安二年の印影は、とてもオーソドックスな篆書《てんしょ》に近い。歴代御璽《ぎょじ》の流れから見ても、ごく自然だ。でも、仁安と江戸の書体は、はっきり言ってぶっこわれてる。やっぱり、仁安二年は違和感があるんだ」

「つまり？」

「これをのっけた大本の史料が間違えてるってこと。年号自体が誤りで、本当は江戸時代のものだったとか」

「えっ。じゃあ安徳天皇と関係ないじゃない」

「もっと言えば、横倉山の御璽のほうが模刻だった可能性だってある」

「ええっ。江戸時代に作られたレプリカだっていうの？」

「こうなるともうよくわからない。というか、江戸時代の宮中での御璽の扱いはだいぶお粗末だったみたいで、京の質屋に出されてるのを見つけて慌てて買い戻した、なんて話もある」

「なにそれ。ひどすぎる」

忍はお手上げだというように、肩をすくめた。

「あの御璽の裏には何かもっと曰く付きの真相があるのかもな」

「そんな……。じゃ、今までの騒ぎは何だったの」

「そこなんだよな。これだけ末裔を名乗る者がいて、証拠のようなものがいっぱいあっても、それが真実だとは言えない。安徳天皇の四国潜幸伝説自体を、真実だと言い切ることができないんだ。それが過去を語る難しさなんだよ」

萌絵と無量は、ちょっと悲しい気持ちになってしまった。

「……でも、全部否定することはないんじゃない？　現に鉄剣は出てきたし」

「鏡もあるし」

そうだね、と忍は和やかな表情でうなずいた。

「たとえ、たくさんの嘘が混ざっていたとしても、それは全く根拠がないわけじゃなくて、ひとつの真実が何世代にも伝わって伝わって、その想いが凝縮されて生み出されたものなんだとしたら、……それもまた歴史の結晶なんだと俺は思う」

「口伝には昔の人の思いがこもってるんですものね。大切ですよね……」

「うん。何より、土の中の遺物は揺るがない。真相を知ることはできなくても、真実に限りなく迫ることはできるって僕は信じてる」

それまで黙っていた無量が、よいしょ、と立ち上がった。

「安徳天皇か……。どんな子だったんだろうな。あの剣、出したこと、少しは喜んでくれてるといいけど」

「喜んでるよ、きっと」

「ちょっと気になるから、行ってこようかな。下関《しものせき》」

下関？　と萌絵が訊《き》き返した。ああ、と無量は答え、

「赤間《あかま》神宮って下関にあるんでしょ」

安徳天皇を祀《まつ》っている神社だ。海から引き揚げられた亡骸《なきがら》を安置したという場所にある。その境内にある阿弥陀《あみだ》寺陵《じのみささぎ》が宮内庁指定の陵墓とされている。

「まだちょっと休み残ってるし。ぶらっといっとこうかな」

「だね。休暇愉《たの》しんできなよ」

やっと休めるわーと、無量は喜んだ。

そんな姿を見て、萌絵は安心する。無量の隣は、ほっとする。ここが今の自分の居場所なんだと実感できる。涼磨の男ぶりにちょっとだけ心が揺れたことをいたく反省しながら、萌絵は自分の気持ちを確かめる。やっぱりここがいい。私はここがいい。

目が合うと、無量は珍しく笑い返してくる。

桂浜には西日が差し込み始めている。

太平洋の波音に包まれながら、三人は時を忘れて、遠い時代に想いを馳《は》せていた。

＊

「な、なんでリョーマがここにいるの！」

東京に帰るため高知空港に到着した萌絵たちを待っていたのは、桜間涼磨だった。

両手いっぱいに土産の品を抱えている。

「今日の最終便で帰るち聞いちょったき、見送りにきたがよ。ほい、みやげじゃ。これが鰹《かつお》のタタキ、酒盗、あおさのりに芋けんぴ、文旦《ぶんたん》、鯨ハムにミレービスケットに司牡丹《つかさぼたん》、酔鯨《すいげい》、土佐鶴、船中八策……！」

「ここここんなに！」

どーんと押しつけて、涼磨は爽《さわ》やかな白い歯を見せて笑った。

「色々迷惑かけました。せめてものお詫《わ》びです。みんなでわけとおせ」

「ご……豪快」

押しの強さには男子二人も圧倒されるばかりだ。涼磨は萌絵の手をとり力強く握手した。

「モエヤン、ありがとうな。おかげで色々こじれちょったもんがほどけたわ」

「うん。こっちこそ、ありがとうね。会えて嬉《うれ》しかったよ」

「今度はこっちから会いにいくき。東京でデートしような！　ドライブも」

「あのー……。桜間さん？」

無量が涼磨の肩をつついて、水を差しに入った。

「この人、こうみえて結構忙しいんで、あんまりしつこく誘わないでくれます？」

「なんでや。彼氏もおらんのやろ？　休みの日ならええやろが」

「くっ。そうだけど、刺さるよリョーマ」

「彼氏と会うだけが休みじゃないでしょ。この人、勉強もしてるしカンフー道場にもいってるし買い物とか英会話とか休日出勤もたまにあるし、それから……」

ぷ、と噴きだしたのは忍だ。無量のわかりやすさがツボに入ったらしい。

萌絵に耳打ちした。

「やきもち焼かれてるよ。永倉《ながくら》さん」

「え？　え？　え？」

「だから、とにかくこいつは……！」

西原くん、と涼磨は真顔になって、無量の肩に手を置いた。

「男ちゅうもんはこうと思ったらすぐに行動を起こさんと、なーんも伝わらんがよ」

「は？」

「〝我が成すことは我のみぞ知る〟じゃ。……の？」

「の？　って」

涼磨は萌絵の前に立ち、目一杯、男前な声を発した。

「今回は急すぎてアレやったが、桜間萌絵になる決意ができたら、いつでも迎えに行くき」

「リョ…リョー…マ？」

萌絵はぽかんと立ち尽くしてしまった。これは公然のプロポーズではないか。

プロポーズというやつではあるまいか。

「いい……」

「は？」

こういう堂々として強引な感じも悪くない。乙女ゲームみたいで悪くない。いや、どちらかというと、とてもいい。こんなに堂々とときめく言葉を投げかけてもらうことなど、自分の人生で二度とあるだろうか、いや、たぶんない。二度とない。これを逃したら二度目はない。あと少しで「喜んで！」と手をとりかけるくらいには、萌絵は完全に舞い上がってしまったが。

「はい終了！」

無量が横から割って入った。

「茶番はそこまで。大体、桜間萌絵なんてゲームキャラみたいで似合わないし。桜間さんにはもっと他に似合いそうなひと沢山いるでしょ。はいはい、保安検査場しまっちゃうよ。いったいいった」

「ちょ、なに西原くん……妬《や》いてるの？」

「じゃな、忍。俺が帰るまでタタキとっといてねー」

忍は苦笑いし、萌絵は困惑したまま、大量のおみやげを抱えて保安検査場に押し出されていく。出発ロビーに残された涼磨は無量と見つめ合った。

「西原くんは帰らんが？」

「俺は明日《あした》バスで下関」

「ほうかほうか。なら今夜は暇やろ？　男二人で呑《の》みに行くか」

涼磨は無量の肩をがしっと抱くと、強引にエスカレーターのほうへと歩いて行く。

「おい、ちょっ待っ……」

「花山家でモエヤンと祝言あげた時のことたっぷり話しちゃる。そりゃもう新婚ほやほやのラブラブやったがぞ。蔵の中でも、こう……はあ、たまるかー」

「ちょちょ、一体おまえら何してた」

「そこは言えん」

「言えないようなことか！」

嫌がるのも無視され連れ去られていく無量を、忍は搭乗待合室のガラス越しに見送った。つくづく巻き込み力のある男だ。悪気がないのが、涼磨のいいところであり、まずいところだが、案外いい友達になれるかもしれないな、と思った。

が、ほどなく真顔になった。

忍の気がかりは、宮内庁の降旗のことだった。

職員というのはほんとうだったが、生え抜きのキャリアではないようだ。中途採用で出戻りしたというが、その間のプロフィールがわからない。

御璽《ぎょじ》が出たことをどこで知ったのか。結局それだけが今もわからない。いちいちタイミングよく現れる不自然さも。あのプロ並の格闘術も。

忍の警戒心は募るばかりだ。

あの左手のことも。

「もう少し調べたほうがいいかもな……」

搭乗案内のアナウンスが響いた。スマホがメールの着信を知らせたのは、そのときだった。

JKからの英文メールだ。

〝君を〈革手袋《レザーグラブ》〉の担当から外すことになった〟

忍は一瞬、固まった。そして険しい表情になり滑走路のほうを睨《にら》む。

今まさに離陸する航空機のジェットエンジン音が、館内放送を飲み込むようにかき消していった。

＊

その部屋には明かりがついていない。

日付が替わろうとする時刻だった。

加湿器が吐き出す白い蒸気が、天井へと広がっていく。

窓にはカーテンが閉められ、暗闇にパソコンのディスプレイだけが青白く浮かび上がる。

キーボードを叩《たた》きながら、電話で話している男がいる。

「……ええ、この目で一部始終見ましたよ。想像以上に凄《すさ》まじい。聞きしに勝る

〈不自然な発掘者《アンナチュラル・ディガー》〉ですな」

話しているのは英語だ。ディスプレイにも英文が物凄《ものすご》い速さで増えていく。

電話をしながらも、男はメールを打つ手を止めない。

「仰《おっしゃ》る通り、あれは発掘勘だけでは説明がつきませんね。かと言って不正も見られなかった。マジックを見るようでしたよ。ミラクル・ディガーは本当に存在していたんですね」

最後のEnterキーを打ち終えると、男はメガネの蔓《つる》を左手で持ち上げた。

その手には、白い手袋をはめている。

「ええ、もちろん……。〈革手袋《レザーグラブ》〉のことは任せてください。過保護な彼よりも、もっと上手《うま》くやってみせますよ。なにせ、私は彼よりも近い」

傍らのコルクボードには、無量の写真が貼ってある。

その下の写真には、土まみれの鉄剣が写っている。

男は、椅子の背もたれにゆったりと身を預けると、冷めた珈琲《コーヒー》を一口飲んだ。

「ボスにお伝えください。クリスマスプレゼントを、どうぞ楽しみに、と」

主要参考文献

『「安徳じゃが浮かびたい」安徳天皇の四国潜幸秘史』細川幹夫　麗澤大学出版会
『平安　鎌倉　室町　江戸　秘奥印譜』長谷川延年 編　国書刊行会
『印章』荻野三七彦　吉川弘文館
『古文書学入門』佐藤進一　法政大学出版局
『幕末の天皇』藤田覚　講談社学術文庫
『公家たちの幕末維新　ペリー来航から華族誕生へ』刑部芳則　中公新書
『土佐勤王党始末　武市半平太と山内容堂』嶋岡晨　新人物往来社
『追補版　中岡慎太郎読本』前田年雄　中岡慎太郎先生顕彰会
『土佐の独眼竜』多田和

なお、作中の発掘方法や手順等につきましては実際の発掘調査と異なる場合がございます。

また考証等内容に関するすべての文責は著者にございます。

執筆に際し、数々のご示唆をくださった皆様に心より感謝申し上げます。

本書は、文庫書き下ろしです。

遺跡《いせき》発掘師《はっくつし》は笑《わら》わない
勤王《きんのう》の秘印《ひいん》
桑原水菜《くわばらみずな》

令和元年 8月25日 初版発行
令和6年 10月30日 4版発行

発行者●山下直久

発行●株式会社KADOKAWA
〒102-8177 東京都千代田区富士見2-13-3
電話 0570-002-301（ナビダイヤル）

角川文庫 21771

印刷所●株式会社KADOKAWA
製本所●株式会社KADOKAWA

表紙画●和田三造

●お問い合わせ
https://www.kadokawa.co.jp/（「お問い合わせ」へお進みください）
※内容によっては、お答えできない場合があります。
※サポートは日本国内のみとさせていただきます。
※Japanese text only

ISBN 978-4-04-108298-0 C0193

◆◇◇

角川文庫発刊に際して

角川源義

第二次世界大戦の敗北は、軍事力の敗北であった以上に、私たちの若い文化力の敗退であった。私たちの文化が戦争に対して如何に無力であり、単なるあだ花に過ぎなかったかを、私たちは身を以て体験し痛感した。西洋近代文化の摂取にとって、明治以後八十年の歳月は決して短かすぎたとは言えない。にもかかわらず、近代文化の伝統を確立し、自由な批判と柔軟な良識に富む文化層として自らを形成することに私たちは失敗して来た。そしてこれは、各層への文化の普及滲透を任務とする出版人の責任でもあった。

一九四五年以来、私たちは再び振出しに戻り、第一歩から踏み出すことを余儀なくされた。これは大きな不幸ではあるが、反面、これまでの混沌・未熟・歪曲の中にあった我が国の文化に秩序と確たる基礎を齎らすためには絶好の機会でもある。角川書店は、このような祖国の文化的危機にあたり、微力をも顧みず再建の礎石たるべき抱負と決意とをもって出発したが、ここに創立以来の念願を果すべく角川文庫を発刊する。これまで刊行されたあらゆる全集叢書文庫類の長所と短所とを検討し、古今東西の不朽の典籍を、良心的編集のもとに、廉価に、そして書架にふさわしい美本として、多くのひとびとに提供しようとする。しかし私たちは徒らに百科全書的な知識のジレッタントを作ることを目的とせず、あくまで祖国の文化に秩序と再建への道を示し、この文庫を角川書店の栄ある事業として、今後永久に継続発展せしめ、学芸と教養との殿堂として大成せんことを期したい。多くの読書子の愛情ある忠言と支持とによって、この希望と抱負とを完遂せしめられんことを願う。

一九四九年五月三日

ISBN 978-4-04-104468-1

遺跡発掘師は笑わない

悪路王の左手

桑原水菜

震災後の岩手。無量が歴史の謎に迫る！

岩手の祖波《そば》神社跡で「三本指の右手」に続き「金の薬指」を掘り当てた天才発掘師《ディガー》・西原無量《さいばらむりょう》。鬼の墓との言い伝えもあるこの場所には、一体何が秘められているのか。一方「悪路王《あくろおう》の首」を祀《まつ》る鬼頭《きとう》家では、二代にわたり当主が変死していた。真相を探る忍だが、そこには鬼頭家の息子・陽司と、謎の韓国人・ペクが深く関わっていて……!?　東北の地に隠された、壮大な歴史の秘密とは。全てが明かされるシリーズ第５弾、文庫書き下ろし！

角川文庫のキャラクター文芸

ISBN 978-4-04-104633-3

遺跡発掘師は笑わない
元寇船の眠る海

桑原水菜

今回の発掘現場は九州北部の海底遺跡！

長崎県鷹島《たかしま》沖の海底遺跡発掘チームに派遣された、天才発掘師《ディガー》・西原無量《さいばらむりょう》。蒙古襲来の際に沈んだ元寇船の調査が目的だ。腐れ縁コンビの広大《こうだい》や、水中発掘の第一人者・司波《しば》、一匹狼のトレジャーハンター・黒木《くろき》などチームは精鋭揃いで、沈船からは次々と遺物が発見される。そんな中、無量は美しい黄金の短剣を発掘し皆を驚かせる。だがそれは、決して目覚めさせてはいけない遺物だった——。文庫書き下ろし、遺跡発掘ミステリ第６弾！

角川文庫のキャラクター文芸

ISBN 978-4-04-105266-2

ISBN 978-4-04-105858-9

遺跡発掘師は笑わない

縄文のニケ

桑原水菜

縄文遺跡と諏訪大社を結ぶものは何か⁉

多くの縄文遺跡がある長野県諏訪。天才発掘師《ディガー》・無量《むりょう》はその中の1つに派遣されるが、過去に祖父が起こした遺物捏造事件の関係者・理恵《りえ》と再会してしまう。さらに不気味な文様のついた土器片を発掘するが、文様を見た理恵は“呪いのカエルだ”と激しく動揺し……⁉　一方、縄文フェスの準備を手伝っていた萌絵《もえ》は諏訪大社で、古代神を祀る奇妙な新興宗教の一団と遭遇し、不穏なものを感じていた――。話題沸騰、遺跡ミステリ第9弾！

角川文庫のキャラクター文芸

ISBN 978-4-04-107221-9